uno
aqua
aqua
tre
quattro

Das Buch

Nach der Hochzeit verändern sich die Dinge grundlegend – besonders, wenn man wie Jan Weiler in eine italienische Großfamilie einheiratet: »Es gibt nämlich einen riesenhaften Stammbaum, der sich in der Mitte in zwei etwa gleich starke Äste teilt. Man hat sich vor vielen Jahren endgültig zerstritten, aus Gründen, die keiner mehr so richtig kennt. Seitdem heißt es vom einen Zweig, er sei blöd, und vom anderen, er sei geizig. Die meisten Männer der einen Familienhälfte heißen Mario (blöd), die meisten Männer der anderen heißen Antonio (geizig). Mein Schwiegervater ist ein Antonio und gar nicht geizig. Jedenfalls lassen beide Familienhälften kein gutes Haar aneinander.«
Die herrlich komische Geschichte einer unglaublichen Verwandtschaft aus der italienischen Region Molise, die laut ihrer Bewohner »am A... der Welt« liegt.

Der Autor

Jan Weiler, 1967 in Düsseldorf geboren, arbeitete als Texter in der Werbung, absolvierte dann die Deutsche Journalistenschule in München. Er ist heute Chefredakteur des *Süddeutsche Zeitung Magazins* und lebt mit seiner Frau und seinen zwei Kindern in Ambach.

JAN WEILER

Maria, ihm schmeckt's nicht!

GESCHICHTEN VON MEINER
ITALIENISCHEN SIPPE

ULLSTEIN

Besuchen Sie uns im Internet:
www.ullstein-taschenbuch.de

Umwelthinweis:
Dieses Buch wurde auf chlor- und säurefreiem Papier gedruckt.

Originalausgabe im Ullstein Taschenbuch
1. Auflage Oktober 2003
24. Auflage 2005

Einige Passagen dieses Buches sind in gekürzter Version im
Süddeutsche Zeitung Magazin erschienen.
Lektorat: Angela Troni, München
Umschlaggestaltung und Gestaltung des Vor- und Nachsatzes:
Sabine Wimmer, München
unter Verwendung verschiedener Illustrationen von Sylvia Neuner
Titelabbildung: Sylvia Neuner
Gesetzt aus der Excelsior
Druck und Bindearbeiten: Ebner & Spiegel, Ulm
Printed in Germany
ISBN-13: 978-3-548-36486-5
ISBN-10: 3-548-36486-1

Für Sandra

Eins

Ein Fremder steht vor der Tür. Das bin ich. Genau genommen bin ich nicht nur den Menschen hinter der Tür fremd, sondern vor allem mir selber. Ich habe mich nämlich mit einem Strauß Blumen als Schwiegersohn verkleidet. So kenne ich mich nicht, denn ich habe noch nie Schnittblumen an Menschen verschenkt, die nicht entweder zu meiner Familie gehörten oder wenigstens gleichaltrig und weiblich waren. Man bittet auch nicht sehr häufig im Leben um die Hand einer Tochter. Da kann man sich schon mal vor sich selber fremd fühlen.

Es ist unser erster gemeinsamer Besuch bei ihren Eltern. Zwar sind wir bereits mehr als zwei Jahre zusammen, aber ich kenne bisher nur ihre Schwester und sie. Das reicht ja auch, fand ich bisher. Dann jedoch machte ich Sara einen Heiratsantrag, was bei uns wie bei den meisten Menschen zu einem Besuch bei den Eltern führte.

Sara steht hinter mir und schubst mich.

Wir sind mehr als sechshundert Kilometer gefahren, und dabei erzählte Sara fast die ganze Zeit von ihrem Vater, der ihr den wundervollen Nachnamen

Marcipane vererbt hat. Er sei ein wenig anstrengend, sagte sie. Manche fänden ihn wunderlich. Andere hätten sogar Angst vor ihm, aber das verstehe sie nicht. Er sei eine echte Nummer. Er habe Humor. Verstand, Appetit. Sei großzügig. Und besitze nun einmal die Angewohnheit, ohne Unterbrechung zu reden, wenn er sich wohl fühle. Da er sich die meiste Zeit seines Lebens ungemein wohl fühle, habe dies nun zur Folge, dass er von morgens bis abends rede. Das habe ihr früher in der Jugendzeit den letzten Nerv geraubt. Er habe damals ihre Verehrer, allesamt Deppen, wie sie etwas zu deutlich betont, regelrecht aus dem Haus gequasselt. Nun sei das alles nicht mehr so schlimm, er werde ja älter. Was das eine mit dem anderen zu tun hat, ist mir nicht klar.

Ihr Vater sei, dozierte Sara, eine Art Windmaschine, die aber nicht nur Luft bewege, sondern auch Herzen. Er sei kaum zu Argem imstande, und wenn er doch mal sauer werde, dann doch nur um des Effektes willen, denn für wahren Zorn sei er eigentlich zu ignorant. Nichts interessiere ihn so sehr, dass es ihn wirklich aufregen könne. Dann fügte sie noch hinzu, dass es eigentlich nur eine Gefahr gebe, und die trete ein, wenn er nichts mehr sage, stumm bliebe. Je nach Dauer des Schweigens könne man sich dann auf Ärger einstellen, mitunter auf großen Ärger.

Kompliziert, dachte ich und fragte: »Und was ist mit deiner Mutter?«

Bisher weiß ich nur, dass Saras Mutter Ursula heißt, aus dem Rheinland kommt und die Geduld eines belgischen Brauereipferdes besitzt. Auf einem Jugendbild, das auf Saras Schreibtisch steht, ähnelt Ursula ihrer Tochter: sehr schmaler Mund, kleine Nase, viele Sommersprossen drum herum. Ihre Augen und die blonden, eigentlich unitalienischen Haare muss Sara aber von ihrem Vater haben. »Meine Mutter ist das komplette Gegenteil von Papa«, sagte sie. »Ich habe echt keinen Schimmer, wie die das Gequassel aushält, aber immerhin sind die beiden schon knapp fünfunddreißig Jahre zusammen. Irgendwie muss es also funktionieren.«

Als wir das Auto parkten, hatte ich ein mulmiges Gefühl. Was, wenn er mich nicht mag? Wenn er mir den kleinen Finger nach alter italienischer Väter Sitte abschneidet und ihn in einem mit bitterem Mandelduft parfümierten Briefumschlag meinen Eltern schickt, um diese zum Wohle eines landsmannschaftlichen Vereins zu erpressen? Wenn ich dann also in einem niederrheinischen Reihenhauskeller verblutend auf Nachricht warte und oben meine dann ja wohl Exfreundin mit den Kumpanen ihres Vaters heiser lachen höre? Meine Sorgen scheinen etwas übertrieben und speisen sich aus einer sehr exakten Unkenntnis des italienischen Wesens.

Eigentlich habe ich es bisher nur mit drei Italienern wirklich zu tun gehabt, wenn man mal die Kellner in Pizzerien und Hotelangestellten in den Dolomiten beiseite lässt, zu denen ich im Laufe meines Lebens zwar Kontakt, aber kein irgendwie geartetes Verhältnis hatte. Doch ich kenne auch nur zwei Franzosen und drei Engländer sowie eine Spanierin, einen Sachsen und überhaupt keinen Dänen. Insofern ist drei schon wieder viel.

Der Name des ersten Italieners ist mir bis heute unbekannt. Er verkaufte Eis und schenkte mir im Siegestaumel nach dem Endspiel der Fußballweltmeisterschaft 1982 eine Portion mit drei Kugeln. So viele Tore hatten die Italiener damals in Madrid gegen die Deutschen erzielt. Alle Tore fielen in der zweiten Halbzeit durch Rossi, Tardelli und Altobelli. Paul Breitner schoss auch noch eines für die schwachen Deutschen, dann waren die Italiener Weltmeister und knapp zehn Minuten später bimmelte der Eismann.

Ich war sein Stammkunde. Im Sommer wartete ich täglich auf das Klingeln seines Eiswagens, mit dem er langsam durch unsere Siedlung fuhr. Dann sprang ich auf mein Fahrrad und jagte der Glocke nach, bis ich ihn endlich einholte und zum Anhalten zwang. Ich bestellte Banane und Vanille, manchmal Heidelbeere, der blauen Zunge wegen, und er bediente mich in betont geschäftsmäßiger Manier, als sei ich ein Rothschild. Unsere Konversation beschränkte sich auf das Nötigste, und deshalb kann ich nicht mit Gewissheit sagen, ob er nicht am Ende gar kein Italiener war, sondern vielleicht Zypriote mit portugiesischem Pass oder Türke oder Kroate. Da er nun aber in einem mit einer italienischen Fahne bemalten Kleinbus unterwegs war, liegt die Vermutung zumindest nahe, dass er tatsächlich aus Cortina in den Dolomiten war, wo das italienische Eis herkommt.

Der zweite Italiener, mit dem ich mehr als eine flüchtige Erinnerung verbinde, war Masseur. Signor

Pantoni hatte stark behaarte Arme und roch nach Zitronenöl. Ich wurde zu ihm überwiesen, weil ich im Nackenwirbelbereich irgendwie unlocker und kaum den Kopf zu wenden in der Lage war. Signor Pantoni nahm meinen Schädel in die Hand, sah mir in die Augen und sagte: »Mal sehn wie iste Blockierung.« Dann drehte er meinen Kopf so lange gegen den Uhrzeigersinn, bis es gar nicht mehr wehtat. Dabei brummte er Lieder, deren Melodie er immer genau dann betonte, wenn er mir besonders zusetzte.

Er bearbeitete meine Schulter und den Rücken mit seinen Riesenhänden, und einmal sagte ich im Spaß: »Sie sollten Pizzateig kneten.«

Signor Pantoni grunzte unverständlich und klatschte dann in die Hände. »So, fertig, nächste Woche komme Sie wieder und mache wir Übungen für die Kopfe.«

Daraus wurde dann aber nichts, denn Pantoni schloss über Nacht seine Praxis und verschwand spurlos. Der Arzt, der mich zu ihm überwiesen hatte, erzählte mir, dass Pantoni gar kein Masseur gewesen sei, dass er eigentlich gar keine Erlaubnis zum Massieren und erst recht nicht für krankengymnastische Therapien hatte, sondern sein Geld abends mit dem Kneten von Pizzateig in einer Düsseldorfer Pizzeria verdiente. Wenig später stand der Fall in der Zeitung und es wurden Geschädigte gesucht. Ich fühlte mich aber keineswegs von ihm geschädigt, höchstens durch den Umstand, dass er einfach abgehauen war. Also meldete ich mich nicht.

Der dritte Italiener, mit dem ich es zu tun bekam,

war genau genommen eine Halbitalienerin. Ich lernte sie eines Tages beim Bäcker kennen, als ich nicht genug Geld für Brötchen dabeihatte und sie mir mit zwei Mark aushalf. Ich kann nur jeden ermuntern, nicht genug Geld dabeizuhaben, für den Fall, dass man die Frau seines Lebens kennen lernen möchte. Allerdings muss man darauf achten, dass man nicht vor halb neun morgens in der Bäckerei kein Geld hat, denn da trifft man nur Handwerker oder überspannte Senioren und das ist ja nicht unbedingt Sinn der Sache. Diese Italienerin, die mir mit zwei Mark aushalf, war Sara, und wenn ich vor dem Einkaufen zum Geldautomaten gegangen wäre, könnte ich jetzt nicht vor der Tür ihres Vaters stehen. Jedenfalls hörte ich mich seinerzeit den schwachsinnigen, aber betriebsimmanenten Satz sagen: »Sie können natürlich anstelle des Geldes auch die Brötchen zurückhaben. Vielleicht bei einem kleinen Frühstück, wenn Sie wollen.«

Die meisten Frauen, die ich bisher getroffen hatte, hätten darauf geantwortet: »Och nö, betrachten Sie doch die zwei Mark als Geschenk.« Sara dagegen nicht. Sie sagte: »Na super. Keine Kohle, aber einen auf dicke Hose machen. Das muss jetzt aber ein sensationelles Frühstück werden.« Kaum zwei Jahre später stehen wir also vor dem Reihenendhaus ihrer Eltern. Der Klassiker mit roten Backsteinen. Neben der Haustür rechts das kleine Klofenster. Links das große von der Küche.

Die Architektur eines Reihenhauses beruht auf der Stapelung einer Fünfzimmerwohnung. Während man jedoch vor einer Fünfzimmerwohnung stehend nie genau weiß, wie sie geschnitten sein wird, ist dies bei Reihenhäusern absolut sicher. Das Haus der Marcipanes unterscheidet sich in nichts von jenen etwa acht Millionen Reihenhäusern, die es sonst noch überall in Deutschland gibt. Gewöhnlich kommt bei diesem Menschenverwahrtypus hinter dem Eingang erst einmal die so genannte Schmutzschleuse. Dort kann man sich die Schuhe ausziehen, rechts geht's ins Klo. Die Kloschüssel ist unter dem Fenster angebracht. Links vom Hauseingang die Küche, die immer eine zweite Tür zum Wohnzimmer hat. Im Flur geht rechts eine geschwungene Treppe nach oben und nach unten. Den Grad der Bürgerlichkeit der Bewohner vermag der geübte Reihenhausbesucher an Geländern und Stufen abzulesen. Sind diese zum Beispiel von matter schmiedeeiserner Eleganz, so hat man es fast immer mit Volksmusikfreunden zu tun, während die ungehemmte Verwendung von astlochreichen Holzsorten unschwer auf Pädagogen schließen lässt. Auf der linken Seite des Flures immer: Telefontischchen und Garderobe. Geradeaus führt der Weg ins Wohnzimmer dessen Türen immer Fenster haben, weil sonst zu wenig Licht in den Flur fällt. Meistens sind diese Fenster aus geriffeltem Glas oder haben eine rustikale Butzenscheibenoptik, die zu den Schwanenhalsgriffen an den Türen passt.

»Hallo, klingeln«, sagt Sara und schubst mich erneut. Unter der Klingel ist ein braunes Schild angebracht, auf dem aus Salzteigwürsten geformt »Marcipane« steht. Die Buchstaben werden im Laufe des Wortes immer enger und kleiner, so dass der Name nur mit einiger Fantasie zu entziffern ist. Es sieht so aus, als klingele man bei Familie Marciq3?g.

»Hier sind wir falsch, hier wohnen die Marciq3?gs«, sage ich.

»Das Ding habe ich in der Schule gemacht«, erwidert Sara und drückt auf die Klingel. Ding Dong.

Fast in derselben Sekunde geht die Tür auf und Frau Marcipane steht vor mir. Sie sieht tatsächlich aus wie ihre Tochter, was mir auf Anhieb gefällt. Offenbar hat sie bereits seit einiger Zeit hinter der Tür gestanden, wollte aber nicht öffnen, damit wir nicht den Eindruck bekommen, sie könne es nicht erwarten, uns zu sehen. Ich halte die Blumen wie einen Schild vor meinen Bauch und sage: »Guten Tag, da sind wir also.«

Darauf sie: »Hallo, mein Engel.« Sie läuft einfach durch mich hindurch. Sie drückt ihre Tochter, anschließend sehen mich beide an und sie fragt: »Isser das?«

»Das isser.«

»Na, dann kommt mal rein.«

Auf die ganze Vorstellerei mit Hände schütteln und sich freuen, sich kennen zu lernen, scheint Mutter Marcipane keinen großen Wert zu legen. Ich betrete das Haus und es ist tatsächlich genau so, wie ich es mir vorgestellt habe. Das einzig Verstörende an diesem Flur ist, dass er sich nicht einordnen lässt, weil eigentlich kein Stil überwiegt. Über dem Telefon hängt ein gerahmter Druck, der einen Sonnenuntergang und einen Hafen zeigt, darunter steht: »Napoli«. Direkt daneben prangt ein Holzteller, in welchen ein Dichter mit einem Lötkolben einen Satz gebrannt hat. Er lautet: Im Himmel gibt's kein Bier, drum trinken wir es hier.

»Geh durch, geh durch«, befiehlt Saras Mutter von hinten, und so laufe ich durch den Flur Richtung Wohnzimmer, aus dem gleißendes Licht fällt, als sei dort ein Tunnel zu Ende.

Ich öffne die Wohnzimmertür und trete in einen hellen Raum mit einer großen Scheibe, neben welcher es in den Garten geht. Rechterhand die unvermeidliche Schrankwand, auf der linken Seite des Raumes die Sitzgruppe. Kennt man alles, so weit bin ich vorbereitet.

Auf einem Sofa vor dem großen Fenster sitzt ein Männlein und schaut auf, als ich hereinkomme. Ich sehe ins Licht und so kann ich es nur in Umrissen erkennen: Das Männchen hat einen kleinen Kopf, den es gesenkt hält. Gleichzeitig scheint es mich zu mustern, ähnlich wie ein Stier, kurz bevor er einen Torero tottrampelt.

Ich halte ihm meine Blumen entgegen.

»Guten Tag«, sage ich mit fester Stimme.

»–«

»Wir sind da«, ergänze ich, denn ich habe den Eindruck, er halte mich für jemand anderen, jedenfalls nicht für den Verlobten seiner Tochter. Wo ist die eigentlich? Ich finde, es ist nun an der Zeit, dass Sara die Konversation übernimmt. Ich drehe mich nach ihr um, aber da ist niemand. Offensichtlich sind Sara und ihre Mutter hinter mir in die Küche abgebogen und haben sich dort irgendwie festgequatscht. Jedenfalls stehe ich mit meinen Blumen alleine vor Don Marcipane. Und der macht keinerlei Anstalten aufzustehen oder wenigstens irgendetwas zu sagen. Knack. Er öffnet Pistazien mit den Fingernägeln und sieht mich an, soweit ich das im Gegenlicht beurteilen kann. Der Strauß ist nass und das Wasser rinnt mir den Arm hinunter. Knick.

»Hallo, ja, Sie müssen Saras Vater sein.« Knick, knack. Und dann der Horrorsatz: »Ich habe ja schon eine Menge von Ihnen gehört.«

Knack.

»So, habbe Sie. Wasse denn?«

»Ach, na ja, dass Sie nett sind.«

»Binne sogar sehr nett.« Knack.

Ich kann nicht sehen, ob er lächelt. Verdammt, wo bleibt Sara?

»Ja, jedenfalls wollten wir Sie mal besuchen.«

»Warum?«

Er will mich quälen. Das scheint also seine Art von Humor zu sein. Ich drehe den Kopf und sehe hilflos nach hinten. In der Küche höre ich die Frauen lachen. Sara! Aus dem Garten kommt ein Tier durch die geöffnete Terrassentür gelaufen und springt auf den Schoß des Mannes, der sich nun aufrichtet und die Katze streichelt.

»Liebe kleine Gauner. Wo haste du denn gesteckte?«

Immerhin erwartet er keine Antwort von mir auf seine blöde Warum-Frage. Ich überlege: Soll ich in die Küche gehen? Stehen bleiben? Weiterreden?

»War ganz schön voll auf der Autobahn. Aber wir

haben trotzdem nur fünf Stunden gebraucht. Das ist ein guter Schnitt für freitags«, plappere ich los.

»Willste du eine Nuuuß?« Er meint die Katze. Knack.

Langsam wird mir die Sache zu doof. Warum soll ich wie ein Idiot hier herumstehen, während dieser Kerl seine Katze mit Pistazien füttert? Warum hilft mir denn keiner? Was mache ich hier eigentlich? Und: Ob es was zu essen gibt? Ich habe nämlich Hunger. Ich zähle bis zehn und raschle ostentativ mit dem Blumenpapier, auch um mein Magenknurren zu übertönen. Wenn sich bis zehn nichts tut, dann – ja, was dann? Bei acht kommt Sara mit ihrer Mutter herein.

»Was stehst du denn hier herum?«

»Wir unterhalten uns«, sage ich.

»Hallo, Papa!«, ruft sie und stürzt sich auf den Mann mit der Katze. Sie umarmen sich und er redet auf Neapolitanisch auf sie ein.

»Unde dasse hier iste deine Freund«, stellt er abschließend fest und nickt in meine Richtung.

»Ja, das isser.«

»Hatte er die ganze Zeit dagestanden. Setzte sich nichte hin, nimmt keine Nusse, iste er eine bescheidene Charakter.«

Er steht auf und kommt auf mich zu. Herr Marcipane ist fast einen Kopf kleiner als ich. Obwohl er ein bisschen dick ist, kommt er mir flink vor, wie er auf seinen kurzen Beinchen auf mich zusteuert.

»Marcipane«, sagt er ernst und nickt dabei mit dem Kopf. Dann gibt er mir die Hand. Ich muss den Strauß in die linke Hand nehmen und ihm meine nasse Rechte geben, was er vollkommen ignoriert. Er hat einen festen Händedruck, den ich erwidere. Dennoch gewinnt er dieses Kräftemessen, weil seine Hände viel größer sind als meine. Es fühlt sich an, als umschlösse er meine Finger, wie ein Hotdog-Brötchen.

»Ich habe Blumen mitgebracht«, sage ich linkisch und halte ihm den Strauß vor die Nase.

»Fur mich?«, fragt er, und es klingt etwas enttäuscht.

»Die sind für Sie beide, sozusagen zum Kennenlernen.«

Endlich nimmt Frau Marcipane mir die blöden Blumen ab.

»Die sind ja ganz warm«, sagt sie unpassenderweise und verschwindet mit dem Gestrüpp in der Küche.

»Setz dich«, sagt Sara, »bei uns kann man sich einfach setzen, wenn man will. Meine Eltern machen sich nicht viel aus Konventionen.«

Das ist mir auch schon aufgefallen. Ich frage mich, was wohl als Nächstes passiert. Oder nicht passiert. Normalerweise gibt es Kaffee in solchen Situationen. Und Kuchen.

»Was machte meine schöne Kind hier bei seine alte Eltern?«, will Herr Marcipane nun wissen.

»Das sage ich dir gleich, wenn Mama wieder da ist. Es ist etwas ganz Besonderes.«

»Ah so, ganze besonders. – Uuuursuulaaaa, komme mal wieder zuruck. – Wie gefällte dir die neue Sofa? Habe ich mit deine Mama selber ausgesuchte. Schicke, nichte?«

»Na ja«, sagt sie. Kinder dürfen das sagen. Verlobte nicht.

»Also mir gefällt's«, entschleimt es sich mir.

»Siehste du, Kind, ihm gefällte. De Junge hatte Geschmacke.«

Während Sara mir den tödlichen Blick zuwirft, kommt Uuuursuulaaaa mit den Blumen zurück und stellt sie auf den Couchtisch.

»Ihr habt doch bestimmt Hunger nach der weiten Reise.«

Na endlich. Klar habe ich Hunger, ich sterbe vor Hunger. Reflexartig sage ich: »Nein, nein, alles halb so wild.«

»Komisch, im Auto hast du noch gesagt, du hoffst, dass es hier irgendwas zu essen gibt«, sagt Sara.

Ihre Rache für die Sitzmöbel. Nun stehe ich endgültig wie ein Volltrottel da. Ist jedoch auch irgendwie egal. Wenigstens habe ich die Blumen nicht mehr in der Hand. Ich wische mir die Hand an der Hose ab und starre auf die Pralinen, die vor uns auf dem Tischchen in einem geblümten Steingutschälchen stehen.

»Aber jetzt habe ich keinen Hunger mehr«, antworte ich zickig.

»Nu lasse der Junge. Meine Tochter iste immer so wild mit die Jungen. Mussen Sie verstehen, iste sie eine echte Marcipane.«

So langsam müssen wir mal zur Sache kommen. Ich will es hinter mich bringen, denn normalerweise wird nach der Bekanntgabe einer Verlobung irgendwas aufgemacht. Oder sogar gegessen. Wenn mich später einmal jemand fragt, warum wir geheiratet haben, werde ich immer antworten: »Weil ich so einen großen Hunger hatte.«

»Du, Papa, wir sind ja nicht ohne Grund gekommen.«

»Nein? Brauchste du Geld?«

Diese Frage ist auf keinen Fall zynisch, sondern typisch, wie ich später lerne. In den meisten deutschen Familien würde so eine Frage sehr übel genommen, nicht aber in den meisten italienischen, wo die Eltern oft sehr lange für ihre Kinder sorgen. Die brauchen tatsächlich immer Geld, bringen jedoch deswegen noch lange keine Blumen mit.

»Nein, wir wollen euch etwas sagen.«

Ich fühle mich nun verpflichtet, das Wort zu ergreifen, schließlich kann Sara schlecht um ihre eigene Hand anhalten. Also unterbreche ich sie.

»Ja, lieber Herr Marcipane. Ich möchte gerne Ihre Tochter heiraten. Also, wir möchten heiraten und deshalb sind wir hier. Ich will – ganz förmlich – um die Hand Ihrer Tochter bitten.«

Schweigen.

Er schaut mich nicht an, sondern starrt in Saras Richtung.

Jetzt ist er dran, finde ich. Inzwischen hat sich eine Wolke vor die Sonne geschoben und ich kann meinen zukünftigen Schwiegervater endlich richtig erkennen. Er hat einen kleinen, eckigen Kopf mit dunkelblonden Haaren, in dessen Mitte eine knubbelige Nase sitzt. Seine hellblauen Augen leuchten wie zwei kleine Taschenlampen und irrlichtern zwischen uns umher. Er hat extrem viele Zähne, mir scheint es fast, als habe er sogar doppelt so viele Zähne wie normale Menschen. Einige von ihnen glänzen golden. Er trägt ein kariertes Flanellhemd und darunter ein Unterhemd, dem ein Dschungel aus grauem Brusthaar entweicht.

Ganz schwer zu sagen, was jetzt kommt. Ich denke: Entweder er bereitet gerade in Gedanken die Amputation meines Fingers vor oder er wird gleich anfangen zu weinen. Er schluckt und macht ein helles Geräusch, eine Art Piepsen. Seine Stimme klingt jetzt heiser.

»Du willste heiraten?«

»Ja, Papa.«

»Den da?«

»Ja, den da. Und keinen anderen.«

Seine Stimme dreht nun ins Jammerige. Er schaltet eine Art Vibrato ein und gestikuliert wie bei einem Sturmgebet.

»Aber du biste noch so junge. Viel zu junge.«

»Ach komm, ich bin sechsundzwanzig.«

»Heißte das etwa, du kommste nie wieder ssu uns nach Haus?«

»Papa, ich wohne seit fünf Jahren nicht mehr hier. Jetzt mach bitte nicht so ein Theater.«

»Ursula, das Kinde will uns verlasse.«

»Ich finde, wenn die beiden wollen, dann sollen sie ruhig heiraten. Ist doch ein netter Kerl.«

Tatsächlich frage ich mich, woher sie das wissen will, sie hat sich ja praktisch noch nie mit mir unterhalten. Allerdings wirkt sie so wenig überrascht, dass mir klar wird, dass sie Bescheid weiß. Sara hat es ihr längst gesagt.

Herr Marcipane wendet sich mir zu. »Schwörren Sie, dasse Sie immer lieb sind zu meine Schnucke?«

Ich weiß, dass Sara es hasst, wenn ihre Eltern sie Schnucke nennen.

»Natürlich.«

»Schwörren!«

»Ich schwöre«, sage ich und hebe indianermäßig die Hand. Den letzten Schwur in dieser Form habe ich vor knapp zwanzig Jahren auf einem Kinderspielplatz abgelegt und anschließend einen Regenwurm gegessen. Würde ich jetzt übrigens auch tun. Herr Marcipane meint das mit der Schwörerei ganz ernst. Plötzlich geht alles blitzschnell.

»Gut, dann könne Sie sie habbe. So. Nun: Ich heiße Antonio und ab heute biste du meine liebe Sohn.«

Darauf springt er aus seinem Sessel und eilt wieder auf mich zu. Ich stehe auf, und Antonio Marcipane, der Mann, der mich vor nicht ganz zehn Minuten behandelt hat, als käme ich von der Gebühreneinzugszentrale, umschlingt mich mit seinem ganzen Körper, seine Hände drücken meinen Rücken, er klopft und juchzt dabei. Ich bin erleichtert. »Meine Sohn, ich habe eine Sohn! Wirste du sehen, du haste eine neue Vater. Dasse muss gefeierte werde. Ursula, habbe wir Spumante?«

»Wir haben nie Sekt. Wir haben Kaffee, Mineralwasser, Bier und Milch«, leiert sie. »Und ich kann Orangen pressen.«

»Aber wir habbe der tolle Wein«, raunt Antonio im Verschwörerton.

»Toni, der Wein ist tabu.«

Der verbotene Wein gehört Schwiegersohn Nummer eins. Saras ältere Schwester Lorella hat nämlich bereits geheiratet, einen Ingenieur, der nie da ist. Sie leben gerade in Asien und daher hat Jürgen seinen Weinkeller bei Antonio zur Aufbewahrung gegeben. Ausdrücklich zur Aufbewahrung. Nicht zum Trinken.

»Was heißte hier tabu? De Jürgen hatter gesagt, das iste *vino* für besondere Tage, und trinkt er nicht ofte eine Flasche. Heute *iste* eine besondere Tag. Es wurde mir eine neue Sohn geboren.«

»Ein neuer Sohn geboren«, äfft Ursula. »Aber nicht einen von den ganz teuren.«

Antonio verschwindet in den Keller, wo man ihn mit allerhand Flaschen herumhantieren hört. Dabei singt er.

»Siehst du. Es ist gut gelaufen, habe ich doch gesagt. Mein Vater ist wirklich lieb«, flüsterte mir Sara zu. Und Ursula gibt mir einen Kuss, sie weint sogar ein bisschen und sagt leise: »Herzlich willkommen.« Es klingt eher bedauernd als erfreut, als begrüße sie mich als Mithäftling in einer feuchten Gefängniszelle im Polizeipräsidium der Hauptstadt eines Andenstaates. Ich drücke sie und freue mich, anschließend umarmt mich meine zukünftige Frau. Sie sagt nichts, aber ich spüre ihre Erleichterung. Immerhin hat es Männer in ihrem Leben gegeben, die dieses Haus nur einmal betreten haben. Und das lag ganz gewiss nicht an Sara.

Dann kommt der Wein. Er ist tatsächlich sehr gut, was Antonio darauf zurückführt, dass er höchstpersönlich diesen *vino* im Keller ausgesucht hat.

»Warum willste du meine Tochter?«, fragt er nach dem zweiten Glas und sieht mich aus seinen Funkelaugen an.

»Welche denn sonst?«, antworte ich. Etwas Besseres fällt mir nicht ein, denn ich bin immer noch benommen vom plötzlichen Stimmungsumschwung meines Schwiegervaters. Außerdem steigt mir Jürgens Barolo zu Kopf. Kein Wunder: Barolo auf nüchternen Magen um halb drei.

»Weißte du, Sara iste eine bisschen delikat, eine eikle Person, möchte ich faste sagen und betonen, iste sie nett, aber diffizil in Umgang.«

Worauf will er hinaus?

»Ihre Schwester iste anders, feiner, bisschen netter auch. Warum willste du nicht Lorella heiraten?«

»Papa!«, ruft Sara empört.

»Ja, iste nichte wahr, Mama?«

Mama lacht und schaut mich an. Was sagt man denn darauf?

»Ja, Lorella ist leider schon vergeben, da habe ich mich eben notgedrungen für Sara entschieden.«

Daraufhin bricht Antonio in ein dampflokartiges Gelächter aus, er kann sich gar nicht mehr beruhigen.

»Das iste guuut. Biste du witzig. Du haste eine Satire gemachte. Großartig. Mama, haste du gehört?«

Er prostet mir mit Jürgens Wein zu und wir trinken. Eine Minute später bin ich besoffen.

Der Rest des Tages steht voll im Zeichen der Familieneinführung. Die Verwandten in Italien müssen reihum angerufen werden. Alle sollen die freudige Nachricht erfahren. Anschließend sehen wir Fotoalben an. Antonio als Kind, Sara als Kind, Urlaub am Strand, Taufe, Hochzeiten, neue Autos.

Dann gehen wir essen, denn nicht nur die Italiener in der Heimat, sondern auch alle Bekannten im Ort sollen erfahren, wie glücklich Antonio ist. Wie stolz. Mein Trunkenheitsgrad führt dazu, dass ich willenlos alle Vorstellungsrunden über mich ergehen lasse, außerdem mehrere Runden Grappa und Bitterliköre.

Als wir ins elterliche Haus zurückkehren, will ich nur noch ins Bett. Vorher jedoch kredenzt Antonio einen ausgezeichneten Vin Santo aus Jürgens Sammlung. Der Hausherr hat ihn selbst ausgesucht.

Wir liegen schließlich in Saras Kinderzimmer, einem kleinen holzvertäfelten Raum unterm Dach. Das Bett ist so schmal, wie ich breit bin, aber was soll's. Ich bin so glücklich, wie man im Rausch nur sein kann. Heute bin ich sechshundert Kilometer mit dem Auto gefahren, habe große Mengen Alkohol getrunken, um die Hand einer Halbitalienerin angehalten, alles über Oliven und Pecorino-Käse erfahren und Antonio kennen gelernt. Und: Ich habe noch alle Finger an der Hand.

»Und? Wie findest du sie?«, will Sara von mir wissen.

»Nett. Ist dein Vater immer so?«

»Habe ich dir doch erzählt. Jedenfalls liebt er dich, das ist die Hauptsache.«

»Woran merkst du das denn?«

»Er ist wirklich glücklich.«

In diesem Moment geht die Tür auf. Toni im Schlafanzug.

»I wollte nur *buona notte* sagene.« Er hebt den Daumen und zwinkert mir zu. »I bin so gluckliche, dasse i eine neue Sohn habe.«

Ohne eine Antwort abzuwarten, schließt er die Tür.

»Siehst du, er meint es ernst.«

»Das ist schön. Geht er jetzt ins Bett?«

»Schwer zu sagen. Manchmal bleibt er die ganze Nacht auf und läuft im Haus herum.«

»Warum das denn?«

»Er ist so aufgeregt und dann kann er nicht schlafen. Bist du müde?«

Ach, bin müde, so müde, mein Kopf sinkt auf ihre Brust und die Augen schließen sich ganz sanft und schwer. Sara krault mir den Hinterkopf. Das ist schön.

Tür auf. Toni.

»Habte ihr die Eizung anne?«

»Ach Papa!«

»I wollte nur mal kontrolliere, ob alles gut iste fur die Nacktruhe. Musse man achten für die Schlafe.«

Er geht zur Heizung und nestelt an dem Drehknauf herum. Er öffnet das Fenster, denn »*combinazione* von warme Temperatur und frische Lufte ist Beste von Beste für gesunde Schlaf«. *Grazie. Prego.*

Danach schlafe ich einen traumlosen Schlaf. Ich kann nicht mit Gewissheit sagen, ob und wenn ja, wie oft Antonio noch hereingekommen ist. Sara behauptet, nur vier Mal.

Am nächsten Morgen passt mein Kopf nicht durch die Tür. Ich bewege mich seitwärts ins Bad und bewundere mich für meinen Atem, der nach Froschtümpel riecht.

Das Badezimmer von Herrn und Frau Marcipane sieht aus wie das Wohnmobil von Siegfried und Roy. Lachsfarbene Kacheln und goldene Armaturen, wohin man blickt. Neben dem Spiegel mit dem goldenen Rahmen hängen auf jeder Seite zwei brokatige und ansonsten funktionslose Bommel. Die Waschbecken – es gibt zwei davon – haben die Form von Muscheln. Es riecht nach Agua Brava.

Ich versuche, mich in Form zu bringen, was mir passabel gelingt. Heute ist noch eine Hürde zu nehmen. Wir müssen nämlich auch zu meinen Eltern. Die wissen zwar bereits von unseren Hochzeitsplänen, weil wir ihnen davon erzählt haben, als sie uns in der Woche zuvor besuchten, aber natürlich müssen sich die Eltern vor der Hochzeit kennen lernen. Ein zwangloses Mittagessen soll es geben. Mein Elternhaus ist für zwanglose Mittagessen zwar nicht weltberühmt, doch meine Mutter ist eine großartige Köchin und der Weinkeller meines Vaters enthält Flaschen, die mit Jürgens Schätzen durchaus mithalten können.

Bei diesem Gedanken wird mir kurzfristig enorm übel und ich öffne den mit einem cremefarbenen Flokati bezogenen Deckel des Klos. Der Geruch von pinkfarbenen Klosteinen desinfiziert mich aber in Sekundenschnelle – alles klar, ich werde mir nicht die Blöße geben und bereits am ersten Tag meiner Zugehörigkeit in dieser Familie das Klo meiner Schwiegereltern voll kotzen.

Antonio ist bester Dinge. Er läuft in Hausschuhen herum und dekoriert den Frühstückstisch mit allerhand Tand, den er aus einer Schublade der Schrankwand holt. Auf meinem Platz liegen zwei Zeitungen, die er eigenhändig heute Morgen für mich gekauft hat, wie er mir zur Begrüßung mitteilt. In seiner Vorstellung von mir gehören eine gewisse Verzierung des Frühstückstisches und das Lesen von mindestens zwei Zeitungen nach dem Aufstehen einfach zum Leben dazu.

Das Frühstück ist übrigens ziemlich unitalienisch, will sagen reichhaltig. Schließlich wohnt Antonio bereits seit über dreißig Jahren in Deutschland und weiß ein Käsebrötchen am Morgen durchaus zu schätzen. Außerdem ist er mit einer Deutschen verheiratet. Es gibt nicht viele Bereiche im Leben der beiden, in der sie eindeutig die Regeln festlegt. Zumindest beim Frühstück scheint das absolut der Fall. Es gibt allerdings Espresso, da hat er sich durchgesetzt. Diese Verschränkung von Lebensgewohnheiten ist wie das Bild von Neapel und der Holzteller im Flur, nämlich der Versuch, Mentalitätsunterschiede durch gemeinschaftlich begangene Verbrechen am guten Geschmack zu überwinden. Ich glaube, so ist Europa.

»Möchtet ihr ein bisschen spazieren gehen?«, fragt Sara. »Die frische Luft wird dir gut tun.«

»Oh, wir gehen spazieren!«, ruft Antonio erfreut. »Ich zeige dir Schönheite hiere inne Ort und die Attraktionen von diese schöne Umgebung.«

Also gehen wir spazieren, das heißt, wir stehen

mehr spazieren, als dass wir gehen. Antonio muss immer mal wieder innehalten und etwas erzählen. Dafür bleibt er stets stehen, weil er mir dann besser in die Augen sehen kann. Wir unterhalten uns wie richtige Männer. Eigentlich unterhält sich Antonio. Ich werde unterhalten. Das macht mir aber nichts aus, ich kann auch mal schweigen, besonders heute.

Die Hauptattraktionen der Nachbarschaft sind: der Garagenhof, die Garage, der dort geparkte Mercedes, Kinderspielplatz, Bäcker, Getränkemarkt und Lottoannahmestelle.

Dorthin zieht es Antonio mit aller Macht, denn Lotto ist für ihn das Größte. Er spielt immer dieselben Zahlen, nämlich seinen sowie die Geburtstage seiner Kinder. Das führt zwangsläufig dazu, dass kein Zahlenwert höher ist als 11, denn seine Töchter haben nun einmal am 6. 7. und am 10. 1. Geburtstag, er selbst am 2. 11., so dass er immer wieder aufs Neue 1, 2, 6, 7, 10, 11 tippt.

»Wann haste du Geburtstag?«, fragt er mich.

»Am 28. Oktober«, antworte ich, und er kreuzt anstelle der 11 die 28 an.

»Wenne ich ein Million gewinne, bekommst du die Hälfte«, versichert er mir, und es besteht überhaupt kein Zweifel, dass er das auch so meint. Es gilt das gesprochene Wort.

»Binne i keine Geizhalse, liebe Jung. Wenni habe, gebe auch und machte mir nix aus.«

Ich warte auf die üblichen Schwiegersohn-Gespräche, irgendwie habe ich mich sogar darauf gefreut. Es ist doch schön, wenn man ermahnt wird und die Fragen beantworten muss, die ein besorgter Vater sich stellt. Ob man die Tochter denn auch ernähren könne. Und ob man Kinder wolle, schließlich seien Kinder das Salz der Erde. Und was denn der eigene Vater beruflich mache. Und ob man Abitur habe. Und wie das alles weitergehe. Aber ich warte vergebens. Antonio, stelle ich fest, hat sich für mich entschieden, nicht ich mich für seine Tochter. Ich könnte auch Bratschist in einem usbekischen Kammerorchester sein oder Schiffschaukelbremser auf der Kirmes oder Außenminister von Österreich.

Als habe er meine Gedanken erahnt, bleibt er plötzlich stehen und sagt ernst: »Auptsach, du bist keine *carabiniere*.«

»Keine was?«

»Keine *carabiniere*. Dorfpoliziste. Aber du bist keine dumme Salat.«

Später frage ich Sara, was ein dummer Salat ist. Es handelt sich hierbei um einen Ausdruck, den Antonio höchstpersönlich erfunden hat und den er mit Stolz immer wieder anbringt. Ein dummer Salat ist ein Kopfsalat, den man frisch aus der Erde geholt hat. Solch ein Salat ohne Essig und Öl ist in Antonios Augen langweilig, weil er nach nichts schmeckt, also fad und somit dumm. »Dumme Salat« ist der wahrscheinlich stärkste Kraftausdruck in Antonios Sprachschatz. Manchmal sagt er auch »*baccalà*«, das heißt Stockfisch und bedeutet ungefähr dasselbe wie »dumme Salat«. Dass ich keiner bin, solle mich stolz machen, sagt Sara. Sie sei jahrelang einer gewesen.

Dann fahren wir zu meinen Eltern. Ein großer Moment, für den sich Antonio, die Würde des Augenblicks erkennend, ordentlich in Schale geworfen hat. Italiener wissen sich von Natur aus gut anzuziehen, besonders die Männer. Selbst eine geflickte schmutzige Windjacke können sie tragen wie einen Smoking. Sie bewegen sich in ihren Kleidern wie Stars auf einem roten Teppich. Toni trägt eine Kombination aus einer braunen Cordhose und einem weißen Hemd mit einem grünen Jackett. Er ist frisch rasiert und lächelt sein Goldzahnlächeln. Er riecht wie Al Pacino, Marlon Brando und Lino Ventura. Und zwar gleichzeitig.

»Wie seh i aus, seh i gut aus?«

Frau Marcipane, die ein hübsches Sommerkleid und kaum Make-up trägt, ist ein wenig nervös, schließlich kennt sie ihren Toni schon eine geraume Zeit. Er ist ein unberechenbares Risiko im Umgang mit Fremden. Seine Auftritte sind entweder Sternstunden der Unterhaltung oder sie führen zur völligen Verstörtheit des Publikums. Das hängt von ebendiesem Publikum ab, niemals von Toni. Der ist immer nur ganz er selbst.

Mein Elternhaus ist eine gute Autostunde von dem der Marcipanes entfernt. Heute lerne ich, welche Rolle solche Zeitberechnungen in der Familie meiner Zukünftigen spielen, nämlich keine. Wenn es heißt, etwas dauert eine Stunde, so bedeutet das in Antonio-Rechnung: Es dauert nicht so lange wie ein Abendessen, aber länger als ein Bocciaspiel. Zeiträume werden bei ihm nicht mit Uhren gemessen, sondern mit Tätigkeiten. So lange wie einkaufen.

Ungefähr so lange wie spazieren gehen. So lange wie ein Nickerchen.

Die Länge einer Autostunde ist demnach ziemlich dehnbar und hat für ihn keinerlei Bedeutung. Für meine Mutter schon, denn sie hat gekocht. Während ich in Antonios Auto sitze, stelle ich mir vor, wie meine Mutter in der Küche herumsaust und mein Vater den Wein atmen lässt – übrigens eine ganz und gar sinnlose Angewohnheit vor allem deutscher Weinkenner, die nicht wahrhaben wollen, dass Wein nicht auf einer Fläche von drei Quadratzentimetern atmen kann. Hoffentlich macht sie nichts Italienisches, das könnte ranschmeißerisch wirken. Oder nein: Hoffentlich macht sie etwas Italienisches, alles andere wirkt kulturimperialistisch oder könnte dazu führen, dass Toni nichts isst. Italiener essen ja nicht so gerne deutsch. Hoffentlich gibt es auf keinen Fall etwas Französisches, womöglich mit einem Bordeaux, denn das ist für einen Italiener eine Beleidigung.

Wahrscheinlich ist jedoch, dass es gar nichts gibt, denn vermutlich werden wir nie bei meinen Eltern ankommen. Zu behaupten, Herr Marcipane fahre defensiv, ist eine hoffnungslose Untertreibung. Sein Auto fährt nicht, es rollt allenfalls und wird auf der Autobahn sogar von holländischen Wohnmobilen zügig überholt. Während er durch die Landschaft gondelt, kann man getrost aussteigen und ein paar Blümchen pflücken. Seine Frau hat sich offenbar mit den Jahren daran gewöhnt, sie scheint dieses Tempo sogar zu genießen.

Früher machten die Marcipanes sich jeden Sommer von Krefeld auf den Weg nach Süditalien. Wenn Antonio die ganze Strecke über am Steuer gesessen hätte, wäre der Urlaub schon bei der Ankunft vorbei gewesen. Deswegen fuhr immer Ursula. Sie ist wirklich eine duldsame Frau, deren Missbilligung für ihren Gatten einzig dadurch zum Ausdruck kommt, dass sie die Augen gen Himmel richtet. Manchmal schüttelt sie auch den Kopf und seufzt. Meistens jedoch ist sie sehr freundlich zu ihrem Mann. Ich glaube, sie hat eine Art Restlichtverstärker im Kopf. Damit kann sie alles, was Antonio ihr so von morgens bis abends erzählt, automatisch filtern und übersetzen. Was sich wiederholt, fliegt sofort raus, neue Sätze werden in die Tiefen des Hirns weitertransportiert und konstruktiv verwertet. Nur so ist ihre tranquilizerartige Coolness zu erklären.

Während der Fahrt klärt mich Antonio über den europäischen Fußball auf. Es gibt nämlich überhaupt nur zwei Gegenden, in denen ordentlich, wenn nicht sogar »in absolute Welteklasse« gespielt wird. Der eine Ort ist ganz Italien. Der andere ist Krefeld, denn da spielt seine Lieblingsmannschaft, Bayer Uerdingen. Patrioten sind immer auch Lokalpatrioten, was bei Antonio zu dieser seltsamen Mischung führt. Er schwärmt vom einzigen Match, mit dem Bayer Uerdingen Fußballgeschichte geschrieben hat, nämlich dem Viertelfinale im Pokal der Pokalsieger 1986. Nach einer 0:2-Hinspielniederlage gegen Dynamo Dresden und einem 1:3-Pausenrückstand sah es damals finster aus für Bayer. Doch die mit dem Mut der Verzweiflung kämpfende Mannschaft drehte das Spiel in der zweiten Hälfte tatsächlich noch um und gewann schließlich mit 7:3, was den Einzug ins Halbfinale bedeutete. Dort scheiterte Bayer zwar an Atletico Madrid, wurde jedoch am Ende der Saison Dritter in der Bundesliga. Antonio kann jeden Spielzug der Partie gegen Dresden genau beschreiben, was er leidenschaftlich macht, viel leidenschaftlicher, als er zum Beispiel Auto fährt.

Nach etwas mehr als zwei Stunden biegen wir in die Straße meiner Eltern ein. Ich vermute, dass meine Mutter stocksauer oder den Tränen nahe in der Küche auf irgendetwas Verbranntes starrt, aber ich täusche mich. Sie hat vitello tonnato gemacht, das ist Kalbfleisch in Thunfischtunke mit Kapern, das kann nicht kalt werden, weil es ohnehin kalt ist. Kluge Mutter.

Nach der Begrüßung, bei der ich alle miteinander bekannt mache, zaubert Antonio eine Plastiktüte hervor und entnimmt ihr eine Flasche Wein aus Jürgens Bestand. Feierlich überreicht er sie meinem Vater, der das italienische Staatsgeschenk mit Kennerblick begutachtet und dann »Oho!« ruft.

Man nimmt auf der Terrasse Platz, es läuft ganz gut. Antonio ist ein charmanter Plauderer und er ist ein Philosoph. Der letzte große Philosoph Italiens, der leider im befreundeten Ausland leben muss.

Nach der Vorspeise setzt er zu seinem Lieblingsthema an, vor dem mich Sara schon gewarnt hat: Machiavelli. Seine Frau guckt nach oben, Sara nach unten, meine Eltern hören mit sozusagen verschwägertem Interesse zu. Obwohl mit der Gedankenwelt Machiavellis nicht im Detail vertraut, lässt es sich Antonio nicht nehmen, meine Eltern in die Geheimnisse dessen Schaffens einzuweihen. Meine Eltern sagen: »Ach, tatsächlich?« oder: »Interessant, ja«, bis Antonio schließlich zum Kern des machiavellistischen Handelns vorgedrungen ist: der Verführung der Frau und der lebenslangen Freundschaft mit Sigmund Freud.

»Habbe sie alles geteilte, die Wohnung und die Fraue, waren die beste Freunde, die beide, wisse Sie?«

»Das kann nun nicht sein«, werfe ich ein, »Freud hat im letzten Jahrhundert gelebt und Machiavelli vor vierhundert Jahren. Die können sich gar nicht gekannt haben.«

Darauf er: »Makke ja sein.« Kurze Pause. Dann: »Aber der Freud, hatte er einfache alles abgeschrieben bei Machiavelli.«

Wenig später preist er seinen Mercedes, ein Wunderwerk von »deutsche Kunst von die Ingenieure, die wirkelich habbe sich was ausegedacht«. Sein Auto hat nämlich »Klimaluft unde tippeditoppe alles drin, bin ich schon 400 000 Kilometer gefahre ohne der Dingeschaden irgendewo«.

Diesmal schreitet seine Frau ein: »Toni, 120 000 Kilometer hat der gefahren.«

Darauf er, ohne eine Sekunde zu zögern: »Na unde? 400 000 iste italienische Zahl.«

Dann kommt das Gespräch auf die Hochzeit. Ja, er werde die Feier bezahlen, ruft Antonio im Überschwang der Gefühle, die er an diesem wunderschönen Tag empfindet – und darauf wollen wir anstoßen. Auch wenn er bedauere, dass er keinen Sohn hat und daher niemals zu einer Hochzeit eingeladen wird, die er nicht selbst bezahlen muss. Daraufhin schlägt mein Vater vor, die Hälfte zu übernehmen. Ooohh nein! Das könne er nicht annehmen, das sei gegen seine Ehre. Aber wenn er es sich recht überlege, sei es ja nur ein Ausgleich dafür, dass mein Vater drei Söhne hat. Nur um der Gerechtigkeit willen und ohne darin einen Vorteil zu sehen, nimmt er das Angebot schließlich doch an, allerdings nur unter der Voraussetzung, dass man es niemandem weitererzähle.

»Natürlich nicht.«

»Schwörren!«

Ein schöner Sommertag geht zu Ende. Morgen früh werden Sara und ich verlobt nach Hause fahren. Noch vier Monate, dann sind wir ein Ehepaar.

Zum Abschied sagt mein Vater: »Is' ja ein komischer Kauz, dein Schwiegervater. Aber von Wein versteht er wirklich etwas.«

Zwei

Unsere Hochzeit ist ein Traum. Antonio hat sich dafür einen Anzug gekauft, der aus einer schwarzen Hose, einer schwarzen Jacke und einer lilafarbenen Weste besteht, die von goldenen Fäden durchwirkt ist. Dazu trägt er eine Fliege. Er sieht ein wenig aus wie ein Spielhallenchef aus Las Vegas und er benimmt sich auch so. Den ganzen Tag hat er, der sonst nie raucht, eine Zigarre im Mund und stellt sich allen Gästen ausführlich vor: »Marcipane, i binne de Vater von de schöne Braut hier. Darfe i fragene, wer Sie denn sinde? Aha, muss i ja wisse, zahle die Rechnung. Na ja, alle fur meine Schnucke.«

Beim Essen führt er die Hochzeitsgesellschaft in einen Brauch ein, von dem er behauptet, dass er in seiner Heimat seit Jahrhunderten auf jeder Hochzeit üblich sei. Ich habe da so meine Zweifel, aber wer legt sich schon mit dem Brautvater an? Jedenfalls hält er bei Tisch eine kleine Rede, die außer seiner Frau und seiner Tochter nur noch ich, und das auch nur in Teilen, verstehe. Zum Abschluss der Brauch: »Wenne einer klingelte mit de Messer an der Glas, alle zusamme musse an der Glas klingele und das Brautepaar musse aufstehe und kussen. Dazu rufte man ›*Cent' anni*‹, was bedeutete, dasse die Verbindung, die glücklich machte uns alle hiere heute, soll bestehen fur undert Jahre.«

Dann klimpert er mit seinem Messer ans Glas, alle anderen klimpern mit, wir stehen auf und küssen uns, worauf er »*Cent' anni*« ruft. Wir setzen uns wieder.

Drei Minuten später – ich habe gerade Saibling im Mund – klimpert er abermals. Also das Ganze noch mal. Nachdem er in der folgenden halben Stunde sechs Mal *cent' anni* gemacht hat, bittet Sara ihn, damit ein wenig hauszuhalten, und er verspricht, nur noch höchstens drei Mal in der Stunde zu klimpern. Damit kann ich gut leben. Man heiratet ja meistens nur einmal im Leben. Die Nacht werden wir übrigens wohlweislich nicht im selben Hotel wie Antonio verbringen. Es stört mich im Allgemeinen nicht besonders, wenn Antonio um vier Uhr nachts überprüft, ob wir die Fenster geöffnet haben. Aber in der Hochzeitsnacht muss das nicht sein.

Leider können Saras Verwandte aus Süditalien nicht dabei sein. Zu weit, zu teuer, zu kalt. Sara ist natürlich enttäuscht. Schade, denke ich und öffne am nächsten Tag das Geschenk der Familie, dem ein rosafarbener Brief beiliegt, den ungefähr zwanzig Menschen unterschrieben haben. Die meisten heißen Antonio und Maria. Unter sehr viel Holzwolle und Seidenpapier kommt ein monströser Schwan aus Porzellan zum Vorschein mit einem Loch im Rücken, in das man Bonbons füllt.

»Ein ganz typisch italienisches Geschenk!«, jubelt

meine Frau. Menschen, die einem so etwas schenken, muss man einfach kennen lernen.

Die Gelegenheit dazu ergibt sich im darauf folgenden Juni. Im Mai ruft Antonio an und lädt uns in sein Sommerhaus ans Meer ein. Dabei handelt es sich natürlich nicht direkt um *sein* Sommerhaus, sondern um das eines Arbeitskollegen aus dem Stahlwerk. Und genau genommen ist es auch kein Sommerhaus, sondern das Elternhaus des Kollegen, welches in den Ferienmonaten vermietet wird. Antonio hat es im Tausch für eine kleine Gefälligkeit billig bekommen. Diese Gefälligkeiten kenne ich bereits, weil Antonio sie mir schon einmal angeboten hat.

Einmal sprach er mich leise von der Seite an: »Brauchste du eine neue Fahrrad?«

»Nein, warum?«

»Musste du nich bezahle, machte die Versicherung doch.«

»Warum sollte mir die Versicherung ein Fahrrad kaufen?«

»Weil deine Rade leider verschwunde iste.«

Dann erklärte er mir, wie ein Rad verschwindet. Toni ist Schichtführer in einem Stahlwerk. Wenn man so alleine nachts am Hochofen steht, kann es leicht passieren, dass irgendetwas – hoppla – darin verschwindet. Ein Fahrrad zum Beispiel. Nach der Schicht muss man dann nur feststellen, dass das Rad nicht mehr da ist, was ja eine Tatsache ist. Anschließend geht man zur Polizei und in null Komma nixe hat man ein neues Fahrrad.

»Das ist Betrug«, sagte ich. Und dass ich mir selbst ein Fahrrad kaufen könne, wenn mir danach ist. Ich möchte nicht wissen, was da im Hochofen gelandet ist, aber die Miete für das Haus ist so sensationell günstig, dass es wohl ein ziemlich großer Gefallen gewesen sein muss.

Jedenfalls sagen wir zu, den Urlaub mit Toni und Ursula zu verbringen, und also fahren wir einige Wochen später los, Richtung Süditalien, und zwar zunächst in Antonios Heimatort Campobasso, weil ich der Familie vorgestellt werden muss. Inzwischen habe ich keine Angst mehr davor, amputiert, entführt oder gegessen zu werden. Ich habe nämlich seit der Hochzeit mehrmals mit verschiedenen Familienangehörigen telefoniert. Nein, das ist übertrieben. Ich habe mich am Telefon gemeldet und ein kratzendes Geräusch vernommen, dem bald etwas Unverständliches folgte, was so ähnlich klang wie Italienisch. Ich habe dann immer *»Uno momento«* gesagt und den Hörer weitergegeben. Wenn Sara nicht zu Hause war, sagte ich Sätze wie *»Sara no a casa«*, worauf am anderen Ende der Leitung heiser gelacht wurde. Manchmal trug man mir etwas auf, was ich nicht verstand, und ich richtete Sara aus, dass sie doch am besten zurückrufen solle. Sara übersetzte dann die Fragen der diversen Onkel und Tanten, die ich allesamt für ziemlich merkwürdig hielt (die Fragen, nicht die Onkel und Tanten – die kannte ich ja noch gar nicht). Ob ich so fleißig sei, wie man es von einem Deutschen befürchten müsse? Ob ich Lunge oder Leber essen würde oder beides? Ob ich Allergien hätte?

Schließlich brechen wir auf, bepackt für einen dreiwöchigen Strandurlaub mit Don Marcipane und allen, die uns in seinem Sommerhaus besuchen wollen. Ich bestehe allerdings darauf, dass wir mit zwei Autos fahren, weil es mir schon rein technisch nicht möglich ist, auf der Autobahn sieben Stunden lang eine Geschwindigkeit von dreiundachtzig Kilometern pro Stunde zu halten.

Das geht nicht nur mir so. Weil Antonios Frau auch gerne irgendwann ankommen möchte, schlägt sie ihm nach spätestens fünfzig Kilometern einen Fahrerwechsel vor. In den vergangenen sechsunddreißig Jahren, so erzählte mir Sara einmal, führte das unweigerlich dazu, dass ihre Mutter die Strecke fast ganz alleine fuhr und Antonio schnarchend im Fond lag. Als Sara und Loretta erwachsen waren, konnte man sich immerhin zu dritt abwechseln. Es stand natürlich immer der Verdacht im Raum, dass Antonio in Wahrheit nur so langsam fuhr, damit man ihm das Steuer wegnahm und er in Ruhe schlafen konnte. Diesen Vorwurf konterte er mit der Behauptung, er wolle den Seinen lediglich die Möglichkeit geben, am Steuer Erfahrung zu sammeln, und das sei doch sehr großzügig von ihm. Damit war es allerdings stets wenige Kilometer vor Campobasso vorbei. Dann wachte er wie durch ein Wunder auf und drängte ans Lenkrad.

»Waaas? Kinde! Wir sinde ja schon faste da. Warum habt ihr nichte geweckte? Jetzte fahre ich aber wenigste die Reste.«

Er zog sein Hemd aus, legte sich ein Handtuch um den Nacken, hängte den Arm aus dem Fenster und steuerte hupend in den Ort: Toni aus Deutschland ist da, total abgekämpft, aber glücklich, seine Familie hierher gebracht zu haben.

Die Reise geht also nach Campobasso. Das ist ein kleiner Ort von etwa 50 000 Einwohnern. Er liegt zweihundertfünfzig Kilometer südöstlich von Rom in den Bergen und langweilt sich. Campobasso ist die Hauptstadt der Region Molise, die genau so klein ist wie die andere winzige Region Italiens, das Aostatal. Während man jedoch Letzteres für seinen Schinken und seinen Tourismus kennt, ist von Molise praktisch nichts bekannt. Die meisten Italiener waren noch nie hier. Diese Region ist also ungefähr so etwas wie das Saarland Italiens. Die Gegend von Campobasso ist ziemlich karg und besteht aus Bergen, die mit grünen Sträuchern überzogen sind. Es gibt auch Oliven und Wein, aber keine Industrie und wenig Hoffnung.

Diese wird zu einem großen Teil von Padre Pio genährt, dem aktuellen Heiligen-Superstar Italiens. Sein Antlitz begegnet einem in Molise auf Schritt und Tritt, als sei er das Staatsoberhaupt einer Diktatur osteuropäischer Prägung. Padre Pio hat einen Bart, der aussieht wie Auspuffqualm, und soll schon als junger Mann Wundmale an Händen und Füßen gehabt haben, was als Zeichen besonderer Verbundenheit zu Gott gewertet wird. Padre Pio war nicht immer unumstritten in der katholischen Kirche, doch beim Volk sehr beliebt. Er starb 1968 und wird besonders im Süden Italiens verehrt. Außer Padre Pio gibt es nicht viel, woran die Menschen im Süden sich aufrichten können, seit der ruhmreiche SSC

Neapel nicht mehr in der ersten Liga spielt. Der Glaube wohnt im Süden, das Geld im Norden, so einfach ist das.

Die Verehrung für Padre Pio findet unter anderem im Kloster von Cassina statt, einem Ort, der gut dreißig Kilometer vor Campobasso liegt. Dort stapeln sich zuweilen die Reisebusse. Leider drehen sie nach getaner Preisung wieder um und fahren zurück nach Rom oder Neapel. Bis in die Hauptstadt von Molise dringt niemand vor. Das führt dazu, dass es in Campobasso zwar eine kleine Universität gibt, aber kein einziges Hotel. Es dürfte die einzige Provinzhauptstadt in Europa ohne auch nur den geringsten Fremdenverkehr sein, und das obwohl die Stadt immerhin eine richtige Burg zu bieten hat. Allerdings tragen die Politiker am Ort auch nichts zu Ruhm oder Bekanntheit der Gemeinde bei. Es gibt kein Jazz- oder Filmfestival in Campobasso, keinen antiken Trödelmarkt, kein bedeutendes Museum und auch keine Landwirtschaftsmesse oder so etwas. Das einzig Bekannte an Campobasso sind das Gefängnis, das etwas außerhalb einigen hochrangigen Mafiabossen Kost und Logis gewährt, und die Tatsache, dass die Großmutter von Robert De Niro im Nachbardorf wohnt. Robert De Niro soll aber bisher aus Zeitgründen nie vorbeigekommen sein, was man verstehen kann, wenn man mal von Rom dorthin gefahren ist. Man erreicht das Städtchen, das in fast tausend Metern Höhe liegt, nur über schmale Landstraßen, die zwar schön, jedoch auch schön gefährlich sind. Robert De Niro könnte sich natürlich einen Hubschrauber mieten und wäre schnell dort, aber die Gegend ist außerdem extrem windig, was zweifelsohne beim Aussteigen Probleme bereiten würde. Robert De Niro bleibt daher lieber zu Hause. Ich nicht. Ich fahre mit Sara zu ihrer Familie nach Campobasso, das *»In culo al mondo«* liegt, wie die Italiener sagen, und was genau das bedeutet, was Sie jetzt glauben.

Sieben Stunden bevor Antonio eintrifft, halten wir also am Arsch der Welt beim Haus von Oma Anna. Die Oma, wie alle Omas in Italien Nonna geheißen, ist hoch erfreut über unseren Besuch, denn es hatte die Gefahr bestanden, dass der Opa stürbe, ohne mich vorher gesehen zu haben. Zur Begrüßung kneift Nonna Anna mir in die Wange, was sie wohl als Ausdruck großer Zuneigung verstanden wissen will. Liebe tut weh. Nonna Anna ist eine winzig kleine Frau mit wächsernem Teint. Auf der Nase trägt sie eine riesige Brille, mit der sie aussieht wie Erich Honecker. Sie geht gebückt, aber mit schnellen, schlurfenden Schritten.

Opa Calogero, dessen seltener Vorname auf seine sizilianische Herkunft schließen lässt, ist weit über achtzig, ebenfalls sehr klein und besitzt die hellen Augen, die ich bei Antonio und meiner Frau so bewundere. Er trägt einen blauen Pullover und darüber Hosenträger, die an seiner braunen Hose klemmen. Sara hat mir erzählt, er sei ein Faschist reinsten Wassers. Solange er noch dazu in der Lage war, predigte er die visionären Ideen des *Duce* – und dies noch fünfzig Jahre nach Kriegsende.

Den Sommer über saß er den ganzen Tag auf einem Stühlchen vor einem wackligen Tisch und schimpfte auf das moderne Italien. Bei Weltmeisterschaften hielt er stets zu Deutschland, lobte die Disziplin und die Kondition der deutschen Spieler. Dies führte dazu, dass ihm ständig einer aus seiner Nachbarschaft auf den Hinterkopf hieb, um ihm diese Gedanken auszutreiben. Als er an Alzheimer erkrankte, hieß es nach italienischer Logik folgerichtig, daran seien nur die Deutschen schuld. Bei unserer Ankunft sitzt er auf seinem Stühlchen und erkennt meine Frau nicht mehr.

Seit fast fünfzig Jahren wohnen Calogero und Anna Marcipane im selben Haus in der Via Tiberio. Sie zogen ein, als es ganz neu war. Inzwischen blättert der Putz von der Fassade und die Wohnungstür schließt schlecht. Ihre Wohnung hat drei Zimmer, eine winzige Küche und ein klitzekleines Bad. Darin steht eine Wanne, die so kurz ist, dass ich darin nur mit angezogenen Beinen sitzen kann. Doch für die allesamt recht klein geratenen Marcipanes reicht es.

Ich, wer sonst?, trage das ganze Gepäck hoch, auch wenn wir nicht alles brauchen werden. Man weiß ja nie, wir wollen das Schicksal nicht versuchen. Wenn schon mein Auto geklaut wird, dann möchte ich wenigstens die Unterwäsche wechseln können.

Unser Zimmer wird beherrscht von einem wahrhaft Furcht einflößenden neorealistischen Gemälde, das einen weinenden Jungen zeigt. Auf meine Frage, wer das sei, antwortet die Nonna, dass sie es nicht wisse. Warum er denn weine, frage ich weiter. Weil er nicht im Wohnzimmer hängen darf. Aha. Und warum darf er nicht dort hängen? Langsam nervt sie die Fragerei. Weil da schon der andere Junge hängt. In ihrem Wohnzimmer gibt es tatsächlich ein weiteres Bild von einem Jungen, der ein Glas Milch in der Hand hält und ebenfalls weint. Äh, und warum weint der Junge mit der Milch? Weil er keine Milch leiden kann, aber seine Mutter zwingt ihn dazu, sie zu trinken. Basta. Nonnas kleines Universum ist sehr melancholisch. Andere Bilder zeigen Landschaften in Molise, einen Fischer, der einsam in seinem Boot sitzt, oder Padre Pio beim Beten.

Abends, es ist schon dunkel und Sara und ich kehren von einem Spaziergang zurück, kommen Antonio und Ursula an. Wir sehen sie erst nicht, aber wir hören sie, weil Antonio schon drei Straßen entfernt zu hupen beginnt. Also gehen alle aus dem Haus, und als Antonio um die Ecke biegt, klatschen sogar die Nachbarn auf ihren Balkonen. Antonio winkt aus dem Fenster und sagt: »Mein Gott, was für eine Fahrt, lange mache ich das nicht mehr mit.«

Auf der anderen Seite steigt Ursula aus, die sofort ins Bett geht.

»Weiße auch nicht, was mit ihr los iste. War eigentliche eine sehr ruhige Reise«, kommentiert Antonio achselzuckend.

Nachdem ich – wer sonst? – das Gepäck meiner Schwiegereltern hineingetragen habe, kommen ein paar nahe Verwandte zum Abendessen. Alle sind neugierig auf mich. Deutsche sind nämlich in Italien eine Attraktion. Jedenfalls dort, wo es keine Touristen gibt.

Zuerst erscheinen Egidio, Maria und deren Sohn Marco. Das ist der Lieblingscousin meiner Frau. Maria ist die kleine Schwester von Antonio, Egidio ist ihr Gatte, ein bärenhafter Neapolitaner, der mir sofort sympathisch ist, weil er zur Begrüßung die drei deutschen Ausdrücke anstimmt, die er kennt, nämlich »Kartoffel«, »Blitzkrieg« und »Guten Tag«. Kurz darauf treffen Antonios Brüder Raffaele und Matteo ein, die verwirrenderweise ebenfalls beide mit einer Maria verheiratet sind. Deren Kinder bleiben ebenso zu Hause wie Tante Lidia, die in Ungnade gefallen ist, was später noch ein Thema wird. Mir ist es ganz recht, dass nicht über sie gesprochen wird, weil ich mir ohnehin schon ziemlich viele Namen merken muss.

Außerdem reicht mein Speisekarten-Italienisch nur bis Florenz. Dahinter ist Schluss, finito, ich verstehe nicht ein Wort, denn hier wird ein Dialekt gesprochen, der nicht einmal Italienern ohne weiteres zugänglich ist. Es handelt sich um Neapolitanisch mit Bergeinschlag, vergleichbar wahrscheinlich mit hanseatischem Schwäbeln. Antonio zum Beispiel heißt hier Andò, was auf der zweiten Silbe betont und mit einem »o« wie in »Knopf« oder »Topf« ausgesprochen wird. »Arrivederci« spricht man hier »achwidetsch«, manchmal sogar nur »achwid« aus und »tedesco« klingt wie »teddesch«. Endungen sind zum Verschlucken da. Meistens sprechen zudem alle gleichzeitig, was es mir erschwert, wenigstens die Rahmenhandlung zu verstehen.

Zum Glück ist meine Frau bei mir, die alles brav übersetzt. Ob es mir hier gefällt, ob ich den Süden mag, welche Fußballvereine ich kenne, ob ich in die Kirche gehe. Irgendwie habe ich den Eindruck, als interessierten sich diese netten Menschen mehr für ihre Fragen als für meine Antworten. Jedenfalls gehen sie nie darauf ein, sondern wechseln immer wieder behände das Thema.

Dann gibt es Abendessen. Der Vorgang der Nahrungsaufnahme an sich ist in meiner Familie dabei eigentlich Nebensache und findet eher beiläufig statt. Reden ist viel wichtiger. Folgender Dialog ist das Mantra italienischen Familienlebens, ich habe ihn seit meinem ersten Besuch immer wieder durchlebt: Er beginnt immer mit einer scheinbar einfachen Frage, die ich höflich beantworte.

»Möchtest du noch von dem Schinken?«

»Nein danke. Ich bin satt.«

»Es schmeckt dir nicht.«

»Doch, doch, es war toll, aber ich kann nicht mehr, wirklich.«

»Maria, ihm schmeckt's nicht.«

»Doch, wirklich, es schmeckt vorzüglich.«

»Na, dann iss doch noch was.«

»Gut, ich, äh, esse vielleicht noch etwas Käse.«

»Na also. Und eine *bistecca*?«

»Um Himmels willen, nein danke. Ich kann nicht mehr.«

»Schmeckt's nicht?«

» – «

Was die Ernährung angeht, so ist es ein absolutes Wunder, dass dieses Land noch existiert, weil seine

Bewohner eigentlich längst tot sein müssten. Sie ernähren sich nämlich fast ausschließlich von Kohlehydraten.

Man beginnt morgens mit einem kleinen *cornetto* zum Kaffee, also einem Croissant. Niemals darf man übrigens dieses Wort in Italien verwenden, es hat die sofortige Verbannung aus dem *inner circle* jeder italienischen Sozialgemeinschaft zur Folge. Zwischendurch verschlingen Italiener mehrmals am Tag einen *tramezzino*, ein Weißbrotsandwich mit Mayonnaise und allerlei billigen Zutaten. Mittags gibt es unbedingt Nudeln, manchmal Pizza, oft sogar beides. Abends dasselbe und immer weißes, ziemlich trockenes Brot dazu. Das kann man nicht überleben und es gehört zu den absoluten Mysterien der Menschheit, dass dieses Volk bei solch einer Ernährung nicht schon längst mit einem lauten Knall geplatzt ist.

Bei meiner Familie dreht sich eigentlich alles ums Essen. Wann habt ihr gegessen? Wer war dabei? Geht ihr heute noch essen? Wohin? Wie viel Knoblauch gebt ihr an das *ossobuco*? Egidio hat eine *cassata* gemacht. Es ist noch zu früh für ein Lamm, aber Kalb könnte gehen. Die *dolci* von Luigi sind besser als die von Gennaro. Und so weiter und so fort. Selbst Lebensweisheiten haben in meiner Familie immer irgendwie mit Essen zu tun. Über den Cousin Marco, der ein hübscher Kerl ist und besonders erfolgreich bei den Frauen, sagen seine Freunde voller Anerkennung: »Lui deve inzuppare il suo biscotto dappertutto.« (»Er muss überall seinen Keks eintauchen.«)

Italiener trinken nicht viel. Es gibt ganz selten

Bier, meistens steht gekühlter Rotwein auf dem Tisch. Meine Familie bevorzugt einen Winzer, der aus Kostengründen auf Etiketten verzichtet und seinen Wein in Bügelflaschen abfüllt, die er seinen Kunden in Zehnerkästen nach Hause bringt. Es ist ein ganz junger, aber großartiger Wein, von dem niemals zu viel getrunken wird. Schon die Kinder bekommen ihn mit Limonade verdünnt und die Erwachsenen trinken dazu Wasser. Nie habe ich erlebt, dass einer über die Stränge geschlagen hätte, nie habe ich einen Einzigen aus meiner Familie betrunken gesehen.

Man geht früh zu Bett. Gegen zehn Uhr abends schläft Campobasso sanft und schnarcht an seinem Berghang, dass die Pinien zittern. Vorher verabschieden wir gestenreich unsere Tanten und Onkel. Alle sind sehr nett zu mir. Ehe wir unter die Decke schlüpfen, drehe ich das Bild von dem weinenden Kind um. Ich habe Angst vor ihm.

Mit Antonio ist übrigens heute Nacht nicht zu rechnen, denn er übernachtet mit Ursula bei Egidio und Maria.

»Mein Opa tut mir Leid«, sagt Sara traurig, bevor wir einschlafen. »Er war immer so lieb.«

Das ist allerdings nur die halbe Wahrheit. In Wirklichkeit spielte er mit seinen vielen Enkeln gerne um Geld, beschiss sie nach Strich und Faden und gab es ihnen anschließend nicht zurück. Wenn Silvester nach altem Brauch mit Kleingeld geworfen wurde, das die Kinder aufheben und behalten durften, bückte er sich stets als Erster und grabschte ihnen die Münzen vor der Nase weg.

»Früher war er nie so still.«

Opa Calogero hat den ganzen Abend hindurch an seinem Tischlein gesessen und den Mitgliedern seiner Familie aus großen, neugierigen Augen zugesehen. Mich würdigte er keines Blickes, bis Nonna ihm erklärte, ich sei Deutscher. Da lächelte er zahnlos und bot mir eine rosafarbene Tablette aus seinem Fundus an.

In der Nacht stirbt er.

Opa Calogero liegt angezogen im Bett, die Augen geschlossen. Auf seiner wächsernen Haut spiegelt sich das Sonnenlicht, das durch die Ritzen der Fensterläden ins Zimmer fällt.

Sein Tod, sagen die Verwandten, kam nicht überraschend, er hat sehr abgebaut in letzter Zeit, sogar das Schimpfen ließ er sein. Eigentlich hörte er ganz auf zu sprechen, was für einen Marcipane bedeutet, dass es ihm wirklich nicht gut geht.

Nonna Anna ist am Morgen aufgewacht und wusste sofort, dass ihr Calogero tot neben ihr lag. Normalerweise war er vor ihr wach. Und wenn man über sechzig Jahre miteinander eingeschlafen und aufgestanden ist, dann erkennt man instinktiv, wenn etwas nicht stimmt.

Ganz automatisch kommt ein Prozess in Gang, der gleichsam wunderbar und merkwürdig anmutet. Als Erstes taucht der Hausarzt *dottor* Neri auf, um den Tod offiziell festzustellen. Er hat ein großes Muttermal im Gesicht und sieht aus wie Dumbo, der Elefant. Danach kommt der Priester Alfredo vorbei und betet mit Nonna Anna und den Tanten, die inzwischen ebenfalls eingetroffen sind. Nonno Calogero bleibt, wo er ist. Er wird nicht weggeschafft, sondern liegt nach wie vor auf seiner Bettseite, zugedeckt bis zum Kinn, unrasiert und mit einem etwas schlecht gelaunten Zug um die Lippen.

Allmählich verbreitet sich die Kunde von seinem Ableben. Ich lerne heute mindestens vierzig Marios kennen und noch einmal dieselbe Menge Antonios. Es handelt sich dabei um Angehörige der beiden Zweige der Familie, die so groß ist, dass alle Mitglieder mit Telefonanschluss glatt fünf Seiten im örtlichen Telefonbuch ausmachen. Es gibt ungefähr zwei Seiten Marcipane, dazu eine Seite Marcipano (aufgrund eines verhängnisvollen Tippfehlers beim Einwohnermeldeamt, von dem später noch die Rede sein wird) und noch einmal zwei Seiten Carducci. Weder die Marcipanes noch die Carduccis haben ihre zahlenmäßige Überlegenheit jemals in politische Wahlerfolge umgemünzt. Nie hat einer von ihnen ein öffentliches Amt bekleidet. Dennoch kennt jeder Einwohner der Stadt die beiden Familien.

Diese sind einander seit knapp dreißig Jahren spinnefeind, und das hat einen Grund, der nur unter größter Konzentration aufs Wesentliche erzählt werden kann: Einer von den vielen Antonio Marcipanes im Ort hat einen Sohn, der heißt Benito. Benito ist, euphemistisch ausgedrückt, ein bisschen doof, weil er als Kind einmal rückwärts von der campobassoschen Burgmauer gefallen ist und auf dem Hinterkopf landete. Ebendieser Benito Marcipane klaute einmal im jugendlichen Alter ein Auto. Wem dieses Auto gehörte, war ihm egal, wie das naturgemäß bei Autodieben ist, denn der Diebstahl ist ja nicht persönlich gemeint. Es wäre jedoch besser gewesen, wenn es ihn interessiert hätte, denn in Campobasso ist die statistische Wahrscheinlichkeit groß, einen Verwandten zu bestehlen, was hier der Fall war, denn das Auto – ein Fiat 500 – gehörte seinem Onkel, einem von vielen Mario Carduccis, der den Diebstahl auch noch beobachtete. Also ging Mario Carducci zu Benitos Vater und wollte sein Auto wiederhaben. Benito hatte es aber leider schon verkauft, und zwar an einen weiteren Carducci, der natürlich nicht wusste, dass er gerade das Auto seines Cousins Mario erworben hatte.

Bis hierhin ist die Geschichte noch ganz einfach und hätte auch irgendwie gelöst werden können, aber Antonio Marcipane verlangte nach einem Beweis gegen seinen Sohn Benito, der die Tat zwar unter Androhung von Schlägen gestanden hatte, allerdings wie gesagt ein bisschen plemplem war, so dass sein Geständnis in den Augen seines Vaters nicht zählte. Antonio Marcipane forderte deshalb die beiden Carduccis auf, doch erst einmal zu klären, wem der Fiat denn nun gehöre, denn immerhin habe der eine Carducci ja dafür bezahlt, und wo stehe eigentlich geschrieben, dass der andere Carducci überhaupt der rechtmäßige Besitzer sei? Und überhaupt, immer würde sein kleiner Benito verdächtigt, heilige Mutter Gottes, seht ihn euch doch nur mal an, der Junge ist doch zu blöd, um in den Krieg zu ziehen und erst recht, um Auto zu fahren, geschweige denn eines zu stehlen, und damit basta.

Mario Carducci geriet darüber derart in Wut, dass er Antonio einen Gangster und seinen Sohn einen dreibeinigen Hund nannte. Seitdem haben die beiden Familienzweige praktisch kein Wort mehr miteinander gewechselt. Das ist natürlich in einer Stadt wie Campobasso nicht immer ganz einfach. Wenn zum Beispiel ein Angehöriger des Carducci-Clans in den Bus steigt und eine Fahrkarte beim Fahrer erwerben will, der jedoch ein Marcipane ist, dann darf der Carducci umsonst mitfahren, weil es ihm nicht zuzumuten ist, einem Marcipane sein Fahrtziel zu nennen. Umgekehrt verwalten die Carduccis, von denen zwei im Finanzamt sitzen, nur die Buchstaben A–K und R–Z, um niemals auch nur zufällig mit einem Marcipane konfrontiert zu werden. Die Marcipanes behaupten auch, dass die Carduccis allesamt verblödet seien, während die Carduccis die Marcipanes geizig nennen, was aber mindestens im Falle meines Schwiegervaters nicht stimmt.

Tante Lidia ist zwar eine Marcipane, aber sowohl bei der einen wie der anderen Sippe in Ungnade gefallen, bloß weil sie zwischen den Lagern vermitteln wollte und die Ältesten beider Familien zu sich nach Hause zum Essen lud, ohne ihnen vom jeweils anderen etwas zu sagen. Beinahe wäre es in ihrer Wohnung zu einem Blutbad gekommen, wenn nicht ein Nachbar die Polizei gerufen hätte, die die Streithähne voneinander trennte. Tante Lidia ist seitdem eine Schande für die ganze Familie.

Der Fiat 500 wurde übrigens in stillschweigendem Einvernehmen einfach auf der Straße stehen gelassen. Angeblich gab es noch einen Anspruchsteller, nämlich einen Handelsvertreter aus Foggia, der behauptete, Mario Carducci habe das Auto ihm gestohlen; aber dieser Mann ist wohl eine Erfindung der Marcipanes. Jedenfalls meldete er sich nie bei der Polizei. Das Auto verschwand dann eines Tages, wie so viele Dinge in Italien einfach verschwinden, wenn man sie nur lange genug irgendwo abstellt.

Wir stehen also in der Wohnung von Calogero Marcipane und Männer mit staubigen Haaren und kratzigen Wangen paradieren langsam an mir vorbei. Geben mir die Hand, küssen mich schlecht rasiert auf die Wange und raunen mir ihre Vornamen zu: »Andò«, »Mar«. Danach gehen sie langsam ins Schlafzimmer und werfen sich auf den toten Opa, küssen die Nonna, die Tanten mit den Kopftüchern und verschwinden wieder. Die Schlange der Wartenden reicht bis auf die Straße hinunter – und alle sind auf irgendeine Weise mit Calogero Marcipane verwandt.

Drei Tage später findet die Beerdigung statt. Das steht auf den Zetteln, die zu Dutzenden an Hauswänden überall in der Stadt kleben, sogar im Treppenhaus von Nonna Anna. Auf der Todesanzeige ist ein Foto zu sehen, das Opa Calogero in Uniform zeigt. Es ist sicher schon fünfundfünfzig Jahre alt.

Leicht in Panik, durchsuche ich unser Gepäck nach trauerkompatibler Kleidung, aber ich habe natürlich nichts eingepackt, womit man zu einer Beerdigung gehen könnte. Ich habe nur eine lange Hose dabei, ansonsten kurze Ware, manches ist bunt, keine Krawatte, nicht einmal ein Jackett. Sara findet, dass sie sowieso ein schwarzes Kleid braucht, das man möglichst hinterher auch zu anderen Gelegenheiten tragen kann, und so gehen wir in die Stadt und kleiden uns bei Benetton ein, weil man jetzt auch nicht übertreiben muss. Ich kaufe einen schwarzen Anzug mit einem schwarzen Hemd und einer schwarzen Krawatte für 260 000 Lire.

Wie sich herausstellt, bin ich damit ziemlich overdressed, weil wirklich niemand in der italienischen Provinz ernsthaft auf die Idee kommt, mittags im Hochsommer bei vierzig Grad Hitze einen Anzug anzuziehen, geschweige eine Krawatte. Die Marios und die Antonios erscheinen daher allesamt in schwarzen Hosen und kurzärmeligen weißen Hemden.

Immerhin lobt mich mein Schwiegervater: »Siehst du gute aus, meine liebe Jung. Kenne die hier gar nichte, so eine Sinn für die Eleganz.« Seine Frau und er haben auf Neuanschaffungen verzichtet, aber ihre Garderobe unter Zuhilfenahme von großformatigen Sonnenbrillen der Situation angepasst.

Gegen zwei Uhr mittags wird der Sarg, der schwarz glänzt wie ein Konzertflügel, auf den Schultern von drei Marios auf der einen und drei Antonios auf der anderen Seite durch die Stadt getragen. Zunächst geht es in die nahe Kirche, wo gar nicht alle hineinpassen. Einige Dutzend Trauergäste bleiben vor der Tür und verfolgen, filterlose Zigaretten rauchend, die Trauerfeier, die über knisternde Lautsprecher nach draußen übertragen wird. Ich sitze zwischen Sara und Ursula und höre der Predigt zu, die ich nicht verstehe, die mich aber dennoch ergreift, weil es eben einen unerklärlichen, aber dramatischen Unterschied gibt zwischen einem auf Deutsch und einem auf Italienisch abgehaltenen Gottesdienst. Man kann schon verstehen, dass die Wiege des Katholizismus in Italien steht.

Dann kommt der Sarg auf einen Anhänger, der wiederum von je einem Mario und einem Antonio gezogen wird. Der Marsch zum Friedhof dauert in Antonios Zählweise ungefähr so lange, wie man braucht, um eine Kleinigkeit zu essen und Gemüse einzukaufen. Ein Kilometer im Gänsemarsch bei brütender Hitze. Ich fühle mich wie Lawrence von Arabien in der Wüste, aber der hatte wenigstens weiße Klamotten an.

Der Zug bewegt sich nicht nur aus Trauer so langsam, sondern auch, weil zu dieser Zeit viele Autos unterwegs sind. Am Straßenrand stehen Passanten, und irritiert nehme ich zur Kenntnis, dass Italiener eine ganz eigene Art haben, ihr Mitgefühl mit dem Toten zu bezeugen. Männer greifen sich nämlich in den Schritt, wenn sie einen Sarg sehen. »Sie wollen damit zum Ausdruck bringen, dass sie froh sind, noch am Leben zu sein«, flüstert Sara.

Am Friedhof angekommen, öffnet man den Sargdeckel in einer kleinen kühlen Aussegnungshalle. Alle sollen sich noch einmal von Calogero verabschieden. Er trägt sein feines Jackett nebst Schirmmütze sowie Hosenträger und ist bis zur Brust mit einem weißen, glänzenden Tuch zugedeckt. Nonna hat ihm sein Klappmesser mitgegeben. Mit diesem

Messer hat er immer seine Salami geschnitten und im Sommer Pfirsiche in seinen kalten Rotwein. Als gebürtiger Sizilianer bestand er darauf, immer und überall sein eigenes Messer zu benutzen, auch im Restaurant. Als er einmal ins Krankenhaus musste, warf er das Besteck nach der Krankenschwester und zückte sein Messer, um damit seinen Pecorino zu schneiden. Es ist so gefährlich, dass Nonna Anna Tesafilm darum bindet, damit es nicht aufspringt, als sie es ihm in die Brusttasche steckt.

Sie hat ihm auch seinen Gehstock dazugelegt, schließlich kann man nie wissen, was die Toten vorhaben. Diesen Stock hatte er in den letzten Monaten seines Lebens nicht mehr zum Gehen benutzt, sondern ausschließlich zum Drohen. Außerdem liegen noch seine Spielkarten im Sarg, denn wer weiß, vielleicht findet er im Himmel jemanden, der eine Partie *scopa* mit ihm spielen will. Sara weint.

Nachdem alle maßgeblichen Angehörigen noch einmal »Auf Wiedersehen« gesagt haben, wobei viele seine Stirn berühren, kommen zwei Schreiner und schrauben den Sargdeckel mit Akkuschraubern zu. Immerhin Inbus, achtzehn Stück. Dann biegt ein Gabelstapler um die Ecke und die Marios und Antonios wuchten den Sarg auf die Gabel. In gemächlichem Tempo folgt die Gemeinde dem tuckernden Gefährt bis zum Grab. Die ganze Zeit kommt mir der Sarg so kurz vor, und nun erkenne ich den Grund: Opa Calogero soll in einer Art Schließfach in einer Wand aus Beton beigesetzt werden. Erdbestattungen gibt es hier nicht.

Es gibt schmale Fächer, in welche die Toten längs hineingeschoben werden. Diese Gräber sind nicht so teuer, machen aber auch nicht viel her. Außerdem gibt es noch solche, in die die Verblichenen quer hineinkommen. Und es gibt solche, die zwar breit, jedoch nicht breit genug sind. Gut, Herr Marcipane war kein Riese, aber doch größer als der Sarg, oder täusche ich mich da? Ist Opa Calogero am Ende nicht mehr komplett? Ich habe es bis heute nicht gewagt, diese Frage zu stellen.

Nachdem die Arbeiter den kleinen Sarg in die Nische gekantet haben, was nicht ohne ein paar Lackplatzer geht, sagt der Priester noch ein paar schöne Worte, man betet. Dann taucht ein freundlicher Bauarbeiter auf. Er raucht und schiebt eine Schubkarre mit Zement vor sich her – er grüßt knapp und beginnt damit, den Opa einzumauern. Dabei klatscht der Zement gegen den Sarg.

Wir schauen schweigend zu und irgendwann sagt Egidio anerkennend: »'ne schöne Mauer, die der Opa da bekommt. 'ne wirklich schöne Mauer.«

Das ist wohl das größte Kompliment, das du hier posthum kriegen kannst.

So etwas wie einen Leichenschmaus gibt es zum Glück nicht, jedenfalls nicht in meiner Familie. Als die Mauer zu ist, gehen wir nach Hause.

Eine Stunde nach der Bestattung ihres Mannes hat Nonna Anna wieder ihre Kittelschürze an und kocht einen Kaffee für Antonio, Ursula und mich. Die Toten spielen in ihrem Leben eine wichtigere Rolle als die Lebenden, mit deren Sprache und deren

Vorstellungen sie nichts mehr verbindet. Früher sei sogar die Zukunft besser gewesen, sagt sie.

Wir bleiben noch ein paar Tage bei Nonna Anna, die nicht alleine sein mag. Immerhin war sie seit dem Krieg nicht mehr länger als sechs oder sieben Stunden ohne ihren Calogero, der selbst früher, als er noch arbeitete, immer zum Mittagessen nach Hause kam. Sie sagt, dass sie absolut keine Lust habe, jetzt noch lange ohne ihn zu sein. Das versetzt die Tanten in Sorge, aber Nonna Anna gelobt, sich nicht zu versündigen.

Dann erzählt sie eine Geschichte, die sich genau so auf dem Friedhof von Campobasso abgespielt haben soll:

Es waren einmal zwei Nachbarinnen, die konnten einander nicht ausstehen. Die eine hieß Rosalia und die andere Mirella. Mirella hatte ihren Mann Pasquale im Krieg verloren. Er war einfach nicht zurückgekehrt. Rosalia behauptete zwar, dies bedeute keineswegs, dass Pasquale auch wirklich tot sei, denn niemand könne sich vorstellen, freiwillig zu einer Frau wie Mirella zurückzukommen, und wahrscheinlich habe Pasquale lediglich die Gunst der Stunde genutzt und sich abgesetzt. Aber dafür gab es keinerlei Anhaltspunkte. Jedenfalls konnten sich die beiden Frauen nicht ausstehen.

Rosalia lebte mit ihrem Mann Ernesto vierzig Jahre, und eines Tages starb er, weil er beim Angeln ertrank. Zur Beerdigung erschien auch Mirella, die mit Ernesto immer ein gutes nachbarschaftliches Verhältnis gehabt hatte und dessen Tod sie sehr mitnahm. So sehr sogar, dass sie sich überwand und ein Zeichen des Friedens setzen wollte.

Sie kniete sich neben die trauernde Rosalia und sprach ein leises Gebet. Dann schaute sie in den Himmel und sagte: »Ach, lieber, armer Ernesto. Wenn du da oben im Himmel meinen Pasquale triffst, dann grüße ihn doch bitte recht nett von mir.«

Darauf Rosalia: »Wenn du das machst, mein Lieber, dann brauchst du dich zu Hause nicht mehr blicken zu lassen.«

Nonna Anna weint, als sie zum Ende kommt. Ich bin nicht sicher, ob es Tränen der Wehmut und Trauer sind oder doch einfach Lachtränen.

Drei

Nach ein paar Tagen reklamiere ich mein Recht auf Urlaub. So schön Campobasso im Sommer sein mag, ich will ans Meer, von dem mir Antonio in Deutschland vorgeschwärmt hat.

»I sage dir, diamantene Meer, kilometerweite. Nur der Meer und wir, meine liebe Jung.«

Antonio neigt dazu, die Dinge ein wenig zu überhöhen, man kann sich jedoch trotzdem vorstellen, wie etwas aussieht, nämlich nicht ganz so diamanten wie versprochen, aber immer noch sehr hübsch.

Mein Schwiegervater hat eine typische Eigenschaft der Entwurzelten, also derer, die nicht wirklich dort zu Hause sind, wo sie wohnen, und auch nicht richtig da hingehören, wo sie herkommen. Wenn er in Deutschland ist, gibt es für ihn nichts Schöneres als Italien, das Land seiner Vorfahren und des Weins und so weiter. Alles ist dann in Italien besser. Das Wetter sowieso, aber auch die Menschen, die dort so fröhlich und gastfreundlich sind und immer einen Scherz auf den Lippen haben und überhaupt so kinderlieb und noch dazu ausgezeichnete Köche sind. Dazu die Landschaft und der Duft und die schönen Frauen allüberall und eben das diamantene Meer. Diese folkloristischen Hymnen gipfeln jedes Mal im Absingen neapolitanischer Volksweisen. Fast hat man aus seinen Schilderungen den Eindruck, als sei Italien eine Art riesiges Schlumpfhausen.

Deutschland hingegen ist natürlich mies, kalt und grau. Die Menschen sind nur an Geld interessierte Vorteilsnehmer, die niemandem etwas gönnen, Kinder am liebsten immer einsperren und nie, nie lachen. Und dann das Essen, immer diese Knödel und Kartoffeln, dieser Schweinefraß. Oh, und wenn er nur könnte und nicht diesen riesigen Druck von wegen Karriere und so hätte, dann würde er zurückkehren in das Land von Dante und Machiavelli. Er würde über Weinberge schauen, dichten und immerzu *polenta* essen.

»Dann kehr doch«, knurre ich immer in Gedanken. Zwar bin ich wirklich kein Patriot, und es gibt ganz bestimmt schönere Länder als das, aus dem ich komme. Aber dieses Gemecker kann einem schon ganz schön auf den *biscotto* gehen.

Erfreulicherweise wendet sich das Bild just in der Sekunde, in der Antonio italienischen Boden betritt. Gegenüber seinen Cousins und Cousinen tritt er stets als Botschafter der deutschen Kultur im Allgemeinen und des deutschen Sports, der deutschen Politik, des deutschen Sozialwesens, der deutschen Automobilindustrie und der deutschen Küche im Besonderen auf. Letztere hat nämlich einiges mehr zu bieten als immer nur gegrilltes Fleisch, Tomaten und Nudeln. Was man beispielsweise aus Kartoffeln machen könne, sei schier unglaublich. Die Deutschen seien große Erfinder und deutsche Autos »Beste von Besten in de Kunst von de Ingenieure«. Nicht umsonst fahre er einen Mercedes und dazu gebe es nicht nur nichts Vergleichbares in Italien, sondern nirgendwo in der Welt. Wenn er dies sagt, beugt er sich nach vorne, hält kurz inne, wobei seine Augen besonders hell leuchten, und er zeigt alle seine funkelnden Zähne. Dann geht's weiter.

Vor allem die Disziplin der Deutschen sei bewundernswert. »Wie habbe die auffegebaut der Land aus rauchende Trummer« ist eines seiner Großthemen und dass die Deutschen alles andere als dumm seien, auch wenn man mit ihnen im Ausland immer Spott treibe. Was seien beispielsweise Dante und Verdi gegen die deutschen Großgeister Goethe und Mozart. Nichts, Staub. Meinen Einwurf, Mozart sei Österreicher, lässt er nicht gelten.

»Lauda annegeblich auch iste Österreicher, aber tritt immer auf in deutsche Fernsehen, also für mich iste auch Deutscher.« Außerdem sei Mozart ja überhaupt erst in Deutschland groß rausgekommen, ob ich das eigentlich wisse. Nein, natürlich nicht. Und wenn das Kolosseum nicht in Rom stünde, sondern beispielsweise in München, so würde dort heute noch der FC Bayern München spielen, weil es dann nämlich immer noch tadellos in Schuss wäre.

Diese dialektische Form der Auseinandersetzung mit Heimat und Wohnort findet ihren Niederschlag auch im Umgang mit Behörden oder anderen Autoritäten. Mit Hinweis auf seine Herkunft weigert Antonio sich beispielsweise seit vielen Jahren, in deutschen Ämtern eine Wartenummer zu ziehen, obwohl er das natürlich kennt, weil man in Italien in jedem Supermarkt Wartenummern ziehen muss. Aber das deutsche Einwohnermeldeamt hat davon ja keine Ahnung.

In Termoli, dem Badeort, wo er seit sechsunddreißig Jahren mit Frau und Kindern Urlaub macht, hat er es 1973 zu kurzfristiger Berühmtheit gebracht, indem er sich darum kümmerte, dass die Bürger von Termoli ausreichend mit Trinkwasser versorgt wurden.

Das kam so: Es war August und es war heiß, und das Trinkwasser war abgestellt worden, weil die Gemeinde befürchtete, dass es nicht ausreiche. Niemand konnte sich waschen, das Geschirr abspülen, etwas aus dem Hahn trinken. Drei Tage ging das so und die Sache stank irgendwann buchstäblich zum Himmel, bis Antonio Marcipane auf den Plan trat. Seine Töchter an der Hand, marschierte er schnurstracks zum Bürgermeister von Termoli. Er trat in dessen Büro und hielt dem Mann eine längere und reichlich mit Drohungen verzierte Predigt, in deren Verlauf er mehrfach betonte, dass er aus Deutschland sei und dass es so eine verdammte Sauerei dort nicht gebe. Er habe es noch nie erlebt, dass deutsche Behörden mir nichts, dir nichts das Wasser oder den Strom abstellten, das sei absolut undiszipliniert und mies. Geradezu mafiose Zustände seien das und in Deutschland würde so ein Bürgermeister abgewählt und zum Teufel gejagt. Und sowieso: Er sei dreitausend Kilometer (Antonio-Zahl) gefahren, um hier

Urlaub zu machen, er habe dafür Geld bezahlt und deshalb ein Recht auf Wasser.

Dann machte er eine Kunstpause und schob seine Töchter nach vorne. Außerdem, fuhr er gedehnt fort, bräuchten sie das Wasser dringend, seine Kinder hätten beide Typhus.

Antonio war noch nicht wieder zu Hause, da lief das Wasser wieder, und zwar nicht nur bei ihm, sondern überall. Seine Heldentat machte schnell die Runde, und so wurde er den Rest des Urlaubs überall eingeladen, wo er nur hinkam. Diese Geschichte erzählt übrigens nicht nur er, sondern jeder in der Familie. Es muss also etwas dran sein.

Das Badeörtchen Termoli liegt an der Adria, und zwar ziemlich genau dort, wo die Spore vom italienischen Stiefel abbiegt. Von Campobasso aus ist es einfach zu finden, man muss eigentlich nur knapp hundert Kilometer weit die Berge herunterrollen. Auf meine Frage, wie lange wir für die Strecke brauchten, sagt Antonio ganz ernsthaft: »Dauerte so lange, wie einemal zum Fußball gehen ohne Rückeweg.«

Auf der Fahrt passiert man unter anderem einen sehenswerten Stausee, laut Antonio – natürlich – der größte der Welt. In diesem See dürfe man nicht baden, damit das Trinkwasser darin nicht verunreinigt wird, klärt mich Antonio auf. Und dass sich auch die meisten daran hielten. Er persönlich habe dort schon mehrfach geangelt, was zwar ebenfalls verboten, aber ja nun nicht umweltschädlich sei.

Mitten auf dem See, der von einer Straße auf Stelzen überbrückt wird, müssen wir anhalten. Stau. Wir steigen aus und sehen in einiger Entfernung eine Rauchsäule aufsteigen. Ein Unfall wohl, was da brennt, ist ein Auto. Nach einiger Zeit löst sich der Stau auf und wir passieren den Unfallort, wo ein größerer Lancia quer auf der Fahrbahn steht. Die Feuerwehr winkt uns am Wrack vorbei. Der Löschschaum umgibt den leise dampfenden Wagen wie Zuckerwatte und tropft in riesigen Portionen in den Trinkwassersee. Keine große Sache. Wer das herausschmeckt, bekommt von Toni ein Eis.

Ich zuckle brav hinter Antonio her. Uns folgt Egidio mit seiner Frau Maria und Sohn Marco, dahinter Antonios älterer Bruder Raffaele mit Frau Maria. Außerdem ist noch Cousin Gianluca mit seiner Frau Barbara und seinen kleinen Kindern Ilaria und Antonio mitgekommen, die sich als Rasselbande allererster Kajüte entpuppen. Antonio hat alle eingeladen, die Ferien in seinem Sommerhaus zu verbringen. Onkel Toni aus Deutschland, Mann der Gesten und des Großmuts. Seiner Ansicht nach hat das Haus vierzehn Betten. Mal sehen.

Mit Italienern zu reisen, ist fast nicht möglich, es sei denn, man ist selber Italiener. Italiener reisen nicht, sie irrlichtern. Obwohl Antonio den Weg wohl mehr als einhundert Mal zurückgelegt hat, findet er ihn nicht auf Anhieb. Schuld ist ein neuer Kreisverkehr am Ortseingang von Termoli, der ihm die Sinne raubt. Also hält er mittendrin an, um sich mit Bruder Raffaele, Schwager Egidio und Neffe Gianluca zu beraten, welcher über den Halt ohnehin heilfroh ist, weil sein Motor seit einigen Kilometern heftig qualmt. Nach längeren Konsultationen entscheidet man sich für eine Richtung, die am Ende sogar beinahe stimmt, und nach kaum drei Stunden trage ich unser Gepäck sowie das meiner Schwiegereltern in das lang ersehnte Ferienhaus.

Dieses entpuppt sich als bizarre Mixtur aus atomsicherem Bunker und Schrebergartenlaube. Das Haus ist ganz und gar aus Beton gefertigt, der nur innen verputzt wurde, wo die Einrichtung den Geist des Italiens der sechziger Jahre widerspiegelt. Diese Vico-Torriani-Gedächtnisstätte hat sechs Schlafzimmer und ein Bad, zwar kein Wohnzimmer, dafür aber eine riesige Küche mit einem langen Tisch, an dem man sicher schön zusammensitzen kann.

Das Flair der Betten zerstört meine Begeisterung allerdings innerhalb von Sekunden. Ich lerne meine heutige Lektion: Der Italiener liegt gerne weich und besitzt keine Rückenwirbel. Deshalb liebt er Betten wie die in diesem Haus.

Italienische Betten sind, orthopädisch betrachtet, Trojanische Pferde. Auf den ersten Blick sehen sie harmlos und gemütlich aus, entpuppen sich jedoch schnell als lebensgefährliche Folterwerkzeuge. Bereits beim Beziehen der Matratze entdecke ich, dass der ungemein nobel daherkommende Bettrahmen nur eine Attrappe ist. Er umkleidet ein Stahlrohrgestell, in welches ein Sadist eine Konstruktion aus federndem Drahtgeflecht eingelassen hat. Darauf liegt eine dicke Schaumstoffmatratze und fertig. Wie überall in Italien werden dazu ein flaches Kissen und eine Art Laken gereicht, das man fest mit der Tagesdecke verbindet. Im Sommer reicht das auch. Diese Konstruktion des Wahnsinns soll für die nächsten zwei Wochen meinen Träumen eine Heimat bieten. Ich setze mich aufs Bett, das dabei zusammensinkt wie ein Soufflé, und denke an zu Hause. Dort steht mein Bett. Es verfügt über ein stabiles Gerüst, einen Lattenrost, eine Taschenfederkernmatratze und eine Daunendecke.

Soll ich jetzt etwas sagen? Etwa dass ich dieses weiche Monster hier irgendwie nicht gut finde? Ich habe eine Angst, die alle Deutschen im Ausland haben. Wann immer man nämlich als Deutscher im Ausland etwas sagt, weil man beispielsweise Skorpione oder das Ebolavirus oder einen Südeuropäer mit Handfeuerwaffe im Zimmer hat, muss man sich darauf gefasst machen, dass die Kleinkariertheit dieser Kritik mal wieder nur eines ist, nämlich typisch deutsch. Davor habe ich wirklich eine fürchterliche Angst, nichts macht einen Deutschen so fertig wie der Vorwurf, typisch deutsch zu sein. Also halte ich die Klappe und stelle mir vor, wie mein Orthopäde in drei Wochen meinen Rücken inspiziert.

»Und das tut alles weh?«, wird er fragen.

»Oh ja, da auch, ja, ja, überall«, werde ich antworten.

»Was haben Sie denn da bloß gemacht?«, wird er fragen, und ich werde ihm von diesem Bett in diesem Urlaub erzählen, und er wird den Kopf schütteln und sagen: »Tjaaa, wenn es ein Sportunfall wäre oder ein Verkehrsunfall, meinetwegen sogar mit italienischer Beteiligung, dann könnte ich etwas machen. Aber die Behandlung von Rückenproblemen, die durch italienische Betten hervorgerufen wurden, ist leider von den Kassenleistungen ausgenommen.«

»Was?«

»Die Krankenkassen übernehmen Schädigungen durch italienische Möbel nicht mehr. Die Behandlungen von Italien-Urlaubern kosten den Steuerzahler jedes Jahr 1,5 Milliarden Mark.«

»Das habe ich nicht gewusst.«

»Fahren Sie demnächst nach Griechenland, da sind die Betten härter.«

Sara räumt derweil unsere Sachen in den Kleiderschrank. Ich habe nicht viel dabei: zwei Paar Schuhe, zwei lange Hosen, drei kurze Hosen, ansonsten Strandsachen, T-Shirts, eine Jacke, ein Oberhemd. Und den Anzug für eventuelle Trauerfeiern. Mehr muss nicht sein. Das Schwerste an meinem Gepäck sind die Bücher, die ich mir mitgenommen habe und die ich nun neben dem Bett staple. Danach gehe ich im Haus umher und sehe mal nach, was Toni so macht.

Der steht wild mit den Armen herumfuchtelnd in seinem Zimmer und dirigiert seine Frau, die gerade einen ansehnlichen Stapel besserer Oberhemden in einen Schrank quetscht, dem das gar nicht gefällt. Auf dem Boden liegen noch zahlreiche Hosen, etwa dreißig Unterhemden und allerhand kleine Dinge, deren Nutzen sich mir nicht auf Anhieb erschließt.

»Dasse iste widder tippisch für Italien. De Schranke iste viele zu kleine. Was glaubene die eigentliche, were wir sind? Die siebene Zwerge?«

Er ist wirklich erbost. Dabei hat er mir noch vor wenigen Tagen erläutert, dass die Italiener die besten Möbel bauten und einen unfassbaren Sinn für Fragen der Logistik besäßen. Aber da waren wir auch noch in Deutschland.

Nach knapp zwei Stunden hat sich meine Familie einigermaßen gesammelt und ist nach der aufregenden Auspackerei psychisch so stabil, dass man zum Strand gehen kann. Das finde ich eine gute Idee, denn es ist warm, es ist Sommer und das diamantene Meer kann ich vom Balkon unseres Zimmers aus sehen. Es ist höchstens hundert Meter entfernt.

Also los. Zuerst müssen wir die Straße vor unserem Haus überqueren. Die ist nicht sehr breit, aber dicht befahren und bietet dem in Deutschland so genannten Parksuchverkehr den nötigen Raum. Großfamilien in Kleinwagen passieren uns. Am Steuer immer der schwitzende Mann der klebrigen Frau mit dem nörgelnden Nachwuchs und der schlafenden Oma. Es ist nicht leicht, eine viel befahrene Straße in Italien zu überqueren, einige Übung ist dafür schon vonnöten. Oder Mut. Am besten bewegt man sich als Fußgänger im italienischen Straßenverkehr möglichst rasch und furchtlos. Der italienische Autofahrer ähnelt nämlich dem deutschen Schäferhund: Wenn er merkt, dass man Angst hat, dann schnappt er zu.

Nachdem wir die Uferpromenade gefahrlos überschritten haben, stellt sich uns eine neue Herausforderung in den Weg: ein überwuchertes Niemandsland mit einem städtischen Müllcontainer, um den herum die Bürger von Termoli allerhand Sperrmüll abgeladen haben, auf dass er eine Symbiose mit der Umgebung eingehen möge.

Das ist alles nicht so schlimm, doch die Bewohner dieses Ortes haben auch all ihre Scherben, Nägel und Schrauben an diesen Platz gebracht, und das ist für Menschen, die zum Strand wollen, nicht ungefährlich. Typisch deutscher Einwand.

Um an den Strand zu gehen, benötigen zehneinhalb Italiener (meine Frau ist ja nur halb) vierundzwanzig Handtücher (je eines zum Abtrocknen und eines zum Liegen), acht Luftmatratzen in Tierform, zwei Tüten mit Melonen, Schwimmbrillen, Flossen, Harpunen (acht Sätze), Hemden und Hosen zum Umziehen, je zwei Badehosen oder Bikinis (Tanten: Einteiler), Schaufel und Eimer (auch für Erwachsene), Strandzelte, zahlreiche Telefoninos, Mineralwasser ohne Kohlensäure, Klappstühle (ganz wichtig), Sonnenschirme, Bälle, ein Volleyballnetz und Mützen. Dazu für jeden Einzelnen ein Sonnenöl, natürlich ohne Lichtschutzfaktor. Die Erfindung des Lichtschutzfaktors hat in Italien ungefähr dieselbe Resonanz gefunden wie Präsidentschaftswahlen in Lettland. Lichtschutzfaktoren sind etwas für Engländer, die die Italiener übrigens noch viel mehr zum Piepen finden als die Deutschen.

Diese Schlepperei ist logistisch nicht ohne Anspruch, aber irgendwie funktioniert es immer, alles ohne Unfall über die Straße und den Schrottplatz ans Meer und abends wieder zurückzuschleppen.

Ich selbst nehme nur ein Buch, eine Sonnenbrille, Sonnencreme und ein Handtuch mit an den Strand, worauf Tante Maria meine Frau fragt, ob ich vielleicht krank sei. Sie macht sich wirklich ernste Sorgen um mich.

Am Strand sind Italiener Weltklasse. Es gibt eigentlich nur zwei Strandtypen hier. Nummer eins ist die Echse. Sie liegt ganz still in der Sonne. Man denkt, man beobachte eine Leiche auf Urlaub, doch ab und zu bewegt sie die Finger oder dreht den Kopf. Alle paar Stunden erhebt sich die Echse, um sich ans Wasser zu stellen und geradeaus zu gucken. Nach ein paar Minuten wird ihr das allerdings langweilig und so legt sie sich wieder in die Sonne, ein bisschen ausruhen.

Den anderen Typus nenne ich den Strand-Derwisch. Er kann nicht einfach nur daliegen oder sogar schlafen, er muss unbedingt etwas tun, sich bewegen, am besten mit anderen Derwischen gemeinsam. Meine Familie besteht komplett aus Strand-Derwischen, meine Frau eingeschlossen. Immer muss etwas gespielt werden. Immer muss ich mitmachen: Beach-Volleyball, plantschen, rumlaufen, Löcher buddeln, Fußball. Mit Italienern an den Strand zu gehen, ist ein großes Vergnügen. Meine Bücher versanden. Am Ende der Ferien werde ich nur eines von acht gelesen haben, und das auch nur zur Hälfte.

Mittags geht es zurück ins Haus, denn keiner ist hier so blöd, sich zwischen zwölf und drei am Strand aufzuhalten. Viel zu heiß. Die Sachen bleiben zurück, es besteht keine Gefahr, dass sie geklaut werden, denn nach der Logik meiner Leute sind ja *alle* Italiener in der Mittagszeit zu Hause, also *kann* niemand etwas stehlen. Es ist tatsächlich nichts geklaut worden.

Nach dem Mittagessen müssen die Marcipanes schlafen. Anschließend geht es wieder an den Strand, so bis sieben oder halb acht. Es gibt nie Streit, auch wenn sich meine neuen Onkel und Tanten sowie Cousins und Cousinen in einer kaum überbietbaren Lautstärke unterhalten. Streit ist für sie undenkbar, denn sie haben alle einen großen Respekt voreinander.

Hier und da gibt es Schimpfe für die Brut von Saras Cousin Gianluca und Barbara. Deren Kinder Ilaria (6) und Antonio (3) ernähren sich von allerhand Strandgut sowie von Speiseeis und Cola. Die italienische Kinderliebe ist eng verbandelt mit dem Hang der Italiener zu einer weitgehend interessenlosen Zurkenntnisnahme ihrer Umwelt. Während Klein Antonio beispielsweise versucht, sich mit einer Harpune das Leben zu nehmen, plaudert sein Papa Gianluca angeregt mit einem anderen Vater, dessen Kind gerade eine Hand voll Sand verspeist. Gianluca sieht zwar, dass sein Sohn mit dem scharfen Ding herumspielt, doch es scheint ihm überhaupt keine Sorgen zu machen, im Gegenteil. Es amüsiert ihn eher, dass sein Antonio noch zu klein ist, die Harpune zu entsichern. Ursula, die neben mir im Schatten eines großen Schirmes sitzt und hyperventilierend irgendein Spielzeug aufbläst, nimmt so etwas inzwischen auch gelassen.

Letztlich hat sie ihre Töchter genauso aufwachsen sehen und es hat ihnen nicht geschadet. Mir schon. Saras hasardeurmäßige Begeisterung für Achterbahnen und Karussells aller Art brachte mir auf einer Kirmes einmal ein fulminantes Schleudertrauma ein.

Mein Schwiegervater brütet im Sand über neuen Geschäftsmodellen. Er findet, dass man am Strand die besten Geschäfte machen könne, und beginnt am dritten Tag damit, den Schwarzafrikanern, die am Strand falsche Uhren, Schmuck und bunte Tücher verkaufen, seine eigene Armbanduhr anzudrehen. Die Burschen erweisen sich als ziemlich hartleibig, was Neuanschaffungen betrifft, aber Toni lässt nicht locker. Am fünften Tag hat er einem Marokkaner den Salzstreuer aus unserem Haus verkauft.

»Dä Idiot hatte mir sechstausend Lire für der Dingeda gegeben.« Toni ist ganz außer sich.

»Aber das war doch gar nicht dein Salzstreuer«, wendet Ursula ein, der die Sache peinlich ist.

»Na unde, kaufen wir inne Supermarkt eine neue für dreitausend Lire unde ich habe dreitausend Lire Gewinne gemacht. So machte man Geschäfte, meine liebe Jung.«

Am nächsten Tag ersinnt Antonio einen neuen Snack. Einen kühlen Strandsnack, mit dem er uns alle zu Millionären zu machen gedenkt, denn der Gewinn aus seinen Geschäften kommt immer zuerst der Familie zugute. Ich liege gerade auf meinem Handtuch und lese, als Antonio mir einen weißen Plastikbecher vor die Nase hält.

»Was ist das?«, frage ich ihn.

»Das, meine liebe Jung, sinde die Toni-Bällchen.«

Er hat mit einem Eiskugelbereiter runde Melonenbällchen geformt, von denen drei in dem Becher liegen, jeweils versehen mit einem Zahnstocher.

»Was soll denn der Spaß kosten?«, frage ich, geschäftliches Interesse vorgaukelnd.

»Das kostete fünfhundert Lire«, sagt Toni, und seine Stimme verwandelt sich in eine schrille Sirene. »Dasse bedeutete summa summarum pro Melone mindestens funftausend Lire reine Gewinn.«

Er ist offensichtlich begeistert von seiner Idee.

»Und wer macht die ganzen Kugeln? Das ist doch eine Menge Arbeit.«

»Ursula machte, wer denne sonst? Iste schon dabei. I bin nur der Verkäufer.«

Wenig später verschwindet er mit seiner gleichmütigen Frau und kommt nach einer guten Stunde alleine zurück. Er hat einen Korb unter dem Arm, in dem sich ungefähr zwanzig Becher befinden, die er nun den umliegenden italienischen Familien als eisgekühlte Toni-Bällchen anpreist. Die meisten Becher kaufen seine Geschwister, womit der Reingewinn sozusagen familienintern von der einen in die andere Tasche wandert. Toni ist sehr zufrieden mit der Ausbeute, aber der Stundenlohn gibt ihm zu denken. Die Sache, so befindet er schließlich, taugt nur im großen Stil. Solange er die Bällchen selbst verkaufen muss, macht ihm die Angelegenheit keinen rechten Spaß. Da er weder bei uns noch bei den Nachbarn auf willige Arbeitskräfte trifft, schläft das Millionengeschäft mit den eisgekühlten Toni-Bällchen rasch wieder ein.

Ich hingegen schlafe kaum noch, denn mein Bett erweist sich als untauglich zum Darinschlafen. Man kann darin noch nicht einmal wach sein. Sara findet das nicht. Sie schlummert wie ein kleines Tier, während ich mich auf eine Luftmatratze in Krokodilform lege, die ich nun immer dabeihabe. Am Strand und im Schlafzimmer ist das Krokodil mein ständiger Begleiter.

Wenn die Marcipane-Sippe vom Meer kommt, wird erst einmal geduscht. Bis sechzehn Personen damit fertig sind, vergeht natürlich ein Weilchen, in dem mich Antonio über die italienische Politik unterrichtet oder mir erzählt, wie er einmal beinahe zum Vorsitzenden der Kommunistischen Partei Italiens gewählt worden wäre, wenn nicht die Intrige eines Gegners seine Kandidatur in letzter Minute verhindert hätte.

Danach natürlich das Essen, das von den Frauen gemeinsam gekocht wird. Als ich eines Abends dabei helfen will, ist das Getuschel groß. Nicht einmal abwaschen darf ich, was mir in der ersten Woche noch unangenehm ist, danach nicht mehr so. Man passt sich ja an. Später, zu Hause in Deutschland, wird Sara ihre Einstellung in dieser Angelegenheit wieder ändern und mir erläutern, dass in Deutschland die Uhren anders gehen.

Nach dem Essen ist es spät, Italiener spielen dann in der Regel Karten oder sie gehen bummeln. Antonio und seine Geschwister mochten am liebsten Poker oder *scopa*. Das ist ein einfaches Kartenspiel, in dem es darauf ankommt, die meisten Stiche zu gewinnen, sozusagen eine Mischung aus Mau-Mau und Skat.

Wenn alle genug gespielt haben, geht man auf den *corso*. Den *corso* gibt es praktisch in allen italienischen Städten, ganz gleich wie groß sie sind. Es handelt sich dabei um eine Straße, meistens auf einem Platz von manchmal beträchtlichen Ausmaßen. Fast immer ist das Rathaus oder die Kirche nicht fern. Am Rande des Platzes lässt es sich nun ausgiebigst entlanglaufen, immer vor und zurück und drum herum. Die Geschäfte haben lange auf und Straßenhändler verkaufen Schmuck oder kopierte CDs.

Antonio ist Weltmeister im Bummeln. Über den *corso* zu gehen, bedeutet für ihn nirgendwo sein. Wie das geht? Gaaaanz langsam spazieren, noch langsamer, als im Auto zu fahren. Ein Eis kaufen. Unvermittelt stehen bleiben. Alles toll finden. Wieder ein Stück laufen. Und dabei reden. Umdrehen, ein Stück zurücklaufen. Noch ein Eis, andere Sorten. Zum Schaufenster vom Uhrengeschäft. Immer nett grüßen. *Buona sera*. Aha, Straße zu Ende, wieder umdrehen. Ich kaufe an einem einzigen Abend sieben Eis und kann mich beim besten Willen nicht daran erinnern, wo ich eigentlich war.

Der *corso* ist für Italiener der Ort, an dem sie zeigen, was sie haben. Menschen jeder sozialen Schicht flanieren abends dort entlang und ich bin sicher, dass die wichtigsten Entscheidungen des Lebens hier fallen. Die Jugendlichen sitzen in großen Scharen am

Rande des *corsos* auf ihren Zweitaktmopeds und Vespa-Rollern. Selbst kleine Kinder dürfen hier so lange herumlaufen, bis ihnen vor Müdigkeit das Eis aus der Hand fällt, was man hin und wieder beobachten kann, besonders bei Ilaria und Klein Antonio.

Man könnte seine Zeit natürlich sinnvoller verbringen. Mal ein Buch lesen, zum Yoga gehen oder in einen Verein. Die Italiener, die ich kenne, machen sich nichts aus Vereinen jedweder Art. Brauchtumspflege ist ihnen ebenso wurscht wie das Erlernen fremder Sprachen oder die Mitarbeit in gemeinnützigen Organisationen. Sie schlendern lieber über den *corso*, das ist ihnen Verein genug. Man könnte dies als Ignoranz geißeln, und damit liegt man nicht falsch, aber zumindest in meiner Familie würde so ein Vorwurf verpuffen. Ich glaube, niemand würde verstehen, was man damit meint, wenn man sagt: »Du könntest dich ruhig mal nützlich machen.« Sobald man sich an den seltsamen Rhythmus des Nichtstuns und Nirgendwoseins gewöhnt hat, lässt es sich darin gut leben. Es klingt zwar nach großer Langeweile, doch es ist nicht langweilig, sondern meditativ, und das ist ein großer Unterschied.

Nach eineinhalb Wochen bin ich zu ebenso wenig nutze wie der Rest meiner Familie. Wenn die Alten mit den Kindern vom *corso* nach Hause marschieren, gehen Marco, Gianluca, Barbara, Sara und ich in die beiden Clubs, die der Ort zu bieten hat. Das sind aber keine Diskotheken im herkömmlichen Sinn, sondern eher Taschengeldablieferungsstationen, in denen man flippern und kickern kann. Im hinteren Teil gibt es eine Bar und eine Tanzfläche und manchmal gibt es auch was aufs Maul. Da ist dann immer ein großes Hallo unter den italienischen Jugendlichen.

Wir gehen fast nie essen, weil wir uns selbst genug sind. Zudem steht Toni auf dem unverrückbaren Standpunkt, dass italienische Gastronomen Verbrecher seien – ganz im Gegensatz zu den Deutschen versteht sich, denn bei denen stimmt »die Verhältnisse vonne Preisleistung«.

Leider gibt es in ganz Termoli kein einziges deutsches Lokal, nur einen McDrive, aber da will niemand außer Toni hin. Also einigt man sich doch auf einen Italiener. Antonio Marcipane benimmt sich beim Essengehen, als sei er der Aufsichtsratschef eines multinationalen Konzerns. Vollkommen klar, dass er als Erster ins Lokal geht, um sich den dortigen Untergebenen vorzustellen. Sein Name sei Marcipane und er habe seine Familie dabei. Ob man es hinkriegen würde, sie alle mit Speisen und Getränken zu versorgen, bitte schön.

Das macht Eindruck. Stühle und Tische werden hin und her gerückt, und dann setzt sich meine Familie, was eine Weile dauert, weil immer erst einmal darüber diskutiert werden muss, wer denn nun wo Platz nimmt. Tante Maria kann nämlich nicht mit dem Rücken zur Wand sitzen, das ist ihr zu ungemütlich. Onkel Raffaele hingegen will nur mit dem Rücken zur Wand sitzen, weil er praktisch taub ist und Stimmen nur orten kann, wenn er weiß, dass hinter ihm niemand sitzt. Mir ist es im Prinzip egal, wo ich sitze, aber ich möchte schon bei Sara sitzen, weil ich sonst keiner Unterhaltung folgen kann. Sara wiederum will in die Nähe ihrer Mutter und Ursula nicht an die Tür, wo aber Toni unbedingt sein muss, damit er die Küche im Auge behalten kann, was hier ja dringend vonnöten ist. Die andere Tante Maria findet den Platz gegenüber von Onkel Egidio zugig, und Marco würde gerne irgendwo sitzen, wo er schnell aufstehen kann, wenn sein Telefonino klingelt. Gianluca möchte den Platz neben Barbara, und wo die sitzen will, weiß keiner, denn sie steht noch vor der Tür und telefoniert, so dass wir erst einmal warten müssen, bis sie endlich auftaucht. Die Kinder brauchen keine Plätze, weil sie sowieso nicht still sitzen können. Nach etwa einer halben Stunde hat sich der Trubel allmählich gelegt, und noch bevor wir bestellt haben, leert sich auch schon das Lokal. Wir sind selbst den Italienern eine etwas unheimliche Truppe.

Antonio trägt nun die reichhaltige Karte vor und fragt den Kellner bei jedem Gericht, ob es auch wirklich gut sei. Die Muscheln? Sind die gut? Das Lamm? Gut? Ist der Tintenfisch gut? Nachdem ihm der Kellner für jeden einzelnen Posten versichert hat, dass er delikat sei, hebt Antonio die Karte über den Kopf und ruft triumphierend, hier seien wir richtig, hier sei alles gut.

Es ist dann auch tatsächlich alles gut, jedenfalls bis zum Kaffee. Nun gibt es zum ersten und einzigen Mal Streit, und zwar zwischen meiner Frau und ihrem Vater, dem Aufsichtsratschef der internationalen Marcipane-Werke. Zuerst wundere ich mich noch, dass Antonio den Kellner die ganze Zeit dazu drängt, sich zu uns zu setzen. Immer wieder spricht er ihn an, doch der junge Mann schlägt es ihm ab, sein Chef habe es verboten. Sara erklärt mir, was das bedeutet: Wenn der Kellner sich zu einem setzt, muss er auch eine Runde ausgeben. So gehört sich das. Wenn es Antonio also gelingt, den Typ neben sich auf den Stuhl zu ziehen, dann muss dieser elf Liköre rausrücken. Er will aber nicht. Und Sara auch nicht.

»Lass doch den Kerl in Ruhe!«, zischt sie ihren Vater an.

»Wieso? Der iste doch nette«, kommt es im Unschuldston zurück.

»Du willst nur einen Schnaps schlauchen.«

»Iiiiich? Unneverschämteheit. Du biste nicht gut erzogen. Ursula, haste du gehörte, was sie gesagte hat?«

Jeder am Tisch – sogar ich – durchschaut diesen kleinen Mann mit dem zornigen Gesicht, die Kellner natürlich erst recht. Das macht Toni nur noch wütender. Er knallt seine Serviette auf den Tisch und verlässt das Lokal. Kaum zwei Minuten später bringt ein dankbarer Kellner zehn Gläschen Averna an den Tisch.

Als wir zurückkommen, sitzt Antonio im Schlafanzug auf dem Balkon und nippt an einer Limonade.

»Bäh, ihr musstete der schlimme Wein in de schlimme Lokale trinken. Aber sehte mich anne. Antonio hatte sich eine schöne Limonade hergestellte von die frische Früchte hier mit eine bisschen Zucker.«

Er prostet uns zu und aller Ärger ist verflogen. Antonio Marcipane mag auf manche Menschen, sogar auf manche Italiener, ziemlich sonderbar wirken. Ich finde ihn aber wunderbar.

Ich habe Antonio bereits vor dem Urlaub dazu überredet, die Rückfahrt im Autoreisezug zu machen. Eigentlich nicht um seinetwillen, sondern weil ich weiß, dass Ursula sonst achtzehn Stunden oder noch länger hinterm Steuer sitzen muss. Die Strecke von Termoli nach Rimini, wo der Zug nach Deutschland losfährt, ist leicht zu bewältigen, sogar für ihn. Also brechen wir auf, sagen allen Lebewohl und tuckern mit fast achtzig Stundenkilometern nach Rimini.

Dort will Antonio seinen Wagen nicht auf den Zug fahren. Er sei zu breit für den Waggon, das sehe er sogar mit geschlossenen Augen. Ich zeige ihm einen anderen Mercedes gleichen Modells, der bereits auf dem Zug steht. Nein, der sei anders, eindeutig schmaler, ob ich das nicht sehen könne. Mir wird die Sache langsam zu dumm. Ich habe schon viel mitgemacht, seit ich Antonio kenne, doch nun reißt mir leider der Geduldsfaden.

»Kannst du dich einmal, ein einziges Mal, zusammennehmen und dich wie ein Erwachsener aufführen?«

»He, he, vorsichtige, liebe Jung!«

»Was denn? Wirst du sonst etwa sauer? Trinkst du dann wieder vor Wut Limonade, ohne uns etwas abzugeben?«

Ich will ihn jetzt provozieren, ich will, dass er einmal richtig ausflippt. Aber meine Worte erreichen ihn gar nicht.

»Kannst du dir eigentlich vorstellen, dass du einem unglaublich auf die Nüsse gehst mit deiner Tour?«

»Welche Tour? Wasse meinste du?«

»Diese ewige Folklore-Nummer. Immer lustig, immer vergnügt. Das nervt. Dieses ›liebe Jung‹ die ganze Zeit. Dieses endlose Rumgegurke im Auto, verstehst du denn nicht?«

»Verstehste *du* nichte. Wenn du meine Leben hätteste und ich der deine, dann könnteste vielleichte verstehen.«

Mit diesen Worten geht er los und fährt seinen Mercedes auf den Zug. Ich verstehe ihn tatsächlich nicht, aber ich nehme mir vor, es zu versuchen. Eigentlich weiß ich gar nicht genau, wer dieser Mann ist.

Endlich fahren wir los und kurz darauf wird es dunkel. Wir haben ein Doppelabteil mit vier Betten, so dass Sara und ich in den unverfälschten Genuss von Antonios Schnarchen kommen. Hier kann er plötzlich wunderbar schlafen. Ich nicht. Dafür liege ich gut. Das Bett im Schlafwagen entschädigt mich für manches, auch für das Krokodil, das ich im Haus zurückgelassen habe. Es wollte dableiben, in seiner Heimat, und das konnte ich verstehen.

Kurz bevor wir in München halten, gibt es Frühstück. Antonio und ich sehen aus dem Fenster.

»Schau, das ist Rosenheim«, sage ich.

»Kenni!«, ruft er fröhlich wie ein Kind. Und dann: »Weißte du, i kenne viele Städte in der Welte. Binni noch nicht gewesen, aber kenni viele.« Ein typischer Satz im antonioschen Sprachuniversum.

Komisch, dass er nach so vielen Jahren in Deutschland immer noch so schlecht Deutsch spricht. Ich frage ihn, woran das liegte.

»Findeste du, meine Deutsch iste schlecht? Iste nicht so schlechte, finde ich.«

»Richtig gut ist es aber auch nicht.«

»Weisse du, iste eine Trick. Leute denken, Antonio kapierte nix, aber kapierte er alles. Bin i genial? Sag mal, bin i jetzt genial?«

»Natürlich bist du genial.«

»Bin nicht dumm. Weisse du, wie das iste mit die Dumme?«

»Sag's mir.«

»Iste ganz einfach: Gott macht er die Dumme. Unde der Teufel verdoppelt sie.«

Und dann lacht er sein Sirenenlachen. Antonio Marcipane, Aufsichtsratsvorsitzender der Marcipane AG.

Vier

Einige Monate später erhalten wir Post aus Campobasso. Die Nachricht von Pamelas Vermählung kommt in einem zitronengelben Umschlag. Pamela und ihr Verlobter Paolo teilen uns mit, wie schade sie es fänden, dass sie seinerzeit zu unserer Hochzeit nicht kommen konnten, aber umso schöner sei es ja nun, wenn wir zu der ihren kämen. Pamela ist die Tochter von Tante Maria und Onkel Raffaele.

Es ist wohl an der Zeit, die verwandtschaftlichen Verhältnisse einmal klarzustellen. Man kann die Größe der Familie Marcipane und die stattliche Anzahl ihrer Mitglieder alttestamentarisch nennen, doch ich glaube, es handelt sich um vollkommen normale verwandtschaftliche Verflechtungen in einer italienischen Provinzstadt. Inzwischen ist es mir gelungen, den inneren Kreis, zu welchem glücklicherweise fast nur Marcipanes zählen, einigermaßen auseinander zu halten. Bereit? Dann los:

Der Kern des Clans besteht natürlich zunächst einmal aus Nonna Anna und dem immer noch im Geiste allgegenwärtigen Opa Calogero Marcipane. Die beiden haben acht Kinder: Raffaele ist der Älteste, er hat

Maria geheiratet, sie haben drei Kinder, nämlich Antonio, Carmine und Pamela, alle bisher unverheiratet und daher *natürlich* kinderlos. Dann kommt mein Schwiegervater Antonio mit seinem Anhang, danach Tante Maria, die mit Egidio verheiratet ist, ihr Sohn ist der Womanizer Marco, er hat keine Kinder, von denen er wüsste. Die jüngste der Schwestern heißt Emma und ist mit Federico verheiratet. Sie haben wiederum drei Söhne, von denen ich nur einen kenne, nämlich Gianluca und dessen Frau Barbara sowie deren ungezogene Kinder Antonio und Ilaria. Das fünfte Kind von Anna und Calogero ist Matteo, der mit seiner Frau Maria sogar vier Kinder hat: Antonio, Enrico, Sabrina und Vasco. Sabrina ist verheiratet mit Nicola, sie haben zwei Kinder, nämlich eine Maria und einen Antonio. Antonio (also der Sohn von Matteo, nicht der von Nicola) und Enrico sind ebenfalls mit je einer Maria verheiratet, wobei Antonio und Maria zwei Töchter haben; die Ehe von Enrico und Maria ist hingegen kinderlos, was immer wieder Thema ist. Kein Thema hingegen ist Vasco. Das liegt einerseits daran, dass er schon lange in Mailand lebt, und zum anderen daran, dass er schwul ist.

Die Söhne mit den Startnummern sechs, sieben und acht heißen Carlo, Davide und Furio. Auch sie sind verheiratet und haben zahlreiche Kinder, von denen wiederum einige bereits verheiratet sind und ebenfalls Kinder haben. Viele heißen Antonio oder Maria. Es gibt also Antonios, die gleichzeitig Sohn und gleich mehrfach Bruder, Vater, Enkel, Cousin, Onkel, Großonkel und Schwager sind. Dazu kommen dann noch allerhand Cousins und Cousinen und die unzähligen Schwager und Schwägerinnen, Calogero hatte nämlich noch zwei Brüder, unter anderem einen älteren namens (Überraschung!) Antonio. Das ist der Vater des verrückten Benito. Calogeros Schwester nun heiratete einen Carducci, was später als die Wurzel allen Übels ausgemacht wurde. Sie wissen schon, die Sache mit dem Auto.

Um die Verwirrung komplett zu machen, leistete sich die Stadtverwaltung von Campobasso 1951 bei der Geburt von Antonios Schwester Maria einen folgenschweren Tippfehler, indem sie ihren Nachnamen falsch in die Urkunde eintrug. Da stand dann Marcipano anstatt Marcipane. Als Calogero dies reklamierte, war man jedoch nicht bereit, den Fehler zu korrigieren, Geburtsurkunden seien nun einmal bindend und da könne ja jeder kommen und einfach seinen Namen ändern, wo kämen wir denn da hin, und was er denn wolle, der Name Marcipano habe einen soliden Klang. Damit nun Maria nicht die einzige Marcipano zwischen lauter Marcipanes sei, entschied Calogero bei der Geburt von Matteo, dass auch er Marcipano heißen solle. Der Verwaltung fiel das nicht weiter auf und so verselbständigte sich dieser Nachname bei Carlo, Davide und Furio. Alles klar?

Der besagte Brief kam also von Saras Cousine Pamela, die ich seit der Beerdigung kenne und mag. Sie sieht aus wie ein Sofakissen und lacht ausgesprochen gerne und laut. Der Mann, den sie zu heiraten gedenkt, heißt Paolo und ist ein liebenswürdiger Schlaffi, der am liebsten seine Ruhe hat.

In dem Brief steht noch, Pamela wünsche sich sehr, dass Sara ihr ein bisschen mit dem Make-up hilft.

»Da müssen wir hin!«, ruft Sara aufgeregt. »Eine echte italienische Hochzeit, das wird ganz, ganz toll.«

»War irgendeiner von denen auf unserer Hochzeit?«, frage ich sie miesepetrig. Der Gedanke an eine größere Feier mit all diesen Marcipanes macht mir ein bisschen Angst. Außerdem weiß ich schon jetzt, wer das Gepäck tragen darf.

»Jetzt komm, das wird lustig.«

Sara ist bereits in Aufbruchstimmung, in solchen Momenten kann man nicht mit ihr diskutieren. Außerdem hat sie Recht. Das wird bestimmt sogar sehr lustig.

»Was sollen wir ihnen denn schenken?«, fragt Sara.

»Wir haben doch noch diesen tollen Porzellanschwan«, überlege ich laut. Den Vorschlag finde ich gut. Der Schwan wohnt in unserem Keller. Er ist ein ganz armer Schwan, im Moment liegen Schrauben und ein paar Dübel in seinem Rückenloch. Nie, nie, nie haben wir Bonbons hineingefüllt.

»Bei dir piept's wohl«, sagt Sara. »Wir können denen unmöglich deren eigenes Geschenk zurückschenken. Außerdem haben die bestimmt schon einen Porzellanschwan.«

Wir werden uns also etwas anderes überlegen müssen.

Am Abend ruft Antonio an. Er ist außer sich vor Begeisterung. Zudem hält er Paolo für eine wirklich gute Wahl.

»Das iste eine gute Mann«, sagt er und fügt mit Kennerstimme hinzu: »Paolo iste der Sohne von Coop in Italia.«

Das wusste ich noch gar nicht. Später klärt mich Sara darüber auf, dass Paolo keineswegs der Sohn der Coop-Kette in Italien ist, sondern der Sohn des örtlichen Supermarktbesitzers. Paolo ist dort zuständig für den Wareneingang und die Befüllung der Regale. Ein netter Typ ist er aber trotzdem.

Ein paar Wochen später ziehen wir los, um ein Geschenk zu kaufen. Sara hat sich vorher mit Tante Maria beraten. Die votiert für ein Frühstücksgeschirr – leichte Aufgabe. Wir entscheiden uns für ein bizarres Ensemble mit Harlekin-Dekor. Auf den Tellern springen lustige Clowns herum, die Tassen sind mit Luftballons verziert. Wenn ich auf so etwas frühstücken müsste, würde ich gleich anschließend wieder ins Bett gehen, um mich von dem Stress zu erholen. Diese Crazyteller sind so scheußlich, dass Sara absolut sicher ist, dass Pamela und Paolo sie lieben werden. Und das ist ja wohl die Hauptsache. Das Geschenkpapier ist rosa und es steht in vielen Sprachen »Herzlichen Glückwunsch« darauf.

Wir machen uns also auf die Reise und treffen an einem schönen Maiabend in Campobasso ein.

Wie schon bei unserem ersten Besuch schlafen wir im Gästezimmer von Nonna Anna. Bevor sie öffnet, hört man sie innen an den Sicherheitsschlössern herumnesteln. Es dauert eine Ewigkeit, bis sich die Tür öffnet und sich ihr kleiner Kopf aus dem Dunkel der

Wohnung hervorschiebt. Sie kneift mich zur Begrüßung heftig in die Wange.

Seit der Beerdigung ihres Mannes scheint sie geschrumpft zu sein. Sie geht gebückt und hat eine Vielzahl von Klammern und Klämmerchen in ihrem grauen Haar. Die Wohnung verlässt sie kaum noch. Keine Lust, knurrt sie. Im Flur steht ein Foto von Calogero, neben dem ein Kerzlein mit dem Konterfei Padre Pios sakral flackert. Padre Pio hat viele Wunder getan, doch Calogero ist nicht wieder auferstanden. Es ist traurig, aber das einzige Wunder, auf das sich Nonna Anna wirklich freuen würde, wäre das Wunder des Sterbens. Einmal pro Woche wird sie von Onkel Egidio zu Calogeros Grab gefahren, wo sie die Blumen auswechselt und mit der Hand über das Foto ihres Mannes streichelt. Der Rest der Welt, der sich auch hier in Campobasso Satellitenschüsseln ans Haus schraubt und in winzige Telefone schnattert, kann ihr gestohlen bleiben.

Nonna Anna bemüht sich sehr darum, dass es uns bei ihr gefällt. Deshalb hat sie die wichtigsten Familienmitglieder angerufen und ihnen gesagt, dass wir kommen, damit wir gleich am ersten Abend alle zusammen essen können. Auf dem Herd dampft ein großer Topf, es gibt Minestrone.

Bald sind alle da, die laut und wichtig sind: Marco, Gianluca und die Kinder, Tante Maria, Onkel Egidio, Matteo und ein paar weitere, die uns zur Begrüßung beiläufig küssen, als seien Sara und ich nur schnell aus dem Nachbardorf vorbeigekommen. Die Familie sieht sich oft, eigentlich mehrmals pro Woche in unterschiedlicher Besetzung. Treffpunkt ist immer Nonna Annas Wohnung, auch wenn ihr der Trubel mitunter schwer auf die Nerven zu gehen scheint. Da sich nun alle so oft sehen, ist jeder extrem gut informiert. Man erzählt sich Geschichten und anschließend wird ferngesehen oder über die Lottozahlen diskutiert.

Das beherrschende Thema in meiner Familie an diesem Abend ist das Schicksal eines gewissen Giovanni Bozzi, einem Nachbar von Onkel Raffaele und Tante Maria, der ein Knopfgeschäft in dritter Generation führte, aber unlängst verhaftet wurde, weil er offenbar nicht nur mit Knöpfen, sondern auch mit Schuldscheinen gehandelt hat. Die Schuldscheine stammen aus einem Kasino, das er nach Feierabend im Hinterzimmer seines Ladens drei Mal in der Woche betrieb. Dieses Kasino blieb von der Polizei jahrelang unbehelligt, weil Signor Bozzi den Behörden glaubhaft versichern konnte, dass es sich keinesfalls um eine illegale Spielhölle handele. In seinem privaten Spielclub werde niemals um echtes Geld, sondern um Hirschhornknöpfe gespielt. Diese Knöpfe würden von ihm verwaltet und jeder Spieler habe ein Knopfkonto, da sei doch nichts dabei.

Natürlich wurde keine Sekunde lang um Knöpfe gespielt, sie dienten vielmehr als Jetons, die man beim Betreten des Café Bozzi, wie sein Hinterzimmer genannt wurde, bei seiner Gattin Elvira zu einem ruppigen Kurs erstehen musste. Bozzi selbst leitete den Salon und verkaufte lauwarmes Peroni-Bier für 12 000 Lire pro Flasche. Irgendwann verdienten die

Bozzis so viel Geld mit ihrem Kasino, dass sie sich ein schönes Haus in Bari kauften, in das sie aber selten fuhren, weil Bozzi ja das Kasino führen musste. Nachdem der eine oder andere Spieler Schulden bei Bozzi machte, stellte dieser Schuldscheine aus, was ein Fehler war, denn niemand konnte sie auslösen. Aus Spaß wurde also allmählich Ernst. Als Bozzi nämlich merkte, dass seine Schuldscheine vollkommen wertlos waren, veräußerte er sie an einen Autohändler, der prompt mit seinen Geschwistern bei den Schuldnern anfragte, wann sie denn nun gedächten, ihre Schulden zu bezahlen.

Unter den Schuldnern war auch der Fischhändler Gardone, dessen Frau die ganze Geschichte bei der Beichte dem alten Priester Alfredo verriet. Das ist der, der bei Calogeros Tod predigte, sozusagen der Hausgeistliche der Familie. Der gesprächige Priester Alfredo steckte die Sache dem Polizeipräfekten und dieser nahm Giovanni Bozzi schließlich hops. Der Knopfladen wird weiterhin von seiner Frau geführt, aber die Geschäfte laufen schlecht, seit Bozzi verhaftet worden ist.

»Der arme Giovanni«, klagt Onkel Raffaele. »Schade um das schöne Knopfgeschäft.«

Sein Schuldschein, so erfahre ich später von Gianluca, wurde ihm kürzlich beim Kauf eines Neuwagens als Rabatt verrechnet. Eigentlich hätte er ja gar kein Auto gebraucht, doch der Verkäufer hat Onkel Raffaele klar gemacht, dass er darüber nicht zu entscheiden habe.

Zum Abendessen gibt es außer der Minestrone

auch noch Pizza, die Marco mitgebracht hat. Sie wird mit einer großen Schere in handliche Stücke geschnitten und verteilt. Ich habe mich auf dieses Abendessen gut vorbereitet und mir vorgenommen, nicht mehr zu essen, als ich will. Es kommt, wie es kommen muss.

»Nimm mal hiervon.«

»Danke, ich bin wirklich satt.«

»Schade, Marco hat es extra für dich gekauft.«

»Ich weiß, sehr nett, aber ich kann nicht mehr.«

Jetzt: nagelneuer Trick in Nonnas Repertoire: »Ich verstehe, in Deutschland ist die Pizza bestimmt besser.«

»Gar nicht, nein. Diese hier ist wundervoll.«

Und weiter, in extrem enttäuschtem Ton: »Wenn sie so wundervoll wäre, würdest du sie essen.«

»Aber ich *habe* sie ja schon gegessen.«

»Du isst wie ein Zeisig.«

»Nein, ich habe vier Stücke genommen.«

»Dann kommt es auf eines mehr oder weniger auch nicht an.«

»Na gut. Welches soll ich essen?«

Nach dem Essen gibt es *limoncello*, eine Art Zitronenlikör, der nach Klostein riecht. Ich mag das Zeug nicht, aber das darf man um Himmels willen nicht sagen. Nachdem ich mich in der Vergangenheit geweigert habe, *limoncello* zu trinken, hat sich Nonna Anna auch hier eine neue Taktik überlegt, um mich dazu zu bringen. Sie fordert mich nicht mehr einfach auf, das Zeug zu trinken, sondern sie sagt: »Probier doch mal.«

»Nein, danke.«

»Nur mal pro-bie-ren.«

»Also gut.«

Ich benetze die Lippen ganz sanft mit dem Likör und gebe ihr das Glas zurück.

Darauf sie: »Jetzt hast du das Glas schmutzig gemacht, also kannst du es auch austrinken.«

Ich trinke.

Es gibt Variationen dieser Aufführung, in denen es um Leber oder Süßspeisen geht. Erstaunlicherweise bin immer nur ich der Leidtragende von Nonna Annas Fürsorge. Die anderen sagen einfach *basta* und legen die Serviette auf den Tisch. Nur ich muss immer essen, essen, essen. Einmal bemerkte Onkel Egidio, den ich ansonsten für seinen derben Humor sehr schätze, indem er mit seinem Zahnstocher in meine Richtung deutete: »Wenn unsere Nonna ihn nicht hätte, müsste sie sich ein Schwein halten.« Alle lachten, ich aß.

Einmal habe ich versucht, sie mit ihren eigenen Waffen zu schlagen. Beim Mittagessen hielt ich ihr alle zwei Minuten den Tomatensalat vor die Nase und sagte: »Nimm von dem Salat. Nonna, nimm Salat. Hier, Nonna, nimm den Salat.«

Nach dem dritten Mal ließ sie Messer und Gabel sinken, schaute in die Runde und raunzte zur Erheiterung der Anwesenden im breitesten Neapolitanisch: »He, jetzt nehmt ihm endlich die Schüssel weg! Dieser Kerl versucht dauernd, mir meinen eigenen Salat anzudrehen.«

Noch zwei Tage bis zur Hochzeit, dem größten Großereignis in Pamelas und Paolos Leben. Wir besuchen das Paar, das entgegen üblicher Sitten bereits zusammenlebt. Die beiden wohnen in einem Neubaugebiet am Stadtrand in einer recht großen Wohnung, die komplett gefliest ist und den Charme eines Hallenbades versprüht. Auf der Sofalehne sitzen allerhand Plüschtiere, darunter auch Clowns. Das Frühstücksgeschirr wird sicher bombig einschlagen.

Paolo zeigt uns ihr Hochzeitsalbum. Moment mal. Hochzeitsalbum? Die Hochzeit ist doch erst übermorgen. Jajaaa, klärt mich Paolo auf, aber dieses Album mache man vorher. Das Album steckt in einem ledergebundenen Schuber und wiegt ungefähr fünf Kilo. Auf den Seiten ist nur jeweils ein Foto zu sehen – und das hat es in sich. Ein professioneller Fotograf hat in einer Art Fotoroman den Weg der Liebenden zueinander inszeniert. Die meisten Bilder spielen in den fünfziger Jahren. Das Album beginnt mit einem Bild von Paolo, der in einem weißen Anzug vor einem Bugatti posiert. Es ist wie alle Aufnahmen schwarzweiß und nachträglich mit einem Sepiaeffekt versehen worden. Auf der nächsten Seite räkelt sich Pamela mit schmachtendem Blick auf einer Chaiselongue. So geht's weiter. Ungefähr auf Seite dreißig begegnet sich das Paar schließlich auf der Landstraße, wo Paolo eine Panne mit seinem Bugatti hat und Pamela ihm freundlicherweise Wasser in einer Emaillekanne bringt, das er in den Kühler und über sein Hemd schüttet. Auf dem nächsten Bild wird geküsst. Danach geht alles ganz schnell. Die nächsten zehn Seiten zeigen die Hochzeitsvorbereitungen des Paares, anschließend folgen leicht erotisierte Aufnahmen von Paolo und Pamela in der Hochzeitsnacht. Bei diesen Fotos wird heftig gegrinst. Eine ganze Woche lang habe der auf diese Art von Alben spezialisierte Fotograf nach ihren Wünschen gearbeitet. Kostüme und Bugatti inklusive hat dieses Panoptikum der Liebe drei Millionen Lire gekostet.

Auch bei der Hochzeit lässt man sich nicht lumpen. Es werden über einhundertfünfzig Gäste erwartet, die meisten gehören zu den beiden Familien des Brautpaares. Nur die allerwenigsten haben abgesagt, zum Beispiel kann das Ehepaar Bozzi leider nicht kommen. Die Bude wird voll. Die Bude wird sogar doppelt voll, denn ein Stockwerk tiefer, in einem weiteren Saal, ist noch eine Hochzeit von vergleichbarer Mannstärke anberaumt.

Am Morgen der Hochzeit große Aufregung. Bruder Alfredo hat sich gestern Abend an einem kleinen Hühnerknochen verschluckt und lässt mitteilen, dass er sich wegen eines nicht enden wollenden Schluckaufs absolut außerstande sehe, die Predigt zu halten. Was nun? Mein Schwiegervater bietet sich als Ersatz an, aber Onkel Raffaele insistiert, dass Toni erstens kein Geistlicher sei und zweitens für Predigten nicht tauge, weil er bei längeren Reden immer so klinge, als verlese er das Kommunistische Manifest.

Naiv frage ich meine Frau, ob es nicht ein anderer Priester aus Campobasso tue, doch das kommt kategorisch nicht in Frage, denn Pater Alfredo hat in den letzten sechzig Jahren so ziemlich alle Umtriebe der

Familie Marcipane begleitet. Noch drei Stunden, dann muss der Schluckauf weg sein, notfalls mit Gewalt. Eine Abordnung der Familie geht also zu Alfredo, um ihn zu erschrecken.

Eine Stunde später sind sie wieder da und verkünden, Pater Alfredo sei auf wundersame Weise geheilt worden, amen. Pünktlich um elf Uhr stehen wir vor der Kirche und warten auf das Brautpaar. Dieses hat zu diesem Zeitpunkt bereits eine mehrstündige Foto- und Videosession hinter sich. Der Fotograf, ein hagerer Mann mit Glupschaugen und einer gepunkteten Weste, ist nämlich auch für ein weiteres offizielles Fotoalbum sowie den obligatorischen Film zuständig, das gehört alles zusammen. Für den Film hat er einen Gehilfen mitgebracht, der die Videokamera bedient.

Sara und ich sind genau so angezogen, wie man sich bei einer Hochzeit anzieht, jedenfalls in Deutschland. Im Unterschied zur Beerdigung von Calogero fühle ich mich diesmal allerdings keineswegs zu elegant gekleidet, eher im Gegenteil. Meine Familie hat richtig dick aufgetragen, besonders die Tanten im Gesicht, fast bekommt man den Eindruck, hier werde eine mexikanische Soap-Opera aus dem Industriellenmilieu gedreht.

Pamela wurde nicht unbedingt zu ihrem Vorteil in ein sehr enges Brautkleid gesteckt und anschließend mit sehr viel Tüll umwickelt, was ihr das Aussehen eines Ostereis verleiht. Paolo hingegen wirkt dagegen vergleichsweise calvinistisch. Er trägt eine Spencerjacke und darunter ein Hemd mit Rüschen sowie eine violette Hose mit einem schwarzen Streifen an der

Seite, dazu Lackschuhe. Seine auftoupierten schwarzen Locken glänzen in der Sonne wie eine Nordseemöwe nach einer Ölpest. Antonio trägt übrigens dasselbe Outfit wie bei unserer Hochzeit. Sara, ich und ein überaus schöner Mann sind die Einzigen, die nicht verkleidet aussehen. »Das ist Vasco, der schwule Cousin aus Mailand. Hübsch, was?«

Als Mädchen, erzählt mir Sara, sei sie in Vasco verliebt gewesen, genau wie die anderen Mädchen aus Campobasso. Dass er heute hier ist, hat im Vorfeld für reichlich Zunder gesorgt, denn es gibt einige Tanten, die Homosexualität für eine ansteckende Krankheit halten und sich Sorgen gemacht haben, Vasco könne den Bräutigam womöglich damit infizieren und die Hochzeit ins Wasser fallen lassen, ganz ernsthaft. Letztlich siegt die Vernunft und Vasco, der in seiner Kindheit eng mit Paolo befreundet war, darf kommen. Seinen Lebensgefährten lässt er lieber in Mailand.

Bei der Trauung spielen sich erschütternde Szenen ab, weil Paolos Mutter so erbärmlich schluchzt, als sei ihr Sohn gerade ums Leben gekommen. Auch Antonio weint neben mir, auf dass Ursula klagend an die Decke der kleinen Chiesa di Leonardo schaut.

»Was ist denn mit ihm?«, flüstere ich meiner Schwiegermutter ins Ohr.

»Der kennt die beiden kaum, aber diese Kirche macht ihn so traurig. Und Pater Alfredo. Er kennt ihn schon seit seiner Kindheit.« Der Schluckauf von Pater Alfredo ist übrigens einem trockenen Husten gewichen.

Nach dem Traugottesdienst und den obligatorischen Glückwünschen tritt wiederum der Fotograf auf den Plan und fotografiert, was das Zeug hält. Sein Gehilfe gibt der Gemeinde ununterbrochen Kommandos, er scheucht uns wie Schafe über den Kirchplatz und filmt dann vorsichtshalber alles, ohne allerdings vorher die Schutzkappe vom Objektiv zu nehmen. Nach einigen Minuten merkt dies Anselmo, so heißt der Fotograf, und verpasst seinem tölpelhaften Gesellen vor versammelter Mannschaft einen fürchterlichen Heb-Senk-Einlauf. Dies schüchtert nicht nur ihn ein, der hernach mit zitternder Kamera sein Werk verrichtet, sondern auch uns. Brav stellen wir uns in jeder erdenklichen Kombination vor den Bugatti und lächeln, wie nur Menschen in Todesangst zu lächeln in der Lage sind.

Nach einer guten Stunde geht es in einem Autokorso ins Restaurant. Leider kommt die Hälfte der Hochzeitsgäste, die hinter Antonio hergefahren sind, mit großer Verspätung an, was den Zeitplan komplett durcheinander bringt. Bereits auf dem Parkplatz kommt uns ein wütender Koch entgegen und fragt, ob wir denn eigentlich noch ganz bei Trost seien und ob wir uns vorstellen könnten, wie es sei, für dreihundert Personen zu kochen. Er spricht vor allen Dingen mit mir, und da ich nichts verstehe, lächle ich ihn an und sage, er solle sich an meinen Schwiegervater wenden.

Im ersten Stock des Restaurants betreten wir einen Saal, der wirkt, als sei er eine Kreuzung aus dem Präsidentenpalast von Saddam Hussein und dem

Wohnzimmer von Liberace. Wir legen unser Geschenk zu den anderen Paketen und stellen zufrieden fest, dass zumindest die Verpackung den allgemeinen Geschmacksnerv getroffen hat.

An der Stirnseite des Saales nimmt das Brautpaar Platz. Es thront in der Mitte einer langen Tafel, an der sich auch die Eltern, Omas und Geschwister niederlassen dürfen. Für alle anderen gibt es Zehnertische. Wir sitzen mit zwei Arbeitskollegen aus dem Supermarkt, einer extrem nach Veilchen duftenden Tante von Paolo, ihrem Gatten, meinen Schwiegereltern und Marco an einem Tisch. Marco hat seine neue Freundin mitgebracht, bei der ich mir allerdings nicht ganz sicher bin, ob sie nicht vielleicht ein verkleideter Herr ist, denn sie hat eine dunklere Stimme als ich. Auf jedem Tisch steht Wasser, dazu Weißwein und Rotwein in großen Flaschen.

Was denn nun geplant sei, frage ich Sara.

»Nichts«, sagt sie und zuckt mit den Schultern.

»Nichts?«

»Nichts. Nur essen.«

Eine italienische Hochzeit gleicht einer sozialen Leistungsschau. Lange Tischreden vermeidend, geht es eigentlich nur darum, den Gästen zu beweisen, dass man genug Moos an den Füßen hat, um einhundertfünfzig Personen so satt zu machen, dass diese nicht mehr geradeaus laufen können. Es wird also gegessen, gegessen und gegessen, zwölf Stunden lang. Das Ganze kommt mir so vor, als wolle Paolo sich bei seinen Verwandten für jede Hochzeit rächen, auf der er schon einmal eingeladen war. Das bekommt ihr alles zurück, scheint er sich gedacht zu haben. Eine gute Hochzeit unterscheidet sich hierzulande von einer schlechten eigentlich nur durch die Anzahl der Essensgänge.

Später erfahre ich, dass er sich für diese präpotente Geste verschuldet hat. Es existieren nämlich regelrechte Hochzeitskredite bei den Banken, damit sich niemand die Blöße einer einfachen Vermählung geben muss.

Ich hatte ja damit gerechnet, dass man wie bei uns in Deutschland schwülstige Reden hört oder peinliche Szenen mit ansehen muss, in denen wohlmeinende Freunde die wichtigsten Stationen des Bräutigams auf der Suche nach der richtigen Frau nachstellen, was oft zu betretenden Gesichtern, mancherorts sogar zu deftigem Streit führt; dass rasch die Krawattenknoten gelockert werden und man viel Wein trinkt, später mit dem Bräutigam eine Zigarre raucht und sich nachts auf dem Parkplatz übergibt. So kenne ich das. Natürlich kommt es ganz anders.

Ich bin bereits nach dem fünften Gang, einem gegrillten Fisch mit Fenchel, so satt, dass ich nicht einmal mehr eine Zigarette rauchen kann. Selber Schuld, ich habe nämlich jedes Mal meinen Teller leer gegessen. Sara hatte mich zwar schon zu Hause gewarnt: »Nie alles aufessen, dann schaffst du es nicht.« Da ich aber von Nonna Anna so erzogen worden bin, habe ich jeden mir vorgesetzten Teller brav geleert. Ich habe Risotto und Nudeln, einen Cocktailsalat, Lamm und Fisch im Bauch und nun kann ich nicht mehr. Leider ist noch nicht einmal die Hälfte geschafft. Während ich am sechsten Gang, einer kleinen, aber widerspenstigen Kalbsroulade, herumnage, fällt mir auf, dass die Kellner nicht nur Kalbsrouladen bringen, sondern auch Alufolie. An allen Tischen wird nun damit geraschelt und gepackt. Es ist nämlich durchaus üblich, dass man das Essen mit nach Hause nimmt, wäre ja auch schade drum. Das erklärt wahrscheinlich auch die großen Handtaschen der Damen.

Irgendwann zwischen dem siebten und dem neunten Gang verschwindet mein Schwiegervater. Ursula geht los, um ihn zu suchen, kommt jedoch nach ein paar Minuten wieder, ohne ihn gefunden zu haben. Was, wenn er einen Herzinfarkt auf dem Klo hatte? Oder in der Küche mit dem Koch streitet? Sara fragt den Fotografen Anselmo, doch auch er hat Antonio nicht gesehen.

»Kannst du mal nach ihm sehen?«, bittet mich Sara, die sich ernsthafte Sorgen macht, weil Antonio schon einmal verloren gegangen ist.

Damals machte er mit Ursula eine Busreise nach Wien und verschwand bei Nürnberg auf dem Rastplatz. Stunden später, Ursula war schon ganz aufgelöst und hatte die Polizei eingeschaltet, rief er bei Sara und mir an. Seine Stimme klang, als sei er im Weltraum, aber er war nicht im Weltraum, sondern in Prag. Nach der Pinkelpause war er nämlich in den falschen Bus eingestiegen und mit einem Kegelclub aus Wiesbaden nach Tschechien gefahren. Die Leute seien so nett gewesen, erzählte er hinterher. Deshalb habe er gar nicht gemerkt, dass er im falschen Bus saß. Im Übrigen sei Prag viel schöner als Wien, und da müsse Ursula mal hin, das lohne sich wirklich.

Ich suche also nach Antonio in der Küche, auf dem Parkplatz, in einer benachbarten Bar und schließlich auf dem Herrenklo, wo ich aber nur zwei kleine Jungs beim Rauchen erwische.

Schließlich gehe ich an Saal eins vorbei, wo die andere Gesellschaft feiert. Und wen sehe ich da? Antonio, der wild gestikulierend vor dem Hochzeitspaar steht und auf die beiden einredet. Die anderen Gäste beobachten die Angelegenheit mit größter Spannung. Ich laufe hin und erreiche die Szene gleichzeitig mit einem ziemlich korpulenten Herrn, der mich anschaut, als sei er das Strafgericht und ich todgeweiht.

»Toni, da bist du ja.«

»Wo seide ihr denn alle? I komme da vom Klo unde alle sind weg.«

Es stellt sich heraus, dass mein Schwiegervater auf der falschen Hochzeit friedlich zwei Gänge eingenommen hat, dann aber von einem Grobian vertrieben wurde, der behauptete, Antonio sitze auf seinem Platz. Daraufhin hat er sich beim Brautpaar über die miese Behandlung beschwert und ihnen mitgeteilt, dass er nicht viertausend Kilometer (Antonio-Zahl) gefahren sei, um sich von einem Fettwanst ohne Manieren wie jenem da drüben den Tag vermiesen zu lassen, und dass so etwas in Deutschland vollkommen unmöglich sei.

Besagter Fettwanst ist der Bruder des Bräutigams. Just in dem Moment, als sich Antonio eine Tracht Dresche erquatscht hat, erscheine ich auf der Bildfläche. Der Bruder knöpft sich die Manschetten auf. Mein Beitrag zur gewaltfreien Lösung des Konfliktes erschöpft sich mangels Sprachkenntnis darin, dass ich Antonio am Arm ziehe. Der merkt gar nicht, dass er mit seinem Leben spielt.

»Toni, komm jetzt.«

»Das iste nicht die Art, wie man Gäste behandelte.«

»Das ist auch nicht die Hochzeit, auf der du eingeladen bist.«

»Iste nicht?«

»Sieht diese Frau vielleicht aus wie deine Nichte Pamela?«

Nein, wirklich nicht, denn diese Braut ist ganz bemerkenswert hübsch. Das kann Antonio unmöglich entgangen sein.

»Ahhh, falsche Tanze.«

Unpassenderweise fängt mein Schwiegervater nun an zu lachen, was der Fettsack auf sich bezieht und an seinem anderem Arm zieht. Nun zeigt Antonio ein Kunststück, das ich bei ihm schon ein paar Mal gesehen habe: sofortiges Einwickeln der Gegenpartei in Krisensituationen durch massives Vollsülzen. Innerhalb von wenigen Augenblicken wechselt die Stimmung. Schließlich gibt er dem Dicken die Hand, dann stellt er sich den Brautleuten vor und sagt zu mir: »Wir sinde herzelich eingeladen auf diese wundervolle Feier.«

»Toni, wir sind vor allen Dingen oben herzlich eingeladen. Wir hauen jetzt ab.«

Schließlich eise ich ihn von seinen neuen Freunden los und wir gehen wieder hinauf.

»Wie hast du das gemacht? Was hast du denen erzählt?«

»Nur habe gesagt, dass der Wein auf unsere eigene Hochzeit schmeckte wie Eselpisse und hatte deshalb die Wunsch, eine ordentliche Wein zu trinken, und diese Hochzeit iste viele besser als oben und deshalb er muss zufrieden sein für die Ehre, die ich ihm erwiesene habe.«

Na, das wird Paolo aber freuen.

Als wir wieder im Liberace-Memorial-Saal ankommen, ist der elfte Gang vorüber, was mich nicht gerade verstimmt. Ursula und Sara sind sehr erleichtert, uns zu sehen, Pamela ist inzwischen unter ihrem Make-up zerflossen und Paolo guckt unter seinem Ölhaufen hervor, als bereue er die ganze Veranstaltung zutiefst. So sieht müdes Liebesglück aus. Kein Wunder, dass Anselmo die Hochzeitsnachtsfotos bereits letzte Woche gemacht hat. Bei den beiden wird, konstatiere ich, heute mit absoluter Sicherheit nichts mehr vollzogen – und die Ehe schon gar nicht. Die Veilchentante neben mir ist eingeschlafen und brummt dabei ein Lied. Aber nun kommt Bewegung in die Feier, denn die Torte naht.

Es handelt sich dabei um ein riesiges, mehrstöckiges Ungeheuer aus Butter, Eiern, Sahne und Zucker in den Farben Rosa, Altrosa, Magenta, Violett und Weiß. Für die Präsentation dieses diätischen Albtraums wird der Saal verdunkelt, dann tragen vier Mann das Monstrum herein, auf dem Wunderkerzen abbrennen. Brupps! Die Alte neben mir wird schlagartig wach und stößt dabei mein Wasserglas um.

So ein Stück Torte, sozusagen als Betthupferl, das finde ich nicht übel, doch bis ich eines bekomme, soll noch ein Stündchen vergehen, denn nun muss Anselmo erst das gute Stück fotografieren. Damit nicht genug, jeder soll mal an der Torte stehen. Zuerst natürlich das Brautpaar, danach das Brautpaar mit den Eltern. Dann mit den Großeltern. Dann mit den Geschwistern. Mit den Cousinen. Mit den Onkeln. Mit den Tanten. Mit den Onkeln *und* den Tanten. Mit dem Priester. Und so weiter und so fort. Schließlich gibt es auch noch ein Bild, auf dem Sara und ich mit dem Brautpaar zu sehen sind. Und eines mit Vasco, Benito, einem Greis ohne Zähne, mir und dem Brautpaar. Ich nehme an, dass Anselmo das lustig fand.

Nach der Torte bin ich ein klein wenig müde. Wie sollen sich da erst Paolo und Pamela fühlen, die seit vierzehn Stunden auf den Beinen sind? Aber der glücklichste Tag ihres Lebens ist noch lange nicht vorbei, denn nun geht der Spaß erst richtig los.

Erstens gibt es nämlich jetzt die Mitternachtssuppe, für alle, die seit zehn Minuten nichts mehr zu essen bekommen haben. Und zweitens wird nun eine Bontempi-Orgel nebst Musikant in den Saal geschoben. Die Zehnertische weichen in Windeseile dem wunderbaren Magic Manfredino, welcher neben falschen Zähnen auch falsche Haare sowie einen bunten Strauß falscher Töne zu bieten hat, die er in zügiger Folge unters Volk bringt.

Großes Amüsement. Und das fast nüchtern, denn hier wird wirklich wenig getrunken. Und komisch dazu, besonders als Tante Veilchen sich in den Kopf setzt, mit mir zu tanzen. Zum Glück macht Anselmos Geselle davon ein paar hübsche Aufnahmen.

Antonio und Ursula sind längst ins Bett gegangen, möglich, dass sie auch nur die Hochzeit gewechselt haben, ich schaue später lieber noch einmal nach. Vasco tanzt mit der Braut und alle klatschen. Meine Sara fegt mit Onkel Egidio übers Parkett, der Transvestit hängt an einem älteren Mann mit Glatze, dem das gefällt. An den abgerückten Tischen sitzen die Alten und stecken die Köpfe zusammen. Magic Manfredino ist ein Entertainer alter Schule. Er steigert sein Programm, indem er erst internationale Evergreens, dann jüngere Schlager und schließlich traditionelle Volksweisen spielt.

Später schnappe ich mir meine Sara und wir tanzen endlich. Im Gegensatz zu mir kommt sie mit der Tarantella gut klar, aber es achtet niemand darauf. Neben uns tanzt ein Knirps mit einer Kellnerin und es sieht nicht einmal albern aus. Hier sieht nämlich gar nichts albern aus. Mir gerät in den Sinn, dass die Würde immer direkt aus den Menschen kommt und dass es ihr egal ist, wo diese Menschen sich gerade befinden. Wir drehen uns im Ristorante Mazzini, erste Etage, Saal zwei. Es ist eine wunderbare Nacht.

Fünf

Wir denken gerne an die Hochzeit zurück und freuen uns, als zwei Monate danach eine Videokassette mit einem Erinnerungs-Best-of eintrifft, auf der die wesentlichen drei Stunden der Feier zu sehen sind. Anselmos opus magnum enthält nicht nur verwegene Kamerafahrten und sehr experimentelle Perspektiven, sondern auch zahlreiche in der so genannten *post production* hinzugefügte Tricks, von denen die Überblendungen und Weichzeichnerpassagen noch die am wenigsten verblüffenden sind. Am besten gefallen mir die Szenen zu Anfang, in denen man im *split screen* Zeuge der Morgentoilette von Pamela und Paolo sein darf, er zieht sich links an, sie rechts, sekundiert von mindestens vier Freundinnen und meiner Frau.

Meinen Status als Randfigur hat Anselmo ernst genommen und ich bin immer nur halb verdeckt oder mit viel Fantasie auszumachen. Gut so.

Eigentlich plane ich nun auf längere Sicht keine Reise nach Italien mehr, selbst Sara will frühestens im kommenden Jahr wieder hinfahren. Dann ein Anruf von Antonio.

»Liebe Jung, wie gehte dir?«

»Danke, und dir?«

»Imme guuut.«

Es folgen ein längerer Bericht über sein gesundheitliches Befinden sowie einige Scherze, die er nicht zum ersten und ganz sicher nicht zum letzten Mal unter Pfeifen und Heulen zum Besten gibt. Schließlich rückt er mit seinem eigentlichen Anliegen heraus. Die Kommode im Flur sei ihm schon länger im Weg, also habe er sich entschlossen, dieses wunderbare Möbel aus herrlicher deutscher Produktion seinem Lieblingsneffen Marco zu schenken. Da Marco das Ding aber nicht abholen kann, müsse Toni es ihm bringen.

»Aha, na denn gute Reise«, sage ich ohne Arg.

»Du musste mitkommen. Kanni nichte alleine mache, iste zu schwer fur der alte Toni.«

Ich frage ihn, ob er die Kommode denn zu Fuß über die Alpen zu tragen gedenke, aber bei seinem Sirenenlachen wird mir klar, dass ich eigentlich schon in seinem Auto sitze. Er hat mich fest eingeplant. Dass er mich so schnell zu dem Kommodentransport überredet, ist kein Wunder. Seit unserem gemeinsamen Urlaub habe ich mir immer wieder die Frage gestellt, was mich an diesem Mann so fasziniert. Selbst für seine italienische Verwandtschaft ist Antonio ein ziemlich schräger Vogel.

Manchmal vergeht er in Melancholie und sitzt für Stunden schweigend herum, dann wieder sägt er behände an den Nähten der Nervenkostüme seiner Mitmenschen. Ich erhoffe mir Aufklärung von unserer Reise und ich werde nicht enttäuscht. Am Ende sind wir nicht zwei Tage geblieben, sondern sieben, und dazwischen liegt ein ganzes Leben.

Nachdem Antonio mich abgeholt hat, macht er es sich auf dem Beifahrersitz bequem und schläft umgehend ein. Hinten ist kein Platz mehr für ihn, denn da liegt schon die Kommode und fault vor sich hin. Er ist die sechshundertfünfzig Kilometer zwischen seiner und unserer Wohnung in rekordverdächtigen neuneinhalb Stunden gefahren, und zwar »tippetoppe ohne eine einzige Situation *pericolosa* und keine kleine Stau weite und breite«.

Ich fahre also los und kaue an den Käsebroten, die meine Frau uns mitgegeben hat, während Antonio mit seinem Schnarchen die Anlieger der Brenner-Autobahn unterhält. Komisch: Zu Hause schläft der nie, auf Reisen ständig. Vielleicht sollte er für sein Schlafzimmer ein sich drehendes Bett kaufen.

Am Südende des Gardasees wacht er auf, und von da an redet Antonio ohne eine einzige Unterbrechung, bis wir in Campobasso ankommen. Etwa auf der Höhe von Bologna erläutert er mir das Wesen von Silvio Berlusconi: »Iste ein *imbroglione,* eine Kerl, eine Gauner, aber iste erfolgereich. Italiener liebene nich die Politik, aber liebene sie die Erfolge.« Ich stimme zu, schließlich spielen auch italienische Fußballmannschaften meistens einen grausamen, aber erfolgreichen Fußball. Anstatt jetzt beleidigt zu sein, ruft Toni begeistert: »Dasse iste, warum wir liebene die Deutschen.« Wenig später halten wir am *autogrill,* um Sandwiches zu kaufen. Nachdem Antonio für jede einzelne Sorte gewissenhaft recherchiert hat, ob sie auch gut ist, nehmen wir *tramezzini* und trockene Baguettes mit Käse.

Etwa bei San Benedetto, südlich von Rimini, lerne ich, warum die Leitplanken in Italien verrostet sind: »Iste wegen salzige Meer. Luft wehte von eine Seite zur andere und dann kommte die *corrosione*. Aber machte nichts, musse man langsamer fahren, dann tute es nichte so weh.« Kurz nach der Abzweigung nach Perugia erfahre ich alles über Albanien, wo Antonio noch nie war, das italienische Fischereiwesen und Mussolini. Fünf Stunden später kommen wir an.

Nachdem mir Nonna Anna in die Wange gekniffen hat, kommen die üblichen Verwandten und es wird gegessen. Inzwischen bin ich hervorragend in die Familie eingeführt. Es wird nicht mehr allzu viel Rücksicht auf mich genommen, ich bin einfach dabei und es stört nicht. Antonio übersetzt sehr ausführlich und ziemlich frei, was die Konversation nicht gerade vereinfacht. Immerhin kann ich jetzt die wesentlichen Themen einigermaßen verfolgen. Mein Italienisch ist schon viel besser als zu der Zeit unserer Flitterwochen. Damals hatte mir Sara eingeschärft, in ihrer Abwesenheit immer diesen italienischen Satz zu sagen: »Ich kann kein Italienisch, aber meine Frau, einen Moment bitte.« Als sie einmal in einem Restaurant auf die Toilette musste, kam natürlich währenddessen der Kellner, um mich irgendetwas zu unserer Bestellung zu fragen, was meine Möglichkeiten überschritt. Ich sagte also mein Sätzlein. Der Kellner starrte mich an und begann schallend zu lachen.

Dann verschwand er, worauf auch in der Küche gegackert wurde.

Kaum kam Sara von der Toilette zurück, erzählte ich ihr, was passiert war, und sie fing ebenfalls an, herzlich zu kichern, was mich sauer machte. Als der Kellner sich wieder blicken ließ, alberte meine Frau mit ihm herum und beide amüsierten sich auf das heftigste und vor allem auf meine Kosten. Schließlich klärte mich meine Frau darüber auf, dass ich dem Kellner mitgeteilt hätte, ich könne zwar kein Italienisch, wohl aber mein Pullover. Ich hatte *»moglie«* und *»maglia«* verwechselt.

Von einem Bekannten habe ich gehört, dass er einen hübschen Erfolg verbuchte, als er einmal in einem Hotel in Verona ein Zimmer mit einem hübschen Blick auf die Dächer wünschte, und zu der Dame an der Rezeption sagte: *»Vorrei una camera con una bella vista sulle tette.«* Die Frau nahm das persönlich und belferte ihn an, dass es in ihrem Haus solche Zimmer nicht gebe. Ein zur Klärung des Sachverhaltes herbeigerufener Kofferträger erläuterte meinem Bekannten, er habe soeben ein Zimmer mit einem schönen Blick über die Titten *(»tette«)* bestellt und nicht eines mit einem schönen Blick über die Dächer *(»tetti«)*. Gemessen daran bin ich bisher noch ziemlich unfallfrei durch den italienischen Sprachraum gefahren.

Am nächsten Morgen bringen wir die Kommode zu Marco, der gerade mit einunddreißig Jahren bei seinen Eltern ausgezogen ist und dieses Stück deutscher Wertarbeit gut gebrauchen kann. Die Geschichte mit dem Mannweib ist übrigens vorbei. Auf meine Frage, wie es ihr gehe, antwortet Marco mit einer diplomatischen Floskel. »Sie hatte nicht die richtige Einstellung«, sagt er, was ziemlich viel offen lässt. Ich verkneife mir weitere Nachfragen und wir machen uns an der Kommode zu schaffen.

Die wurde offenbar von Rübezahl persönlich aus einem Eichenstamm handgedengelt. Auf den schmalen Seiten sind als kunstvolle Schnitzereien historische Städteansichten von Mainz und Frankfurt am Main zu sehen, die Längsseiten werden von altdeutschen Märchenmotiven verziert. Man erkennt allerhand Zwerge, Pferde und Prinzessinnen. Ich habe fast den Eindruck, dass die auch alle in der Kiste drin sind, denn sie wiegt etwa vierhundert Kilo.

In Marcos Haus gibt es einen Fahrstuhl mit einem Münzeinwurf. Nur wer fünfhundert Lire einwirft, kann mit dem Ding fahren; damit wird verhindert, dass die zahlreichen Kinder der Nachbarschaft ständig den Aufzug kaputtmachen. Der Lift ist natürlich zu klein für die Kommode, also müssen wir sie zu Fuß nach oben bringen. Zum Glück wohnt Marco im fünften und nicht wie von Antonio angekündigt im sechsten Stock. Oben angekommen, passt das Teil schließlich nicht durch die Wohnungstür.

Meine Frage, wieso man denn nicht vorher ausgemessen habe, ob es zu groß ist, trifft allenthalben auf Schulterzucken. Fünftausend Kilometer (Antonio-Zahl) für nichts und wieder nichts. Das sieht Antonio naturgemäß anders. Er schlägt vor, den Boden aus der Kommode zu entfernen und dann etwa fünfzehn Zentimeter ringsum abzusägen, um anschließend den Boden wieder einzuschrauben. Eine fantastische Idee, finden alle. Also tragen wir die Kommode wieder die Treppe runter, denn für Sägearbeiten aller Art ist Gianluca zuständig, er arbeitet nämlich als Sargtischler in der Schreinerei neben dem Friedhof, was sich wiederum gut trifft, weil man so auch noch Calogero besuchen kann.

Kommode, Schwiegervater, Marco, Egidio und ich wieder rein ins Auto, dessen Fond bedrohlich über die Straße schleift, und ab zum Friedhof. Dort übergeben wir die Kiste an Gianluca und gehen an Opa Calogeros Grab. Inzwischen sind alle Fächer in dessen Wand gefüllt, man hat sogar schon wieder eine neue begonnen. In Campobasso wird viel gestorben. Nachdem wir uns alle darüber ausgetauscht haben, wie schön die Mauer ist, die Calogero weiland erhielt, bekreuzigen wir uns und kehren zurück in die Schreinerei.

Als wir ankommen, ist halb Mainz von der Truhe verschwunden. Ungerührt sägt Gianluca Schneewittchen in der Mitte durch und enthauptet einen Zwerg, der mit einem Häschen tanzt. Solche Petitessen kümmern meine Leute nicht, beherzt rückt der Cousin noch dem Frankfurter Römer zu Leibe, dann kommt eine neue Spanplatte drunter und kaum ein Stündchen später ist Marco stolzer Besitzer einer nigelnagelneuen Kommode aus Deutschland.

Eigentlich könnten wir jetzt noch etwas essen, vielleicht noch über den Corso Vittorio Emanuele latschen, schön schlafen und danach nichts wie zurück mit dem leeren Auto. Aber daraus wird nichts.

An diesem Abend verweigere ich erstmals seit meiner Kindheit total und stur die Nahrungsaufnahme. Es gibt eine regionale Spezialität, nämlich gekochte kleine Tintenfische mit Erbsen. Ich mag keine Meeresfrüchte und Tintenfische schon gar nicht. Alles, was glitscht, ist nicht mein Ding. Ich probiere es ja, stopfe mir den Mund voll mit Erbsen, Tentakeln und den Geschmack neutralisierendem Weißbrot und würge drei große Löffel hinunter. Aber mein Schlund zieht sich zu, schon der warme, leicht spermatische Geruch lässt mich satt werden. Also schiebe ich den Teller weg und trinke einen großen Schluck.

»Was ist mit ihm?«, fragt Nonna Anna.

»Was iste, liebe Jung?«

»Nichts, nichts.«

Nonna schaltet sich ein: »Bestimmt schmeckt es ihm nicht.«

Ich wehre matt ab: »Doch. Schmeckt. Gut.«

»Ich sehe es dir doch an.«

Mir egal. Ich sage nichts. Maria, die bisher stumm gegessen und dem Fernseher zugehört hat, fragt: »Hast du keinen Hunger mehr?«

Darauf Nonna Anna im Lamento: »Maria, ihm schmeckt's nicht.«

Fatalerweise hat sie da ausnahmsweise Recht. Was mache ich denn jetzt? Ich bitte Antonio, für mich zu schwindeln, und sage: »Es tut mir Leid, ich kann nicht. Ich kann das nicht. Bitte sag ihr einfach, ich hätte keinen Hunger.«

Antonio übersetzt ihr selbstverständlich, ich hätte gesagt, es schmecke mir nicht. Na prima, vielen Dank!

Nun ist Nonna Anna beleidigt. Aber ich kann es nicht ändern. Immerhin geht das Spielchen erstmals zu meinen Gunsten aus.

Am nächsten Morgen ist Antonio sterbenskrank. Er hat sich wohl an dem Meereszeug den Magen verdorben und erklärt sich für transportunfähig. Den ganzen Tag sitze ich mit meiner gepackten Tasche im Wohnzimmer herum und trinke den Kaffee, den Nonna Anna mir macht. Sie ist übrigens kregel und kerngesund, der Tintenfisch hat ihr nichts angetan. Auch ist sie mir nicht mehr böse, wohl weil sie ihre ganze Kraft jetzt für Antonio braucht. Dieser wird eingehend von *dottor* Neri untersucht, der irgend so etwas wie einen Eiweißschock diagnostiziert und zwei Tage Bettruhe verordnet. Ich rufe zu Hause an und bitte Sara, für mich Urlaub zu nehmen.

Ich setze mich zu Antonio ans Bett.

»Du Gauner, du willst bloß nicht nach Hause«, flüstere ich ihm zu, um ihn zu trösten.

»Stimmte, hatter liebe Gotte gemachte eine Situation, dasse wir sinde zusamme hier. Morgen ich werde dir etwas zeigen, da gehen wir los.«

»Morgen gehst du nirgendwohin, da liegst du krank im Bett.«

»Ich musse dir zeige, iste wichtig für mich und für dich ebeneso.«

Dabei schaut er mich aus seinen Taschenlampen-Augen waidwund an und legt die Stirn in Falten wie der Wackeldackel auf seiner Hutablage. Ich gehe früh schlafen und drehe vorher das Bild des weinenden Jungen um.

Sechs

Ich werde Zeuge einer Wunderheilung. Kaum dass ich meinen Urlaub eingereicht habe, ist mein Schwiegervater wieder putzmunter. Nach Ansicht von Nonna Anna ist dafür Padre Pio verantwortlich, der gütigerweise seine Magenprobleme beseitigt hat. Bereits am Abend verdrückt Antonio mit großem Appetit einen Teller Nudeln und danach mehrere Scheiben Schinken und Oliven mit Crackern.

Nonna Anna hat ihm übrigens vorgeschlagen, mit ihr im Schlafzimmer zu übernachten. Das möchte er jedoch nicht. Er könne unmöglich auf der Bettseite seines Vaters schlafen, erklärt er mir irgendwann in der Nacht, als er im Pyjama in der Tür steht. Mein Angebot, neben mir zu schlafen, schlägt er aber aus, überprüft, ob das Fenster auch geöffnet ist, und läuft dann für den Rest der Nacht in der Wohnung umher.

Am Morgen ist er schon lange angezogen, als ich wach werde.

»Wir gehene in die Stadt«, verkündet er, während ich meinen Morgenkaffee trinke.

Also brechen wir auf. Zielstrebig marschiert Antonio die Straßen der Neustadt hinauf, immer Richtung Castello Monforte. Das liegt auf der Spitze des Berges, an dem sich die Häuser von Campobasso festhalten, um nicht fortgeweht zu werden. Campobasso ist von der Ferne nur zu sehen, wenn man sich der Stadt aus südlicher Richtung nähert. Die Nordseite des Berges ist zu steil, um dort Häuser zu bauen, also erblickt man von weitem nur die Burg, die dann einsam über die umliegenden Hügel zu wachen scheint. Auf der Südseite ist der Berg voll gebaut mit kleinen bunten Häuschen. Dorthin zieht es Antonio. Mit seinen kurzen Beinchen hastet er durch die Via Petiti und bleibt endlich in der Via Orefici stehen.

»Hier iste«, sagt er und dreht sich zu mir um.

»Hier ist was?«, frage ich.

»Porta Mancini, alte Tore zu Stadt.«

»Na und?«

»Ich zeige dir was.«

Er läuft weiter durch das Stadttor, wo das historische Campobasso beginnt. Es ist ein vollkommen anderes Universum, das mit der verbauten und zubetonierten Stadt da unten gar nichts zu tun hat. Es ist Antonios Welt, ein labyrinthisches Gebilde aus engen Gassen und feucht aussehenden Häusern, deren Stromleitungen einst außen verlegt wurden und wie Wäscheleinen an den Häusern baumeln. An manchen hängt auch wirklich Wäsche.

Immer weiter geht es hinauf, ich habe längst die Orientierung in den Gassen verloren. Unsere Schritte auf den steinernen Wegen hallen von den gelben und grauweißen Wänden. Schließlich stehen wir vor einem schmalen Haus, das neben anderen nur über eine enge steinerne Treppe zu erreichen ist. Über der Tür steht in verblichenen Buchstaben: Vico Vaglia No. 9.

»Hier, in diese schöne Haus, binne geboren im Jahr 1938.« Antonio strahlt mich aus seinen hellblauen Augen an und zeigt auf das Häuschen. Es ist offenbar unbewohnt, die Fenster sind verrammelt, in der unteren Etage klebt ein Plakat auf der Tür, das für eine Tanzveranstaltung wirbt. Nebenan hat ein reicher Mann großzügig renoviert, aber es ist das einzige bewohnte Haus im Vico Vaglia.

»Gegenüber wohnte Scarperi, der Musiklehrer«, sagt Antonio und deutet dann die Treppe hinauf, die sich im Dunkel der Häuser verliert. Wir gehen weiter und gelangen schließlich zur Burg. Nun stehen wir an einer Mauer und sehen ins Tal hinab. Es ist windig.

»Wir sollten in eine Café gehen, iste kalter heute.«

Als wir das Café Montefiori betreten, nimmt Antonio seine Schirmmütze ab und läuft geradewegs auf den Mann hinter der Theke zu. Dieser umarmt Antonio heftig. Nachdem sich die beiden abgebusselt haben, kommen sie gemeinsam hinter der Theke hervor und der Barmann gibt mir die Hand.

»Daniele wird er mich unterbreche, wenne ich sage falsche Dinge.«

»Was denn für falsche Dinge?«, frage ich.

»Setz dich, meine liebe Jung.«

Und dann beginnt Antonio zu erzählen. Er berichtet davon, wie sein Vater Calogero auf Sizilien geboren wurde, wie er im Kindesalter mit seiner ganzen Familie – inklusive Onkel und Tanten zwanzig Angehörige – zuerst in Kalabrien sein Glück versuchte, dort aber nicht wohlgelitten waren und schließlich in Campobasso landeten, *in culo al mondo*.

»Antonio, warum erzählst du mir das alles?«

»Weile du wissen sollste. Sonste weiß niemand auf der Welte. Unde wäre sehr schade, ich sterbe vielleicht morgen und niemand hab erzählt die ganze Dingeda.«

Jetzt verstehe ich so manches. Das ganze Kommodentheater war ganz offensichtlich bloß ein Vorwand, um mich hierher in dieses Café zu bringen. Womöglich hätte ich die Reise nicht gemacht, wenn es nicht einen praktischen Grund gegeben hätte. Oder ich hätte ihn immer und immer wieder vertröstet. Dann, das scheint seine Sorge zu sein, hätte er darüber sterben können.

»Aber warum ich?«

»Weil einfach biste keine dumme Salat.«

Daniele lacht und stellt Kaffee auf den Tisch in seiner kleinen Bar, in der außer uns keine Menschenseele sitzt.

Antonio Carlo Marcipane wurde am 2. November 1938 in Campobasso geboren. Seine Mutter war Anna, die Schöne, wie sie in der Nachbarschaft hieß. Sie heiratete 1933 den Sizilianer, wie Calogero Marcipane gerufen wurde. Es war eine Liebeshochzeit, wenn auch nicht frei von Misstönen, denn Annas Familie, die Scalferos, waren reich und verfügten über viel fruchtbares Land und Vieh. Calogero hingegen gehörte zur bettelarmen Kaste der Zugezogenen, von denen keiner genau sagen konnte, was sie hierher verschlagen hatte. In Kalabrien, so erzählte man sich, seien sie schnell wieder vertrieben worden. Dort hatten Familien das Sagen, deren Gesetze sich von denen in Sizilien ziemlich stark unterschieden. Für Marcipane und seine Leute war dort eindeutig kein Platz. Und auch in Campobasso trafen sie es nicht besonders komfortabel an. Die Marcipanes wohnten am Fuße des Nordhanges, im Tal, von wo die Tagelöhner, meist Zigeuner, jeden Morgen zum Marktplatz gingen. Dort ließen die reichen Bauern sie abholen, um sie auf ihren Feldern und in ihren Weinbergen arbeiten zu lassen. Es muss im August 1931 gewesen sein, als der Tagelöhner Calogero Marcipane zum ersten Mal die schöne Anna sah.

»Schau sie nicht an«, riet ihm sein Bruder, »es wird nur Ärger geben.«

»Warum, was ist mit ihr?«, fragte Calogero und blickte weiter zu dem Mädchen hinüber, das unter einem Baum saß und den Männern bei der Arbeit zusah.

»Sie ist die Tochter von Scalfero. Er schätzt es nicht, wenn wir seiner Tochter nachschauen.«

»Dann muss er sie einsperren«, gab Calogero verdrossen zurück und bemühte sich, nicht mehr in ihre Richtung zu starren.

Wann immer er konnte, arbeitete Calogero nun für den Großgrundbesitzer Scalfero. Er half, die Schafe zu hüten, erntete Oliven, schnitt Weinstöcke und pflügte Felder, aber Anna bekam er nicht mehr zu Gesicht. Schließlich suchte er Sonntag für Sonntag die Kirchen ab, ging jeden Abend in den Gottesdienst, um sie schließlich in der Kirche San Giorgio zu finden, wo sie mit ihren Schwestern in der ersten Reihe saß.

Er hockte sich in die Bank dahinter und flüsterte ihr ins Ohr: »Hallo, kennst du mich noch?«

»Pssst!«

»Schau doch mal zu mir.«

»Nein.«

»Bitte.«

Da drehte sie sich um und er sah ihr Gesicht so nah, dass er vor Schreck beinahe die Besinnung verlor. Sie war noch viel schöner, als er sie in Erinnerung hatte.

»Willst du mich heiraten?«

»Du bist wohl verrückt.«

Er schämte sich für seinen sizilianischen Dialekt und für seinen blonden Schopf, der in Campobasso genau so exotisch war wie rote Haare oder schwarze Haut.

»Lass mich in Ruhe.«

»Mein Name ist Calogero«, startete er flüsternd einen neuen Versuch.

»Das weiß ich.«

Sie wusste es?

»Mein Vater sagt, dass du für einen Sizilianer fleißig bist.«

Calogero überhörte die Beleidigung und berührte Annas Haar.

»Hör sofort auf damit!«

»Kann ich dich wiedersehen?«

»Nein.«

Calogero hielt es für besser, seine Taktik zu ändern, und blieb für den Rest des Gottesdienstes ruhig. Als dieser zu Ende war, drehte sich Anna um. Sie hatte die ganze Zeit gehofft, dass er sie noch einmal ansprach. Aber Calogero war verschwunden.

Jeden Sonntag wiederholte sich das Spiel. Unter den missbilligenden Blicken der Umsitzenden flüsterten Anna und Calogero und kamen sich auf diese Weise zwangsläufig immer näher, bis Berührungen nicht mehr zu vermeiden waren.

Nach ein paar Wochen sahen sie sich auch außerhalb der Kirche San Giorgio. Annas Schwester Maria organisierte das Treffen in einem Winkel unterhalb der Burg. Es war ein verschwiegener Ort, denn niemand kam für gewöhnlich auf die Idee, zur Burg hochzugehen, wo kaum ein Strauch wuchs, weil das ganze Jahr dort ein heftiger Wind wehte. Calogero und Anna mussten nicht mehr flüstern, sie sprachen stattdessen gar nicht mehr.

»Soll das vielleicht heißen, die haben geknutscht?«, unterbricht Daniele, der Wirt.

»Was heißt schon geknutscht? Sie haben keine Worte für ihre Liebe gebraucht, das soll es heißen. Bring mir einen Campari und misch dich nicht ein.«

Das Geheimnis des Paares kam natürlich irgendwann heraus und angeblich soll Anna für ihr Verhältnis mit Calogero fürchterliche Prügel bekommen haben. Aber das bestärkte sie nur umso mehr in ihrer Liebe zu dem Sizilianer, der jede Demütigung aushielt und sich keine Beleidigung jemals anmerken ließ.

Als Calogero nach einem Jahr um ihre Hand anhielt, beschimpfte ihr Vater ihn eine Stunde lang mit den wüstesten Tiraden und stieß die schlimmsten Flüche aus, als wolle er ihn prüfen. Calogero verzog keine Miene. Er schlug nicht zu, er antwortete nicht. Er stand nur da und bestand den Test. Als der alte Scalfero schließlich einsah, dass er nichts gegen diese Verbindung ausrichten konnte, gab er ihr schweren Herzens seinen Segen und eine Bürde mit ins Eheleben. Denn im Gegensatz zu Annas Schwestern, die in der sozialen Rangordnung aufgestiegen waren und dafür mit großen Mitgiften ausgestattet wurden, hatte Anna einen Schritt nach unten gemacht, zu den Tagelöhnern, Zigeunern und Nichtsnutzen von der Nordseite. Sie bekam eine lächerlich geringe Aussteuer, die eher eine symbolische Bedeutung hatte, nämlich die einer Beleidigung.

Calogero begab sich auf die Suche nach einem Haus für seine Familie. Auf der Nordseite des Berges gebe es etwas, sagten ihm seine Freunde, doch da wollte er nicht hin. Eines Tages nahm er seine inzwischen schwangere Frau mit und sie gingen durch die Gassen der Südstadt, hoch und höher, bis man ein Stück Himmel sehen konnte. Vor einem gelben Haus blieb er stehen und sagte: »Herzlich willkommen im Vico Vaglia.«

Es war eine Unverschämtheit, eine Provokation, dass der Sizilianer mitten in der Stadt ein Haus gekauft hatte. Und wer wusste schon, wovon er es bezahlt hatte. Womöglich mit Mordaufträgen, Überfällen, Raubzügen. Vom ersten Tag an musste Calogero die Vorurteile seiner Nachbarn ertragen. Er kämpfte nicht dagegen an. Er ging ganz ruhig aus dem Haus, arbeitete weiter auf dem Feld und ließ die Idioten ihre spöttischen Sprüche machen. Tatsächlich hatte er niemanden umgebracht oder ausgeraubt, um das Haus zu kaufen. Er hatte sich Geld geliehen, und zwar bei Scalfero – ohne dass dieser es wusste.

Zu den vielen Geschäften, die Scalfero betrieb, gehörte auch das Verleihen von Geld. Seine Zinsen waren günstiger als die der Bank in der Stadt, wohin ohnehin niemand vom Land gerne ging, um mit schmutzigen Fingernägeln um einen Kredit zu bitten. Die meisten Bauern liehen sich ihr Geld also bei Scalfero, und dies keineswegs, um davon neue Geräte für ihre Höfe oder Futtermittel zu kaufen. Vielmehr gaben sie es zu weitaus ungünstigeren Konditionen an ihre Arbeiter weiter. Calogero hatte eine halbe Hundertschaft von Bekannten um Kredite gebeten. Diese wiederum mussten sich das Geld leihen und fragten darum bei ihren Bauern, die dafür Scalfero anzapften, der gerne und reichlich gab. Auf diese Weise verschuldete sich Calogero bei seinem eigenen Schwiegervater, den er niemals persönlich um Geld gebeten hätte.

1934 kam Raffaele auf die Welt und vier Jahre später Antonio. Es folgten noch sechs weitere Geschwister, die allesamt in den drei Zimmern des Hauses im Vico Vaglia geboren wurden, wo zudem noch der Vater von Calogero lebte, Alfredo Marcipane, der sein Bein auf dubiose Weise bei einem Kampf in Kalabrien verloren und daraufhin sein Leben dem Wein gewidmet hatte.

Antonio teilte ein Etagenbett mit dem amputierten Großvater, der Tag und Nacht nach Alkohol stank und über ihm liegend grunzte und röchelte, wenn er seinen Rausch ausschlief. Antonios Matratze war mit Maisblättern gefüllt, in denen Wanzen hausten, die des Nachts hervorkrochen, um Antonio zu beißen oder an dem Beinstummel des Alten zu nagen, der davon in seinem Suff nichts merkte, bis sich das Bein irgendwann entzündete und ein Stück weiter oben noch einmal abgeschnitten wurde, was dem Alten den schönen Beinamen »die Rebe« eintrug, weil er wie eine Weinrebe beschnitten war. Antonio litt unter dem Ungeziefer weit mehr als sein Großvater, denn diesem war sein Bein egal, solange Anna noch Wein dahatte. Die Biester waren nicht zu vertreiben und nicht auszurotten. Wenn Antonio eines zu fassen bekam, zerdrückte er es zwischen Daumen und Zeigefinger oder er fütterte die Katze damit. Er schwor sich, eines Tages in einem richtigen Bett zu liegen und vorher dieses Haus mit all seinen Spinnen, Käfern, Wanzen, Asseln und Ratten abzubrennen.

Das Haus der Marcipanes hatte kein fließendes Wasser, deshalb auch keine Badewanne, und Strom schon gar nicht, offiziell jedenfalls. Calogero zweigte ihn heimlich von einer der Leitungen ab, die am Haus entlangliefen. Jahrelang versorgte er seine Familie auf diese Weise mit Elektrizität, die allerdings nur für funzelige Lampen verwendet wurde. Nicht einmal ein Radio hatten die Marcipanes. Wichtige Ereignisse erfuhr man beim Bäcker oder durch Plakatanschläge an den Hauswänden der Via Ziccardi.

Das Wasser holten die Kinder mehrmals am Tag aus einem Brunnen, der einige Häuser weiter aus einem steinernen Löwenkopf sprudelte und drei Straßen versorgte. Antonio bemühte sich, so wenig wie möglich zu Hause zu sein, denn dort war es dunkel und rußig, weil die Feuerstelle schlecht zog und der Qualm in den Wänden hängen blieb. Es machte ihm also nichts aus, wenn die Mutter ihn nach dem Wasser schickte. Ansonsten verbrachte er den Tag in den Gassen und Sträßchen, die sich wie ohne System zwischen den Häusern entlangzogen, mal steil bergauf führten, dann wieder fast senkrecht in die Tiefe, dabei niemals gerade, sondern kreuz und quer, wie das in Orten ist, die nicht geplant werden, sondern sich einfach ausbreiten, wie es ihnen gefällt.

Calogero Marcipane hatte wenig Zeit für seine Familie. Er nahm jede Arbeit an, er machte, was immer man von ihm verlangte und wofür man ihn bezahlte. Wer Geld hat, lautete seine Maxime, der ist frei. Er hatte überhaupt kein Geld, und wie jeder Mensch, der sich in Gefangenschaft befindet, bestand sein größter Traum darin, als freier Mann durch die Stadt zu gehen und respektiert zu werden. Damit war jedoch nicht zu rechnen. Selbst wenn er eines Tages alles zurückgezahlt hatte, würde er die missbilligenden Blicke der anderen ertragen müssen. Seine sizilianische Herkunft machte ihn zum Außenseiter, daran war nicht zu rütteln.

Er wurde Faschist, schloss sich also der Bewegung an, in der auch der Geringste noch eine Rolle spielen darf. Als Mitglied dieser Gruppe war Calogero wenn schon nicht angesehen, dann doch wenigstens gefürchtet. Er hatte keine Angst und ging keiner Auseinandersetzung aus dem Weg. Oft genug kam er mit einer blutenden Nase nach Hause, die Anna dann versorgte, während die Kinder im Halbdunkel der Lampe Vaters Schilderungen seiner Schlägereien aufgeregt zuhörten. Es waren vor allen Dingen die Kommunisten aus dem Stadtviertel nördlich der Via San Abate, mit denen man sich prügelte, diese Carduccis und die Lazzaris, die es nicht besser wussten und dafür eins auf die Schnauze bekamen. Calogero war mitnichten ein überzeugter Faschist, dafür fehlte ihm der politische Eifer. Viel eher trieb ihn die Sehnsucht nach Anerkennung dem *Duce* zu, den er für seine Stärke und für die schönen Uniformen bewunderte.

Calogero konnte sich keine Uniform leisten, aber ein Abzeichen, das er mit Freude auch dann noch trug, als er in den Krieg ging und seine Frau mit inzwischen fünf Kindern und Großvater Alfredo zurückließ. Er hatte sich freiwillig gemeldet, weil er glaubte, so den Ort seiner Stationierung mitbestimmen zu können. Doch so weit ging sein Einfluss nicht.

Calogero wurde in Afrika eingesetzt und erlebte den Tod seines Vaters nicht. Der starb, weil er mit einem Bein nicht rechtzeitig die Treppe hinunterkam, als alle anderen in den Keller des Musiklehrers Scarperi liefen, um sich vor einem Bombenangriff der Amerikaner in Sicherheit zu bringen. Scarperi war nicht unbedingt wegen seiner großen Musikalität im Viertel beliebt, sondern weil sein Haus als einziges einen mutmaßlich bombensicheren Keller besaß, in welchen er bei Angriffen aus der Luft zu einer musikalischen Matinee lud. Scarperi spielte dann immer kleine Geigenstücke von Paganini, ohne dabei auch nur annähernd die richtigen Töne zu treffen, was er gegenüber dem Metzger Baffone, der sich mit Musik leidlich auskannte und ein Grammophon besaß, damit entschuldigte, dass seine Geige erstens nur zwei Saiten habe und er zweitens in diesem dunklen Unterschlupf seine Noten nicht lesen könne. Und falls ihm, Baffone, dies nicht passe, so könne er gerne nach draußen gehen.

Eine amerikanische Bombe beendete sowohl das Streichkonzert des Musiklehrers Scarperi als auch das Leben von Großvater Alfredo. Sie traf das Haus gegenüber des Vico Vaglia Nummer neun just in dem Augenblick, in dem Alfredo auf die Straße trat, um zu Scarperi hinüberzulaufen. Anna hatte es nicht vermocht, ihn aus seinem Ausnüchterungsschlaf zu wecken, und war mit schlechtem Gewissen, die Kinder auf dem Arm und an der Hand, die Stufen in Scarperis Keller hinuntergerannt.

Antonio fand die Leiche zwischen den Trümmern des Nachbarhauses, nachdem sie aus dem Keller gekrabbelt waren, und sein erster unchristlicher Gedanke galt seiner Erleichterung. Kein Röcheln mehr, kein Schnaufen, kein Furzen in der Nacht.

»Hatte keine schlechte Gewissen, weißte du«, sagt Antonio und starrt auf sein Glas. Das Bild des toten Alten scheint ihm nachzuhängen.

»Hattest du Angst vor den Bomben?«

»Nein, hatte nicht Angst, nur um meine Mutter. Ich binne keine von der ängstliche Sorte.«

Wir zahlen und verabschieden uns von Daniele. Es ist schon Nachmittag, wir gehen wieder die engen Gassen hinunter. Im Vico Vaglia fällt mir die Lücke zwischen den Häusern auf. Wo das Haus zerbombt wurde, steht jetzt ein kleiner Baum und daneben ein Motorroller.

»Der Baum habe ich gepflanzte, damals mit Papa«, sagt Antonio und klopft an den Stamm.

Nach dem Tod von Alfredo Marcipane stieg Antonio auf und beanspruchte von nun an das obere Bett. Unten rückte Matteo nach, das fünfte Kind der Marcipanes.

Calogero blieb nicht lange in Afrika, denn nach sieben Monaten erkrankte er an Durchfall und kehrte zurück nach Campobasso, wo 1943 der Stellungskrieg tobte.

Oben, auf der Burg, da hatten die Deutschen noch schwere Geschütze aufgebaut, mit denen sie den Amerikanern entgegenfeuerten, die in Termoli gelandet waren und das Land, in Richtung Rom ziehend, Meter für Meter einnahmen. Die Kanonen funktionierten nicht richtig, die Munition ging aus, der Verteidigungswille erlahmte und die Amerikaner eroberten die Stadt, deren wesentlicher militärischer Nutzen in der hervorragenden Aussicht von der Burg über das Land ringsum bestand. Antonio und die anderen Kinder zerlegten die Kanonen, bauten sich Spielzeug aus den Einzelteilen und verkauften die Kugellager an die Amerikaner, die ihnen dafür Zigaretten und andere Kleinigkeiten schenkten. Das erste Kaugummi war für Antonio auch gleich das letzte seines Lebens, denn es schmeckte wirklich scheußlich.

»Weißte du auch, warum?«, fragt mich Antonio listig.

»Nein, warum?«

»Weile der gar keine Kaugummi war. War eine Kondom.« Sirene angeschaltet, große Heiterkeit.

Als der Krieg endgültig vorbei war, warf Calogero sein Parteiabzeichen in den Ofen und meldete sich freiwillig als Minensucher bei den Amerikanern. Er hatte keine Furcht vor Minen und ein gutes Gespür für die Gefahr, dennoch war es Antonio, der seinem Vater das Leben rettete.

Einmal nämlich wurde Calogero, der mutige Sizilianer, wie er inzwischen zumindest in der Nähe des Vico Vaglia genannt wurde, zu einer amerikanischen Bombe gerufen, die es zu entschärfen galt. Antonio wollte mit, doch er trödelte und bummelte, so dass Vater und Sohn erst mit Verspätung loszogen.

»Kannst du jede Bombe verzaubern?«, fragte Antonio, der seinem Vater schon oft dabei zugesehen hatte, wie er Minen aufgespürt, Granaten unschädlich gemacht und Bomben entschärft hatte.

»Vielleicht nicht jede, aber die meisten schon.«

»Es ist gefährlich. Warum machst du das?«

»Weil es sonst keiner machen will. Weißt du, manche Menschen verdienen ihr Geld nun einmal mit den

Sachen, für die sich andere zu fein sind. Merke dir eines: Wir Marcipanes sind geboren für die Drecksarbeit.«

Dann lachte er und legte eine Hand um Antonios Schulter.

Als sie eine Weile schweigend nebeneinander hergegangen waren, fragte Antonio: »Und wenn wir hier weggehen? Wenn wir nach Amerika gehen?«

»Ach, schlag dir das aus dem Kopf. Was sollen wir in Amerika? Wir bleiben hübsch hier, und wenn ich viele Bomben entschärft habe, bin ich reich und kaufe dir eine richtige Sahnetorte. Bis es so weit ist, müssen wir uns eben mit Orangen begnügen.«

Er ging in das Obstgeschäft an der Porta San Paolo und kaufte zwei Orangen, die er mit seinem Taschenmesser auf einer Mauer sitzend schälte. Da Calogero fand, dass er zu wenig Zeit mit seinen Kindern verbrachte, blieben sie einfach zehn Minuten sitzen und aßen schweigend. Als sie schließlich weitergingen, hörten sie in einiger Entfernung eine Explosion. Die Bombe war hochgegangen, als einer der Polizisten sie berührte. Er hatte sich offenbar beim Warten auf den Mineur Marcipane gelangweilt und nach amerikanischer Art ein Streichholz an der Bombe anzünden wollen. Außer dem Polizisten gab es fünf mehr oder minder schwer Verletzte. Wenn Calogero früher da gewesen wäre, hätte er sie berührt. Nur sein Sohn hatte ihn davor bewahrt.

»Die Bombe konnte man bis Ferrazzano hören!«, ruft Antonio so laut, dass sich ein paar alte Frauen nach uns umdrehen. Daraufhin lüftet er den Hut und sagt: »Verzeihung. Marcipane. Guten Tag.«

»Morgene ich erzähle dir von de Beamte Bertone und seine Frau«, wendet er sich wieder an mich.

»Warum erst morgen? Das kannst du mir doch genauso gut jetzt gleich erzählen.«

»Jetzte gleich musse Lotto spielen, meine liebe Jung.«

Lotto spielen gehört in der Familie meiner Frau zu den wichtigsten Tätigkeiten überhaupt. Es geht ihnen allen weniger um die Aussicht auf große Reichtümer, sondern um die Tätigkeit an sich, um das Gequassel im Tabakladen, um die Ziehung der Lottozahlen im Fernsehen, um das große Ganze, wie Marco mir am Abend zu erklären versucht, als wir uns vor dem Fernseher versammeln, um zu verfolgen, ob heute ein Marcipane reich wird. Lotto, so lerne ich, ist der Gottesdienst derjenigen, die in der Kirche zu wenig Münzgeld haben, um jeden Tag eine Kerze aufzustellen.

Wie eine rituelle Handlung geht das Hochamt der Spieler, die Ziehung der Lottozahlen, vonstatten. Es gibt nicht wie in Deutschland nur eine Reihe von Glücksnummern, sondern eine für jede Region, seit vor ein paar Jahren Verbrecher die Kugeln manipulierten und auffallend oft Spieler aus Neapel gewannen.

Onkel Egidio führt ein grünes Notizbuch, in dem er sämtliche Zahlen festhält, auch die aus Turin oder Rom. Er analysiert die Häufigkeit der Zahlen und spielt so mit dem in der Familie gefürchteten Egidio-System. Gefürchtet ist dies aber nicht etwa deshalb, weil es ihn häufig triumphieren lässt, sondern weil es schon seit zwei Jahren nichts mehr gebracht hat.

In Italien werden die Lottozahlen vor Publikum von einem etwa vierzehn Jahre alten dicken Mädchen gezogen, das unglücklich hinter einer Glaskugel steht. Sie bekommt eine Augenbinde aus schwarzem Tuch um den Kopf, was die ganze Sache ziemlich unheimlich wirken lässt, zumal hinter ihr ein mit einer Maschinenpistole bewaffneter Paramilitär steht. Es sieht weniger nach einer harmlosen Glückszahlenziehung aus denn nach einem Erschießungskommando. Dementsprechend zögerlich greift die Glücksfee in die Kugel, um dort dicke Plastikbälle herauszufischen. Wenn sie einen herausgenommen hat, hält sie ihn erst in die Höhe und überreicht ihn an eine wie immer im italienischen Fernsehen besonders schöne Frau, welche den Ball dann begeistert an eine zweite Dame weitergibt. Diese öffnet nun langsam den Ball und entnimmt ihm die eigentliche nummerierte Glückskugel.

Der feierliche Charakter dieser Handlung erinnert mich schwer an die Auslosung der Paarungen im DFB-Pokal. Nach jeder Kugel wird lang und anhaltend geklatscht, gerade so, als habe das Kind soeben das Wunder des Raum-Zeit-Kontinuums entdeckt. Es sei eine große Ehre, heißt es, wenn man die Lottozahlen ziehen darf. Es sehen ja auch Millionen Menschen dabei zu. Nach der Ziehung – Antonio hat mit seinen Geburtstagszahlen drei Richtige, Egidio und die anderen keine einzige – bleibt der Fernseher an. Eigentlich läuft er sowieso die meiste Zeit, denn es gibt immer irgendetwas Lautes und Buntes – und dafür sind Italiener extrem empfänglich. Es ist kein Zufall, dass sie so gerne aufs Münchner Oktoberfest gehen und von dort mit Vorliebe rosafarbene Plüschelefanten mit nach Hause bringen.

Farbiger Krach ist sozusagen die Leimspur, an der italienische Familien kleben bleiben. Und den meisten farbigen Krach gibt es nun einmal im italienischen Fernsehen, das nicht zu Unrecht als impertinente Verblödungsmaschine gilt. Die vielen Sender des Ministerpräsidenten betäuben sein Volk ohne jede Scham oder Unterbrechung. Es gibt Morgenshows, Mittagsshows und Abendshows, denen häufig auch noch Nachtshows folgen – oder gut abgehangene Filme mit Bud Spencer.

Bereits zum Frühstück steigen blonde Urfrauen, die nie zu viel anhaben, von blinkenden Showtreppen herab, um dann mit kleinen dicken Männern um die Wette zu singen. Auffällig an den Moderatoren des italienischen Fernsehens ist neben ihrem ausgesucht albernen Aufzug auch, dass sie ständig tanzen. Wann immer ein Sketch oder ein Gespräch beendet ist, gibt es ein kurzes Tänzchen.

Den Höhepunkt der Fernsehwoche bildet natürlich die Samstagabendsendung, die gut und gerne drei Stündchen dauern kann. Der Moderator sieht aus wie die Mischung aus einem Nacktmull und Landeshauptmann Haider und schreitet pro Stunde genau sieben Mal die Treppe hinunter, nämlich nach jeder Werbepause. Das macht ihm so viel Freude, dass er dabei auch noch singt. Ansonsten tanzt er drei Mal, spielt in vier Sketchen mit und unterhält sich mit anderen Showstars, die rein zufällig in seine Sendung schneien und – erraten! – singen und tanzen. Nonna Anna nimmt dies alles mit versteinerter Miene zur Kenntnis.

Plötzlich verlöschen die Scheinwerfer im Saal. Es wird ganz still, dann ein einsamer Lichtkegel. Haider steht an einem Tisch und schlägt ein großes Buch auf. Im Hintergrund beginnt dabei eine Filmsequenz, die keinen kalt lässt. Bilder von Kindern mit aufgeblähten Bäuchen, hoffnungslose Dürre, vom Krieg verstümmelte Männer und Frauen, danach Hochwasser, Erdbeben, Vulkanausbrüche und Menschen ohne Obdach. Geigenmusik. Der Moderator liest mit stockender Stimme die Chronologie der letzten Ereignisse, die unsere kleine, kleine Erde erschüttert haben. Seine Augen füllen sich mit Tränen, er schüttelt langsam den Kopf und klappt das Buch mit einem donnernden Knall zu, den die Tonregie einspielt. Kurze Stille, dann – hey! – gehen alle Lichter an, die Bühne blitzt perlmuttfarben und von hinten taucht ein mit einem weißen Zylinder bekleideter blonder Feger auf und bringt gleich noch einen Hutständer mit, um den sie mit dem Moderator ein erotisch angehauchtes Tänzlein wagt.

Die Lieblingssendung von Nonna Anna heißt *La Speranza*, was »Die Hoffnung« bedeutet. Dabei handelt es sich um eine südamerikanische *telenovela*, die in den vierziger Jahren auf dem Lande spielt. Also genau wie Nonnas eigenes Leben. Ununterbrochen müssen in dieser Serie junge Männer zum Militär und verabschieden sich mehr oder weniger dramatisch die ganze Folge lang von ihren Müttern, Schwestern und heimlichen Geliebten. Ständig wird geweint. Und natürlich gesungen. Eine Showtreppe hat diese Serie zwar nicht, aber dafür einen Bahnhof, an dem ständig Darsteller abreisen und neue ankommen.

Nonna Anna sitzt in ihrem Sessel und trägt eine Baseballkappe, damit sie nicht vom Deckenlicht geblendet wird. Ihre Hand umschließt die Fernbedienung, die in einer dicken Umhüllung aus Gummi steckt. Irgendwann wird sie müde und die Fernbedienung entgleitet ihr, während sie einschlummert. Wenn die Fernbedienung auf den Steinboden fällt, fällt sie weich.

Sieben

Wenn Antonio nicht sofort seinen *Tex* bekommt, wird er nervös. Wir stehen bereits am zweiten Zeitungsstand, denn am ersten war *Tex* leider ausverkauft. Antonio streift seit über fünfzig Jahren mit ihm durch die Prärie. Er liest diese Comicheftchen nachts, wenn er nicht schläft.

Tex ist ein freischaffender Ranger, der einst von Indianern aufgezogen wurde und daher die wesentlichen Kniffe des Indianerberufes aus dem Effeff kennt. Er ist ein meisterhafter Messerwerfer, Pistolenschütze und Anschleicher. Stets trägt er ein sauberes gelbes und geplättetes Hemd und ein lässiges Halstuch zu Jeans und einem braunen Stetson. Er wird von einem Kumpel begleitet, der in befransten Lederklamotten unterwegs ist. Carson heißt dieser Nebenheld. Er hat einen Spitzbart und sieht im Vergleich zu Tex uncool aus. Sein Pferd ist auch kleiner. Bei der Erfindung von Carson stand wohl Buffalo Bill Pate. Auf meine Frage, ob Carson und Tex eigentlich ein Pärchen seien, reagiert Antonio gelassen.

»Sinde doch nichte schwuuul, die beide. Carson warer mal verheiratet, aber ginge nicht gut.«

Für heute scheint der Seelenfrieden meines Schwiegervaters ernsthaft in Gefahr, denn der Zeitungsverkäufer berichtet von Lieferschwierigkeiten mit den *Tex*-Heften. Ich bin sicher, das macht nichts, denn Antonio kennt die meisten der wieder und wieder nachgedruckten Abenteuer längst. Bei ihm zu Hause gibt es im Keller ein Regal, in dem Hunderte von Ausgaben herumstehen, viele davon doppelt. Aber das ist in Deutschland und Deutschland ist weit und Antonio bekommt kurzfristig schlechte Laune.

In seiner Not nimmt Toni zwei Mal *Dylan Dog*. Dylan Dog löst Kriminalfälle, in denen es im weitesten Sinne um Erotik und übersinnliche Kräfte geht. Manchmal drehen die Comiczeichner in diesen Geschichten durch und malen seitenlang LSD-Trips oder blutige Morde, in denen Partygirls Schraubenzieher ins Auge gestochen bekommen. Aber die Sexszenen sind dufte.

Schließlich klettern wir hoch zur Bar. Daniele hat schon auf uns gewartet.

»Weißt du eigentlich, was aus Piselli geworden ist?«, fragt ihn Antonio beiläufig, nachdem wir uns gesetzt haben.

Daniele schäumt Milch auf und denkt nach. Dann bringt er uns unseren Kaffee. »Piselli? Keine Ahnung, den habe ich lange nicht mehr gesehen. Er ist ja für Jahre weg gewesen, dann tauchte er plötzlich auf und arbeitete auf dem Markt. Angeblich wohnt er in Campodipietra.«

»Wer ist denn Piselli?«, frage ich und schütte Zucker in meinen Kaffee.

Piselli war das Oberhaupt der Bande derer von der Porta Mancina, der Gegend, in der die Familie Marcipane wohnte. *Piselli* heißt Erbsen, und genau so sah er aus mit seinem kleinen runden Kopf, der auf breiten Schultern saß wie eine Kirsche auf einem Eisbecher. Piselli war der mutigste der Jungs, deren Anzahl zwischen drei und zwanzig schwankte, wenn sie durch die Gassen liefen und taten, was Jungs mit dreizehn Jahren so machen.

Antonio war immer dabei. Piselli war sein Freund, genau wie Giovanni, der Sohn des Metzgers Baffone, und Mauro, dessen Vater Bankdirektor war. Oder Luigi Canone, dessen Vater als Maurer arbeitete, Carlo, der Schustersohn, oder Luca Nannini, der von den anderen angestiftet wurde, seinem Vater, dem Gemüsehändler, Früchte zu klauen.

»Und ich war auch dabei!«, ruft Daniele von der Bar aus.

»Daniele auch, ja, aber war eine Feigerling, musste immer zu Hause bei seine *mamma* sein und machte keine krumme Dinge«, sagt Antonio und übersetzt gleich ins Italienische, damit Daniele sich aufregen kann.

»Du willst wohl deinen Kaffee woanders trinken«, mosert Daniele beleidigt.

Die Bande war für jeden von ihnen alles. Man war zusammen. Oder man war gar nichts, besonders wenn es gegen die Jungen aus San Antonio Abad ging. Diese Bastarde aus dem unteren Viertel der Altstadt, das am

Nordhang des Berges lag, warfen mit Steinen oder lauerten den Mancini, wie die Bewohner der Gegend um die Porta Mancina genannt wurden, auf, wenn diese sich alleine zu weit in Richtung Abad bewegten, was besonders an Sonntagen nur schwer zu vermeiden war, denn genau auf der Grenze zwischen diesen Stadtteilen stand die Kirche, in der Antonio, Piselli und die anderen ihren Messdienst verrichteten.

In San Antonio Abad lebten die Einwanderer, Hilfsarbeiter und Zigeuner. Antonio hätte niemals auch nur mit einem Wort erwähnt, dass sein Vater Calogero mit seiner Familie einst hier gewohnt hatte. Es war schon schlimm genug, dass er zu Geburtstagsfeiern seiner Verwandten dorthin gezwungen wurde. Das Risiko, dort erkannt und verdroschen zu werden, war ebenso groß wie die Gefahr, dass einer seiner Freunde von seiner Herkunft Wind bekam.

Luca Nannini war nicht so vorsichtig wie Antonio. Er provozierte die Bande aus Abad, wo er nur konnte, und wagte sich dabei bis tief nach San Antonio Abad vor. Eines Tages jedoch zu tief. Er hatte soeben eine Gruppe von jungen Kerlen mit Schimpfwörtern belegt, wonach diese allesamt Söhne einer Hure seien und schielten, so dass sie mittwochs beide Sonntage sähen, und versuchte dann zu türmen. Er lief in eine enge Gasse, die scharf bergauf führte, und er war sicher, dass er mit seinem Vorsprung das helle Ende des Weges vor den Schweinen aus Abad erreichen würde. Dort begann sein Viertel, sicheres Terrain, in das sich diese Hurensöhne niemals trauten. Dachte er.

Dachte er, bis am Ende der Gasse gleich zehn von

ihnen im Sonnenlicht auftauchten. Sie hatten gewusst, welchen Weg er nehmen würde, und es war ihnen egal, dass sie auf feindlichem Gebiet standen. Langsam gingen sie auf ihn zu. Von hinten nahte ein weiteres Dutzend. Luca saß in der Falle. Und wäre nicht zufällig der junge Priester Alfredo vorbeigekommen, sie hätten ihn vermutlich totgeschlagen. Eine Woche lag Luca zu Hause und musste gepflegt werden. Eine Woche, in der er auf Rache sann, während seine besten Freunde wortlos an seinem Bett saßen.

Die Vergeltung wurde in aller Ruhe geplant. Die Bande um Piselli ersann einen Plan, der für alle Zeiten die Verhältnisse ordnen und die Bastarde aus dem unteren Viertel daran hindern sollte, jemals wieder einen Mancini anzugreifen. Dies gelang auch, aber zu einem hohen Preis.

Luca stellte sich als Lockvogel zur Verfügung, schon deshalb, weil er damit zentrale Figur des Plans war und von allen gesehen wurde. Wieder postierte er sich auf dem Kirchplatz von San Antonio Abad und begann, wildeste Flüche zu brüllen. »Kommt raus, ihr Scheißer! Wo seid ihr denn, ihr Hurenböcke, Stockfische, Muttersöhnchen!«

Die Bande ließ nicht lange auf sich warten. Sekunden später waren gleich zwanzig ihrer Mitglieder zur Stelle, als seien sie durch Mauerritzen gedrungen wie Ratten.

»Dreckschweine, Feiglinge, ungewaschene Arschlöcher!«, schrie Luca aus Leibeskräften und erzeugte bei seinen Gegnern den Eindruck, als sei er lebensmüde und habe eine besonders schmerzvolle Methode des Selbstmordes gewählt. Dann raste er los, zunächst den bekannten Weg, bog aber plötzlich nach links in eine andere Gasse ab als zuvor. Diese war die engste in der ganzen Stadt, so schmal, dass selbst ein Junge wie Luca sie nur mit angewinkelten Armen leicht seitwärts durchqueren konnte. Außerdem war es hier so dunkel, dass man sich eher hindurchtastete, als dass man lief.

Er stolperte den Weg entlang und blieb in der Mitte einfach stehen. Wieder tauchten von oben Gestalten auf, die sich langsam auf ihn zubewegten. Wieder kam der Rest von hinten. Siegessicher, mit geballten Fäusten. Doch als sie sich trafen, war Luca verschwunden. Er war einfach weg. Die Bande aus Abad fühlte über die Wände, suchte nach dem Schlupfwinkel, in dem er sich verkrochen haben mochte. Als sie die verschlossene Holztür entdeckt hatten, war es zu spät.

Von oben ergoss sich der erste Schwall kochenden Wassers, gefolgt von Tomatensauce und Sirup. Porta Mancina warf alles aus den Fenstern, was kochte, verfault und feucht war. Noch Wochen später stank es in dieser Gasse so fürchterlich, dass sie schließlich mit einer Mauer geschlossen und bis heute nicht mehr als Durchgang benutzt wird.

Als der Angriff vorüber war und die Jungs von Abad verbrüht, bekleckert und gedemütigt die Gasse verließen, wurden sie dort schon erwartet und bekamen schreckliche Prügel. Jeden Hieb, den sie Luca versetzt hatten, erhielten sie dreifach zurück. So hätte die Sache zu Ende gehen können, doch einer der Abadi, ein gewisser Francesco Pozzi, zog ein Messer und verletzte damit Giovanni Baffone am Bein. Waffen waren bisher tabu gewesen. Am Abend tat Signora Baffone das einzig Richtige und ging mit ihrem Sohn zur Polizei. Sie erklärte, dass sie die Zankerei der Dummköpfe aus beiden Lagern leid sei, und forderte Konsequenzen. Und zwar für alle.

Schließlich wurden sämtliche Jungen zwischen dreizehn und achtzehn Jahren aus San Antonio Abad und Porta Mancina zur Präfektur bestellt. Francesco Pozzi kam wegen der Messerstecherei für ein halbes Jahr in ein Erziehungsheim nach Rom. Die Jungen aus San Antonio Abad wurden dazu verdonnert, ein Jahr lang den Marktplatz zu säubern, was eine Arbeit für Kretins war und eine riesige Sauerei dazu. Die Gegner von der Porta Mancina traf es indes noch härter. Sie mussten die Reinigung der Straßen im verhassten Abad aufnehmen und den Schmutz seiner Bewohner vor deren Augen beseitigen. Piselli wurde als Drahtzieher des Planes ausfindig gemacht, den er weder bestritt noch bereute, und verwarnt. Noch eine solche Sache, hieß es, und die Erbse könne wie Pozzi ins Erziehungsheim einrücken, was einer Gefängnisstrafe gleichkam. Die Kämpfe hörten auf, aber der Schock der Niederlage vor den Behörden saß tief.

»Es war ungerecht!«, ruft Daniele und knallt sein Aperolglas auf den Tisch. »Ungerecht«, wiederholt er und hastet hinter den Tresen, weil das Telefon klingelt.

»Ungerechte, aber wieder auch gerechte«, sagt Antonio. »Weil musste aufhören der Unnesinn. Ware zu gefährlich. Aber vielleichte hätte wir nicht die Sach mit Banane gemachte, wenn nicht die Frieden mit Abad gekommen wäre.«

Der Frieden mit San Antonio Abad führte zu einer gewissen Langeweile. Die Jungs spielten nun wieder Fußball und blieben in den Straßen rund um den Vico Vaglia, wo sie hingehörten. Manchmal flog der Ball, ein schweres Lederding, das der Schuster Navelli für seinen Sohn Carlo angefertigt hatte, ins Gemüse von Signor Nannini, der die Bande zum Teufel wünschte. Manchmal geriet er in ein Fenster, manchmal holte man auch Wäsche damit von der Leine.

Die Via Ziccardi war zwar breit genug, aber dennoch nicht besonders gut geeignet zum Fußballspielen, weil sie leicht anstieg, so dass die bergab spielende Mannschaft stets im Vorteil war. Allerdings nur, bis sie ein Tor schoss, denn dann musste der Torschütze wie zur Strafe hinter dem Ball herrennen und ihn wieder zurückholen, was mitunter dauerte.

Der einzige Nachbar, der sich nie über die Bande beschwerte, war Signor Banane. Er war Uhrmacher und saß den ganzen Tag über in seinem winzigen Geschäft, welches nur so breit war wie die Eingangstür und das kleine Schaufenster, auf dem mit goldener Schrift sein wirklicher Name, Giuseppe Falcone, stand. Das Fenster wurde von einem breiten braunen Holzrahmen eingefasst. Die Jungs von der Porta Mancina nannten ihn Banane, weil von ihm hinter der Scheibe nicht viel mehr zu erkennen war als die nach vorne geneigte Glatze seines schmalen Schädels, der mit Leberflecken übersät war und auf diese Weise aussah wie eine reife Banane.

Falcone arbeitete konzentriert an seinen Uhren und hob nur selten den Kopf, um dann geistesabwesend aus leeren Augen für einen Moment auf die Straße zu glotzen. Alle Versuche, den allein stehenden Mann zu provozieren, scheiterten. Er ließ sich, wie sich das für einen Uhrmacher gehört, niemals und durch nichts aus der Ruhe bringen. Gegen 18.00 Uhr nahm er das Vergrößerungsglas aus dem Auge, klappte den Kathederdeckel hoch und versenkte darin Schmuck und Uhren, an denen er gearbeitet hatte, knipste das Licht aus, verließ sein Geschäft, kurbelte ein Gitter vor die Scheibe und ging langsam nach Hause. Er trug den roten Abdruck der Lupe, der sein rechtes Auge umrahmte, wie einen Häuptlingsschmuck und grüßte stets ernst. Dabei hob er seinen Hut kurz an und nickte den Kindern zu, die seine Geste feixend erwiderten.

Von seinem Vater wusste Antonio, dass Banane ein ehrenwerter Mann war, weil er Calogero eine Anstellung in der Bank besorgt hatte, ohne viel Aufhebens darum zu machen. Calogero war dort Hausmeister, denn er konnte alles reparieren, außer Uhren vielleicht. Und das hatte Banane so imponiert, dass er ihn bei der Bank empfohlen hatte. Der Uhrmacher war demnach ein guter, wenn auch introvertierter Mann, der niemandem etwas zuleide tat.

Vielleicht machte gerade diese Tatsache den Plan so verwerflich, den Piselli eines Tages ausbrütete und den Jungs bei einem geheimen Treffen unterbreitete.

Es war ein krimineller Plan und hatte nichts mehr von einem Dummejungenstreich. Antonio, der der Bande Treue geschworen hatte, war fasziniert von Pisellis Idee, wiewohl er natürlich sofort einsah, dass die Sache im Falle ihrer Entdeckung fürchterliche Strafen nach sich ziehen würde.

»Was sollte ich machen?«, jammert Antonio.

»Da kann man nichts machen«, sekundiert Daniele, der dabei wild gestikuliert. »Wenn du dabei bist, dann bist du dabei. Und damit *basta.*«

»Wobei denn?«, frage ich neugierig.

»Bei der grösste Raubezug aller Zeiten«, antwortet Antonio wolkig, denn seine kurze Verbrecherkarriere will ausgekostet sein.

Pisellis Idee war einfach, aber genial. Wollte man an die Uhren und den Schmuck des Signor Banane kommen, so musste man ihn sich holen, wenn er nicht da war.

»Gut, der Katheder ist nicht verschlossen. Man könnte einfach den Deckel öffnen und die Sachen herausnehmen«, sagte Baffone. »Aber dafür muss man den Kerl erst einmal aus seinem Laden locken.«

»Ich will ihn nicht aus dem Laden locken. Er geht ja sowieso jeden Abend nach Hause.«

»Gut, schön, und wie kommen wir in den Laden? Er verschließt die Tür und das Gitter. Und einen anderen Eingang hat das Geschäft nicht«, wandte Antonio ein, der bisher nicht einsah, was an Pisellis Idee so überzeugend sein sollte.

»Wir gehen gar nicht hinein, ihr Holzköpfe«, sagte Piselli gedehnt.

Dann erläuterte er, wie er Signor Banane um seinen und den Schmuck seiner Kunden zu erleichtern gedachte. Der Katheder stand vor dem Fenster. Das bedeutete, dass man nur ein Loch in den Fensterrahmen und die dahinter liegende Rückseite des Katheders bohren musste, um dann von außen die Wertsachen einfach herausnehmen zu können. Der Abstand der Gitterstäbe vor dem Geschäft war groß genug, um mit der Säge ein Rechteck in den breiten Rahmen zu schneiden. Die Arme von Ricardo Lorenzi, dem Kleinsten der Gruppe (ein Umstand, dem er auch seinen Spitznamen *topolino*, das Mäuschen, verdankte), sollten dann die Uhren und Ringe erreichen können.

Niemand stellte die Frage, was man anschließend mit den Sachen zu tun gedachte. Es stand vollkommen außer Zweifel, dass die Jungen mit dem Schmuck nichts würden anfangen können, denn erstens handelte es sich fast ausschließlich um reparaturbedürftige Gegenstände von geringem Wert und zweitens gehörte er letztlich den Müttern und Vätern der Bande oder anderen Verwandten oder Bekannten ihrer Eltern, so dass er im Ort praktisch nicht zu verkaufen war. Man hätte schon nach Neapel fahren müssen, um die Beute loszuwerden.

Aber darum ging es gar nicht. Es waren das Abenteuer, der Plan selbst, die Ungeheuerlichkeit, die die Bande anstachelten. Piselli wischte den Einwand, der Rahmen könnte zu dick sein, mit einer Handbewegung fort.

»Ach was. Wir haben doch Zeit. Wir werden erst einmal ein Loch hineinbohren und dann sehen, wie es weitergeht.«

In der Nacht trafen sich sechs Halbwüchsige und bohrten mit einem Holzbohrer aus dem Besitz des Schusters Navelli ein Loch in Signor Bananes Fensterrahmen und den dahinter stehenden Katheder. Dann verschlossen sie das Loch, es war gerade mal so tief wie Baffones Daumen dick, mit Schuhcreme.

»Wenn man nicht genau hinsieht, bemerkt man es gar nicht«, stellte Piselli zufrieden fest.

»Und was ist mit den Holzkrümeln unter dem Deckel?«, fragte Schlauberger Mauro, der immer die richtigen Fragen stellte, sogar in der Schule.

»Wir warten ab, ob er was merkt, und wenn nicht, dann schlagen wir morgen zu.«

Am nächsten Tag lungerten Piselli, Antonio, Daniele und die anderen betont unauffällig vor Signor Bananes Fenster herum, der wie immer mit gesenktem Haupt seiner Arbeit nachging und die Jungen nicht weiter beachtete. Als er nach Hause marschierte, ohne dass sich irgendetwas Auffallendes bei ihm ereignet hatte, entschied Piselli, dass man abends wiederkomme. Carlo, der Schusterjunge, schleppte gleich eine ganze Batterie von Sägen an, mit denen sich die Jungen in der Nacht am Fenster zu schaffen machen. Nach einer guten Stunde hatten sie vom Bohrloch ausgehend ein sehr schönes Rechteck gesägt, ohne dabei viel Lärm zu machen. Daniele, für den die Aufregung zu groß war, stand erst Schmiere und war schließlich nach einer Weile verschwunden, der Feigling.

»Hallooo, ich war müde, nicht feige. Ich musste nach Hause und meiner Mutter beim Zwiebelnschälen helfen.«

»Um drei Uhr nachts, ja, ja. Aber ist auch egal, es ging auch so.«

Ricardo Topolino war bereits eingeschlafen und musste nun für seinen Einsatz geweckt werden, den er einwandfrei absolvierte und im Halbdunkel der Straßenlaterne ein Stück nach dem anderen aus dem Loch zog. Die Beute war, optimistisch betrachtet, nicht der Rede wert. Sie bestand aus einer Taschenuhr, die Baffone sogleich als die seines Onkels Paolo erkannte, ein paar Ringen minderer Qualität und einer Brosche aus Silber, deren Verschluss abgebrochen war. Piselli steckte alles ein und die Bande ging schnellen Schrittes auseinander.

Am nächsten Tag vor der Schule versteckte sich Antonio hinter einer Hauswand, weil er sehen wollte, wie Banane auf den dreisten Diebstahl reagierte. Giuseppe Falcone stand mehrere Minuten, ohne das Gitter aufzuschließen, fassungslos vor seinem Geschäft, um dann eilig fortzugehen. Er kehrte nach einer Weile mit dem Polizisten Gazzani zurück, einem ganz und gar verblödeten Exemplar seiner Zunft, der noch nie zur Aufklärung eines Sachverhaltes beigetragen hatte, was Antonio enorm beruhigte.

Mehr machte ihm sein schlechtes Gewissen zu schaffen, das in ihm pochte und ihm immer wieder die Szene vor Augen rief, wie Falcone, die Banane, vor seinem Geschäft stand und sich die Hand vor den Mund hielt. Es war nicht nur der Diebstahl. Es war nicht nur, dass sie sein schönes Geschäft beschädigt hatten. Es war die Demütigung, die Piselli wohl Freude machte, ihn, Antonio, hingegen beschämte.

Sollte er zur Polizei gehen? Das ging nicht, das war Verrat. Mit unabsehbaren Folgen für sie alle. Antonio wählte einen anderen Schritt. Er beichtete. Die Beichte wurde von dem jungen Priester Alfredo abgenommen. Dieser war vor kurzem aus dem Norden gekommen und erfreute sich besonderer Beliebtheit, denn er war über die Maßen leut- und vor allem redselig. Alle wussten es, aber niemand sprach von der Tatsache, dass dieser Alfredo partout nicht dazu in der Lage war, ein Geheimnis – und sei es ein Beichtgeheimnis – für sich zu behalten. Diese Eigenschaft des Priesters eröffnete den Menschen in Campobasso ungeahnte Möglichkeiten in der Verbreitung von Neuigkeiten und Klatsch.

»Du kannst es ja gleich Don Alfredo sagen«, wurde in den Jahrzehnten seines Wirkens ein beliebtes Sprichwort im Ort. Noch heute bezeichnet man hier einen Menschen, der den Rand nicht halten kann, oder auch ein Gerücht, welches sich gerade verbreitet, als einen *Alfredo*. Wenn einer seinem Nachbar ein vermeintliches Geheimnis erzählt, dann heißt es hier, er würde ihm einen *Alfredo* vorstellen.

Antonio beriet sich mit Baffone, dem Schusterjungen Carlo, mit Luigi und Luca, und schließlich warfen sie eine Münze, um auszuspielen, wer zur Beichte gehen sollte. Antonio verlor und erzählte Don Alfredo alles. Wissbegierig fragte dieser an der einen oder anderen Stelle nach, und bald war klar: Die Sache würde innerhalb von zwei Tagen in der ganzen Stadt die Runde gemacht haben. Das Gute daran war: Antonio hatte niemanden verraten und keinen Schwur gebrochen, er hatte lediglich im Schutze des Beichtgeheimnisses mit einem Priester gesprochen. Auch hatte er keine Namen genannt, sondern vage von »den Freunden« gesprochen. Dennoch war klar, wer damit gemeint war, und viel schneller, nämlich noch am selben Tag, wurden alle verhaftet, auch Antonio.

Die ganze Bande, sogar der kleine Ricardo »Mäuslein« Lorenzi, der gar nicht verstand, was an diesem Streich so schlimm gewesen sein sollte, erhielt empfindliche Strafen, die sie von weiteren Taten ähnlicher Art für immer abhielten. Nur für Piselli, der wiederum voller Stolz alles zugab und die Beute sofort aushändigte, ging die Angelegenheit böse aus. Die Erbse landete tatsächlich in einem Erziehungsheim bei Isernia, von wo er nicht zurückkehrte.

Die anderen schwiegen sich über ihren Anteil an der Tat trotz Prügel von Seiten ihrer Väter hartnäckig aus, so dass der Coup später nur noch Piselli angelastet wurde, dessen Verschwinden von den Müttern des Ortes begrüßt wurde, weil damit der schlechte Einfluss des Jungen gebannt und der Spuk vorbei war.

Die Bande löste sich keineswegs auf, aber sie verfolgte neue Ziele. Diese hatten meistens schwarze Haare und trugen Röcke. Der Zeitpunkt, an dem das Interesse für Mädchen erwachte, lässt sich ziemlich genau auf Mai 1953 datieren, da nämlich eröffnete das bis heute einzige und damit größte Kino von

Campobasso. Antonios erster Film war damals schon uralt, schlug die Jugendlichen jedoch durch seine hemmungslose Erotik in Bann: *Tarzan* mit Johnny Weissmuller. Ein ungemein spannendes Werk, das Antonio und seine Freunde an einem Tag vier Mal sahen, weil sie sich nach der Vorführung unter den Sitzen versteckten und erst wieder zum Vorschein kamen, wenn die Wochenschau begann. In diesen Nachrichten sah man elegante Menschen in Mailand oder sogar Paris, Wunderländer, die USA hießen, große Schiffe, Flugzeuge, Sophia Loren bei einem Besuch in London und die hervorragenden Produkte der Automobilindustrie in Turin. Das war für Antonio bald wichtiger als der Hauptfilm, denn dessen Wunder waren nur erfunden, die Welt der Wochenschau, die gab es dagegen wirklich.

Die größte Entfernung, die er bis dahin jemals zurückgelegt hatte – und die kam ihm schon ungeheuerlich vor –, war die von Campobasso nach Termoli, wo die inzwischen zehnköpfige Familie Marcipane einmal pro Jahr Urlaub machte, bis das Geld alle war.

Antonios Sehnsucht reichte bis zum Mond, realistisch schien ihm aber nur Neapel. Und da konnte er auch gleich zu Hause bleiben, dachte er und träumte von Amerika und dem Reichtum, den er in der Wochenschau gesehen hatte, als man einen Beitrag über das Leben der Millionäre in New York zeigte. Sollten seine Freunde doch Schreiner, Schuster oder Briefträger werden. Ihnen reichte es aus, rund um die Burgmauern nach Eidechsen zu suchen und diese mit der Hand zu fangen, um die Mädchen zu beeindrucken. Ihre Zukunft bestand darin, in der *cantina* um Geld zu spielen und dort billiges Bier zu trinken.

Antonio sah neidisch auf Mauro, als dessen Eltern tatsächlich fortgingen und ihn mitnahmen, nach Kalifornien. Antonios Vater war dafür zu arm. Immerhin zogen die Marcipanes bald um, in eine trockene und helle Wohnung unweit von der Altstadt. Das war 1954.

»Was ist eigentlich aus Mauro geworden?«, frage ich Antonio.

»Der iste berühmte Architekte in Amerika, iste nie wieder zurückgekomme, sehr berühmter Mann iste der.«

»Wie war das mit den Mädchen?«

»Ach sooo, die Mädche. War eine schwierige Thema, *molto difficile* und delikat, aber gut.«

Nachdem Antonio und seinen Freunden klar geworden war, dass ein Kino lediglich als Ort der Anbahnung, niemals aber als Ort für die Vertiefung eines Verhältnisses taugt, schlossen sie sich den Sozialisten an, denn die organisierten Tanzabende. Die Schallplatten dafür besorgten sie auf verschlungenen Wegen aus Rom. Sie wurden in den Privaträumen eines Funktionärs der Sozialistischen Partei an jedem zweiten Samstag im Monat gespielt. Um in den Genuss dieses Vergnügens zu kommen, musste man jedoch Mitglied werden, was Antonio und seine Freunde klaglos über sich ergehen ließen, zumal diese Regel für Mädchen nicht galt und diese daher in annehmbarer Zahl zweimal pro Monat zum Tanzen kamen. Die Tanzschritte schaute man sich in der Wochenschau ab, wo sie dann und wann Berichte über amerikanische Rock-'n'-Roll-Stars brachten.

Was Antonio aber mehr beschäftigte als seine mehr oder weniger vergeblichen Versuche, eine gewisse Loredana zu freien, war die ihn quälende Existenz von Signora Bertone. Sie wohnte auf dem Weg, den er täglich zur Schule zurücklegte, und nach der vorherrschenden Meinung aller männlichen Bewohner der Stadt war sie eindeutig die schönste Frau von ganz Campobasso.

»Erinnerst du dich an die Bertone?«, ruft Antonio quer durch den Raum.

Daniele steckt den Kopf aus einer Tür, die offenbar in eine kleine Küche führt, in der er seit geraumer Zeit zugange ist.

»Oh, natürlich, sie ist gestorben, vor zehn oder elf Jahren. War ja eine uralte Frau. Sie hat mindestens zehn Burschen das Herz gebrochen. Und ihrem Mann noch dazu.« Seinen Worten nachhängend, schaut Daniele durch die Kartoffelchipstüten, die an seiner Bar an einem Ständer prangen.

»Er war eine von die Bursche, musste wissen«, raunt Antonio und nickt heftig.

»Was war denn mit der Frau?«, hake ich nach.

Sie war mit einem Beamten verheiratet, der einen Kopf kleiner war als sie und wie ein Wiesel hektisch immer wieder nach links und rechts schaute, wenn er die Straße hinauf in die Präfektur ging, wo er als Leiter des Büros allerhand wichtige, wenn auch langweilige Tätigkeiten versah. Niemand wusste, was dieses Paar zusammenhielt, die Kinder waren es ganz sicher nicht. Signora Bertone hatte nämlich drei Töchter, ihr Mann hingegen war kinderlos. Jeder wusste oder ahnte, dass die Kinder von ihren Verhältnissen mit anderen Männern stammten, aber niemand hätte es gewagt, dies laut auszusprechen, denn dann hätte man sich auch darüber Gedanken machen müssen, wer die Väter waren, und die Frauen aus der Gegend hatten daran ein fast noch geringeres Interesse als ihre Ehemänner. Immerhin erzog Bertone die Mädchen gewissenhaft.

Es hieß, dass Signora Bertone sich jeden Sechzehnjährigen einmal schnappte, um ihn in die Techniken der Liebe einzuweihen. In Antonios Bekanntenkreis gab es bereits drei junge Kerle, die diesen Kurs absolviert zu haben behaupteten. Ihre Schilderungen kratzten Antonio derart auf, dass er nicht dazu in der Lage war, am Haus der Bertones vorbeizugehen, ohne an die Signora zu denken. Antonios Schulweg in der Abschlussklasse führte ihn zweimal am Tag am Balkon der Bertones vorbei, und immer riskierte er einen Blick nach oben, um zu überprüfen, ob sie vielleicht da war, ihm winkte, ihn am Ende zu sich einlud. Um ihn dann zu verführen. Heilige Mutter Gottes, was für Gedanken waren das? Aber er konnte sie nicht verdrängen.

Viel Zeit blieb ihm nicht mehr, um sich von ihr erobern zu lassen, denn das Ende seiner Schullaufbahn zeichnete sich ab. Er war ein mittelmäßiger Schüler, einer von jenen, die gut mitkommen, jedoch keinerlei Ambitionen zeigen. Er liebte Homers *Odyssee* und die Bücher von Jules Verne, in denen es kreuz und quer durch die Welt ging. Mit dem Zeichenunterricht, den ein drolliger Mann mit Spitzbauch erteilte, dem es ganz offensichtlich egal war, ob die Schüler seiner Klasse malten, wenn sie nur still waren und sich irgendwie beschäftigten, konnte Antonio nichts anfangen. Als er eines Tages von Spitzbauch gefragt wurde, warum er aus dem Fenster schaue, anstatt zu zeichnen, sagte er, dass er nichts sehe, was sich zu zeichnen lohne.

»Du willst nicht zeichnen?«

»So ist es.«

»Na gut, dann geh mal in den Keller und putz mein Fahrrad.« Die Schulzeit war Antonio nicht wichtig, er dachte schon weiter und hatte sich für eine Schlosserlehre angemeldet, denn Schlosser, da war er sicher, war ein Beruf, den man auch in Amerika gut gebrauchen konnte, weil es dort Fabriken gab. Was hätte man in einer Fabrik schon mit einem Bäcker oder einem Hutmacher anfangen sollen? Außerdem konnte man noch versuchen, Ingenieur zu werden, wenn man als Schlosser anfing. Ein Konditor hingegen würde immer ein Konditor bleiben und höchstens noch zum Oberkonditor aufsteigen.

Je näher der Tag seiner Schulentlassung rückte, desto langsamer passierte er das Haus, in dem die Freude wohnte. Eines Tages, er hatte schon beinahe aufgegeben und sich wieder stärker um die Eroberung von Loredana gekümmert, die ihm als eine sehr tief hängende Frucht erschien, tauchte Signora Bertone tatsächlich auf dem Balkon auf. Er zwang sich, nicht hinzusehen, aber natürlich schaute er doch nach oben und ihre Blicke trafen sich. Signora Bertone trug eine Kittelschürze und hängte Wäsche auf.

»Bist du nicht der Älteste der Marcipanes?«

Sie sprach ihn an. Jetzt bloß nichts falsch machen.

»Guten Tag, Signora Bertone. Ich bin Antonio«, sagte Antonio und tippte sich dabei auf die Brust. »Ich bin der Zweitälteste.«

»Wie alt bist du denn, Antonio Marcipane?«

»Ich bin schon fast sechzehn.«

»Dann bist du ja sicher schon sehr stark.«

Er begriff nicht, worauf sie hinauswollte, antwortete jedoch sicherheitshalber, er sei bestimmt einer der Stärksten in der ganzen Schule, was nicht gelogen war.

»Wenn du so stark bist, dann kannst du mir sicher helfen, oder?«

»Was muss ich denn da tun? Ich habe nämlich nicht viel Zeit. Ich muss nach Hause zum Essen.«

Lüge. Er hatte jede Menge Zeit, aber die Sache überrollte ihn. Er war ein Romantiker, jemand, der nicht sofort zu allem bereit war. Sein Mut sank.

»Es geht ganz schnell, nur ein paar Möbel rücken.«

»Na gut.«

Er betrat das Haus und stieg in den zweiten Stock, wo ihn Signora Bertone lächelnd empfing.

»Mein Retter«, sagte sie nicht ohne Ironie und zog ihn in die Wohnung, die recht geschmackvoll eingerichtet war, wie er fand. Sie schritt vor ihm einher, ihr Hinterteil zeichnete sich als großes Versprechen unter ihrer Schürze ab. Er folgte ihr, bis er merkte, dass sie ins Schlafzimmer ging, und blieb in der Tür stehen.

»Signora Bertone, was soll ich hier in Ihrem Schlafzimmer?«

»Hast du etwa Angst?«, entgegnete sie und begann zu lachen. »Mit euch Jungs ist es immer dasselbe. Auf der Straße seid ihr Helden, und sobald man euch näher kommt, verwandelt ihr euch in Babys.«

Antonio schaute betreten zu Boden.

»Also hilfst du mir jetzt oder nicht?«, fragte sie mit gespielter Ungeduld.

»Was soll ich denn machen?«

»Mir ist ein Ring hinters Bett gefallen. Du musst es abrücken, damit ich ihn wiederfinden kann.«

Antonio nickte und umfasste das Fußende, um das Bett von der Wand zu ziehen. Es war schwer, aber nicht so außergewöhnlich, dass Signora Bertone es nicht alleine geschafft hätte.

Sie legte sich bäuchlings auf das Bett, das mit einer entschieden zu rosaroten Tagesdecke überzogen war, und begann, hinter den Kopfkissen herumzufingern.

»Hilf mir doch mal, vielleicht kannst du ihn finden.«

Er trat von einem Fuß auf den anderen. Er fand, dass er seine Pflicht mehr als getan hatte, und wäre allenfalls dazu bereit gewesen, das Bett wieder an die Wand zu schieben. Sie drehte sich um und sah ihn schweigend an. Da legte er sich neben sie und beide suchten nach dem Ring, von dem Antonio inständig hoffte, dass er bald auftauchte. Er wollte nicht von Signor Bertone in den Rücken geschossen werden, wenn dieser plötzlich im Zimmer auftauchte und die beiden erwischte.

»Siehst du ihn?«

»Nein, Signora.«

Was war denn das? Er spürte ihre Hand auf seiner Hose. Sie glitt vom Po aus Richtung Mitte. Wie von einem Hund gebissen sprang er auf und raste aus der Wohnung. Sie rief ihm etwas nach, was er nicht verstehen konnte.

Wieder auf der Straße, stellte er fest, dass er seine Tasche oben liegen gelassen hatte. Idiot, dachte er. Als er sich gerade dazu entschieden hatte, den Verlust der Tasche und seiner Unterlagen mit einem Überfall der Bande aus San Antonio Abad zu begründen, was ihm ehrenvoll und plausibel erschien, stand Signora Bertone mit seinen Sachen auf dem Balkon und rief: »Süßer, du hast was vergessen.«

Sie wedelte mit der Tasche und warf sie ihm direkt in die Arme. Nachbarn und Passanten drehten die Köpfe. Einer der Männer, die vor einer Bar standen, nickte ihm sogar anerkennend zu. Antonio schlich nach Hause. Obwohl er nicht direkt gepunktet hatte, stand er nicht wie ein Trottel da, denn Signora Bertone hatte ihn nicht gedemütigt. Was für eine Frau!

»So war das also! Damals hast du was anderes erzählt, du Wahnsinniger!«, ruft Daniele dazwischen. »Das darf doch wohl nicht wahr sein! Du bist der erste Mensch der Welt, der einen Platz im Paradies ausschlägt.«

Der Meinung ist nicht nur Daniele, sondern auch der Lastwagenfahrer, der am Tresen steht und Erdnüsse zu seinem *Negroni* isst.

»Habe ich auch tief bereut, die Sache«, sagt Antonio und lächelt sein nichts und viel sagendes Lächeln.

Abends rufe ich zu Hause an. Ich brauche noch einen Tag, vielleicht sogar zwei. Irgendwie habe ich das Gefühl, dass es wichtig ist, hier zu sein. Aber ich kann es Sara nicht erklären.

»Was macht ihr denn den ganzen Tag?«

»Ich weiß auch nicht«, versuche ich mich in einer Antwort, von der ich ahne, dass sie auf Misstrauen stößt. »Wir gehen spazieren und reden.«

»Worüber redet denn mein Vater mit dir? Du Armer.«

»Es ist nicht so wie sonst. Er erzählt mir seine Lebensgeschichte.«

»Was?«

»Er erzählt mir aus seinem Leben. Es ist ihm ein Bedürfnis.«

Ich muss aufhören, denn Antonio schleicht mit einem aufgeschlagenen *Tex*-Heft in der Hand in meiner Nähe herum.

»Wann kommst du nach Hause?«

»Ich weiß es nicht. Bald.«

Acht

Wir gehen in die Markthalle und treffen dort Benito, den Verrückten, der den Familienkrieg ausgelöst hat und der bei einem Fischhändler arbeitet, wo er allerhand einfache Arbeiten verrichtet. Er freut sich über die Maßen, uns zu sehen, und berichtet sofort stolz, dass er am heutigen Morgen einen großen – er deutet mit den Armen etwa eineinhalb Meter an – Fisch tot gemacht habe, und zwar mit dem Hammer, den er mir nun vor das Gesicht hält. Ich bin sehr angetan und freue mich mit ihm.

»Benito«, sagt Antonio ernst, »kennst du hier auf dem Markt einen, den sie Piselli nennen?«

»Öh, nö.«

»Er hat schwarze Locken und einen ganz runden Kopf. Kennst du den?«

Aber Benito hat das Interesse an uns verloren. Er schlägt mit dem Hammer auf ein paar schmutzige Eisblöcke und sieht mich dabei an, als sei ich ein Dorsch.

Ich dränge zum Aufbruch. Langsam schlendern wir in der Hitze des Vormittags durch einen kleinen Park und setzen uns schließlich auf eine Bank. Antonio nimmt den Hut ab und dreht die Krempe zwischen den Fingern.

»Wo warene wir?«

»Ich denke, bei den Mädchen?«

»Immer gute Thema, wenn du weißte, was i meine«, lächelt er und zeigt mir eine Batterie von Goldzähnen.

Die Beinaheliaison mit Signora Bertone hatte ihr Gutes, denn Antonios Selbstbewusstsein gegenüber den Mädchen wuchs ins beinahe Unerträgliche, nachdem er seinen Freunden von dem Abenteuer, freilich in einer etwas aufgepeppten Version, erzählt hatte. Jetzt war nicht mehr nur Loredana eine leichte Beute, sondern auch die meisten anderen Mädchen, auf die er es absah. Als er seine Ausbildung zum Schlosser begann, hatte er nicht weniger als drei Freundinnen zur gleichen Zeit, was ihm organisatorisches Geschick und einige Finesse abverlangte. Jeden Tag fuhr er nach Frosolone, wo er seine Lehre absolvierte und eine gewisse Clara traf, die er im Bus kennen gelernt hatte. Abends schlich er zum Haus der Baffones, um Giovannis Schwester Elvira heimlich Liebesschwüre zuzuflüstern, und das Wochenende gehörte Loredana, die an ihm hing wie ein Tintenfleck.

Antonio hätte seine Pläne, diesen Ort zu verlassen, schon aus Bequemlichkeit aufgegeben, doch in ihm war eine Unruhe, die er sich nicht erklären konnte, ein Sehnen, das weder Clara noch Elvira oder Loredana hätten befriedigen können. Und Campobasso schon gar nicht. Wenn der Bus in Frosolone hielt, zwang er sich jedes Mal, dort auszusteigen und nicht einfach weiterzufahren, wohin es ihn auch verschlagen würde. Sechs Jahre lang sah er sich zum Einschlafen das Bild von New York an, das er sich übers Bett gehängt hatte.

Er machte Zusatzausbildungen in technischem Zeichnen, belegte einen Englischkurs, begann nebenher eine zweite Ausbildung als Dreher, denn er wollte gut vorbereitet sein, wenn er eines Morgens den Bus Richtung Rom bestieg und einfach verschwand. Aber irgendwie konnte er sich nicht überwinden. Seine Geschwister zogen an ihm, sie brauchten ihn und das Geld, das er zu Hause ablieferte. Besonders Maria, die ihn durchschaute, obwohl er seine Pläne geheim hielt, flehte ihn an, zu bleiben. Sie sah ihm dann in die Augen und wusste, dass er eines Tages einfach gehen würde, denn er hielt ihrem Blick nicht stand.

Schließlich sorgte die italienische Armee dafür, dass er dem Schicksal eines Lebens in Campobasso für immer entwich. Im Januar 1961 erhielt Antonio Post. Man befahl ihm, sich zur Musterung vorzustellen, die Einberufung sei für Mai vorgesehen. Antonio erkundigte sich, ob er gegebenenfalls Matrose werden könne, doch es wurde ihm beschieden, er solle mit dem zufrieden sein, was man ihm bot. Bei der Musterung schauten sie in seine Augen, in seinen Mund, in seinen Arsch. Sie schubsten die Jungen in Reih und Glied, sie brüllten sie an, sie entehrten ihre Namen, indem sie sie absichtlich falsch aussprachen. Sie taten alles, was irgendwie nötig war, um Antonio endlich zur Flucht zu bewegen.

Sein Geld reichte nicht einmal annähernd für Amerika. Und an ein Visum war nicht zu denken. Sofort wäre überprüft worden, ob es für den jungen Mann einen Einberufungsbescheid gab. Und wenn er sich nach Frankreich durchschlüge und von dort weiterreiste? Zu riskant, Deserteure wurden hart bestraft, wenn man sie auch nur in der Nähe einer Grenze antraf. Von Deutschland hatte er gehört, dass man dort ausländische Arbeitskräfte gebrauchen konnte und gut bezahlte. Man durfte dorthin ausreisen, wenn man die nötige Qualifikation hatte. Antonio musste sich beeilen. Im Mai sollte er einrücken, vorher musste er verschwinden. Allerdings war die Prüfung zum Dreher für Ende April anberaumt. Das reichte nicht, denn um sich für eine Stelle in Deutschland zu bewerben, musste man vorher im Besitz gültiger Papiere sein. Ihm blieb also keine andere Wahl als die Lüge.

Er schrieb an den Auslandsdienst in Verona und stellte sich als Arbeitskraft zur Verfügung. Den geforderten Schein vergaß er einfach beizulegen. Auch seine Einberufung unterschlug er sicherheitshalber. Die Antwort kam innerhalb von wenigen Tagen. Eine Firma in Osnabrück/Deutschland habe Interesse an einem Dreher mit seinen Fähigkeiten. Die Abreise sei nach Überprüfung der Dokumente in Verona am 30. April. Er möge bereits am 29. April anreisen, für eine Unterkunft sei gesorgt. Diese dürren Worte ließen Antonios Herz rasen. Er hatte den Brief wohlweislich nicht zu sich nach Hause schicken lassen, sondern zu Clara, von der er wusste, dass sie dem Absender des Briefes keine Beachtung schenken würde.

Selbst wenn sie verstanden hätte, was Auslandsdienst bedeutete, hätte sie es niemandem erzählen können, den sie beide kannten.

In der letzten Aprilwoche absolvierte er seine Prüfungen mit Auszeichnung. Noch am selben Abend packte er einen kleinen Koffer, den er sich von Baffone geliehen hatte. Dem hatte er erzählt, dass er nun öfter nach Rom fahren müsse, um dort auf die technische Oberschule zu gehen. Er traute sich nicht, dem Freund die Wahrheit zu sagen, schwor sich jedoch, ihm den Koffer mit der Post zurückzuschicken.

»Warum packst du deine Sachen in den Koffer?«, fragte ihn Maria, die im Türrahmen stand und ihm zusah, wie er ohne Hast, aber mit bestimmten Handgriffen Baffones Koffer belud.

»Ich muss fort«, sagte er knapp, weil er fühlte, dass jede Erklärung ihr Angst gemacht hätte.

»Wohin?«

»Fort. Ich muss gehen.«

»Warum?«

»Wohin? Warum? Du stellst zu viele Fragen. Manchmal muss ein Mann eben gehen. Männer sind so.«

»Papa nicht. Der geht jeden Tag in die Bank.«

Maria glaubte wie alle Kinder der Marcipanes, bis auf Raffaele und Antonio, dass Calogero hinter einem Bankschalter stand, und war deshalb sehr stolz auf ihn. Niemand hatte ihr bisher die Wahrheit gesagt, nämlich dass er bloß der Hausmeister bei der Banco di Napoli war.

»Papa ist auch weggegangen, nämlich in den Krieg. Da warst du noch gar nicht auf der Welt.«

»Gehst du jetzt auch in den Krieg?«

»So ähnlich.«

Maria lief auf ihn zu und hängte sich an sein Bein, Sie weinte und schluchzte. Da setzte er sich auf sein Bett und nahm sie in den Arm. Er streichelte ihr den Kopf, bis sie endlich aufhörte.

»Versprich mir, dass du nicht weggehst.«

»Das kann ich nicht. Aber ich verspreche dir, dass ich bald wiederkomme. Wenn es mir dort nicht gefällt, wo ich hinfahre, dann bin ich wie der Blitz wieder zurück.«

Sie sagte, sie sei sehr sicher, dass es ihm nicht gefalle, und er dachte das Gegenteil. Er wusste, dass er ihr falsche Hoffnungen machte, denn er fühlte, dass er es überall besser antreffen würde als hier. Und dass er dies niemals sagen durfte.

Am nächsten Morgen stand er auf, putzte sich die Zähne und verließ das Haus wie immer. Den Koffer hatte er bereits in der Nacht nach unten gebracht und im Keller hinter ein paar alten Obstkisten deponiert, damit er keinen Verdacht erregte. Er hatte sogar darüber nachgegrübelt, ob es nicht besser wäre, den Koffer gleich ein paar Straßen weiter zu verstecken, falls seine Mutter durchs Fenster sah, doch das schien ihm zu gefährlich. Was, wenn irgendjemand seinen oder vielmehr Baffones Koffer fand und mitnahm? Dann wäre seine Flucht schon gescheitert, bevor sie überhaupt begonnen hatte.

Antonio nahm nicht den Bus nach Frosolone um 6.10 Uhr. Er kauerte hinter der Bar am Halteplatz und kletterte um 7.20 Uhr in den Bus nach Rom. Er hatte sich – natürlich in Frosolone und nicht in Campobasso – die Bus- und Zugverbindungen herausschreiben lassen und auch die Fahrkarte schon gekauft. Tagelang hatte er das Billett am Körper getragen und alle Stunden nachgesehen, ob es noch in seiner Hosentasche steckte.

Von Rom aus fuhr er nach Verona, wo er am Abend eintraf. Hier wurden die Papiere der Reisenden überprüft. Niemandem fiel auf, dass die Tinte unter Antonios Ausbildungsschein kaum getrocknet und das Datum der Ausstellung gerade zwei Tage alt war, er also zum Zeitpunkt seiner Bewerbung den Schein noch nicht besessen haben konnte.

Des Nachts konnte Antonio vor Aufregung nicht schlafen und stieg übermüdet in den Zug. In seinem Abteil reisten ein Elektriker aus Florenz, ein Schlosser aus Pisa, zwei Schlosser aus Bologna und er, Antonio Marcipane, Schlosser *und* Dreher mit einem Diplom in technischem Zeichnen und allerhand Englischkenntnissen. In Baffones Koffer lagen zwei Hemden, zwei paar Schuhe, dazu Strümpfe, Seife, eine Hose, ein Wecker, Unterwäsche für eine Woche, ein *Tex*-Heft, ein Bild von New York. Nicht genug für eine Existenz. Aber reichlich für einen Neuanfang, wenn man den Apfel, die Milch und den sauberen neuen Zehnmarkschein mitrechnete, die man den Männern in einer Papiertüte mitgegeben hatte. Am 1. Mai 1961 überquerte er in den Mittagsstunden die Grenze nach Deutschland. Er sah nicht zurück, er hatte keine Angst. Und er blieb dort, für immer dort.

»Hast du es bereut?«, frage ich Antonio, der in den letzten Minuten ein wenig melancholisch geworden ist.

»Nichte bereute, nein, kanni nichte sagen. Aber war einsam, verstehste du?«

»Andò, ich habe eine Frage.«

»Schieß los.«

»Was ist aus dem Koffer geworden? Hast du Baffone den Koffer zurückgeschickt?«

»Die Koffer? Warte mal, nein. Habi der noch. Iste irgendwo im Keller. Iste der Christebaumschmuck darin.«

»Ich finde, du solltest ihn zurückbringen.«

»Findestu?«

Bevor wir zu Nonna Anna zurückkehren, kaufen wir noch ein. Ganz in der Nähe ihrer Wohnung hat ein neuer Supermarkt aufgemacht. Dort muss man einen Euro in den Einkaufswagen stecken, als Pfand. Cousin Marco findet, dass ein Euro ein fantastisch günstiger Preis für einen Einkaufswagen dieser beeindruckenden Größe ist. Er hat bereits zwei Stück davon in seiner Wohnung, die er mittels Schneidbrenner und Metallsäge zu formschönen Fernsehsesseln umgebaut hat.

Auch im Supermarkt gibt es Fernsehsessel. Sie scheinen das zentrale Statusmöbel überhaupt zu sein. Diese Sessel sind an den merkwürdigsten Stellen justierbar, denn falls der jeweilige Besitzer auf die Idee kommen sollte, einmal ganz crazy fernzusehen, also beispielsweise mit dem Kopf auf der einen und dem Po auf der anderen Armlehne zu liegen, dann soll der Sessel immer noch bequem sein. Italiener wissen eben, was wahrer Luxus ist, nämlich die Möglichkeiten, die sich einem bieten, nicht zu nutzen. Fast alle Sessel haben verborgene Klappen für Getränke, Zigarettenasche, Fernbedienungen und Padre-Pio-Bildchen. Sie (die Sessel, nicht die Bildchen) sind mit wasserabweisenden Stoffen bezogen, deren chemische Inhaltsstoffe vermutlich durch die Kleidung in den Menschen diffundieren, auf dass er das Fernsehprogramm begeistert konsumiere. Die Farben dieser Möbel decken sich mit den Farben der Besitzer, die darin fast vollkommen verschwinden. Antonio bleibt lange vor einem Sessel mit eingebauter Massage stehen.

»Könne *die* Möbel bauen, die Italiener. Sinde viele dumme Salat, aber habbe die Geschmacke verpachtet.«

»Gepachtet.«

»Jaaaa, biste duuuu schlau. Duuu biste schlau.«

Er nickt anerkennend und tippt sich an den Kopf. Dann kaufen wir Käse und Wein.

Neun

Nonna Anna stellt keine Fragen. Sie will nicht wissen, wie lange wir zu bleiben gedenken, und es ist ihr auch egal, was wir den ganzen Tag machen. Wir verlassen die Wohnung wie jeden Morgen gegen elf Uhr und werden sechs, sieben Stunden später zurückkehren. Dann folgen die für mich schikanösen Abendessen im erweiterten Familienkreis. Dass wir nicht ständig zu Hause herumhocken, passt der Nonna offenbar ganz gut, denn dann muss sie nicht ständig Espresso kochen. Sie hat offenbar den Eindruck, dass ich einen unstillbaren Kaffeedurst habe, denn sie fragt mich jede Stunde einmal, ob ich gerne einen Kaffee trinken möchte.

Diesen bereitet sie auf dem Herd in einer dieser Schraubkannen aus Aluminium zu. Ihr Kaffee ist wunderbar, ich habe mich schon sehr daran gewöhnt. Sie bringt ihn mir in einem winzigen Tässchen aus Porzellan und stellt dann ein Zuckergefäß daneben, in dem ein Silberlöffelchen steckt, dessen Griff eine fein ziselierte Dornenranke darstellen soll.

Heute war sie dabei allerdings etwas kurz angebunden. Vielleicht ist sie verstimmt, denn ich habe nach dem Aufstehen vergessen, den weinenden Knaben wieder richtig hinzuhängen, und als ich von der Toilette komme, sehe ich sie in meinem Zimmer stehen und das Bild umdrehen. Ich kann gut verstehen, wenn sie auf mich sauer ist, aber ich kann nicht schlafen, wenn mich die Augen dieses Kindes so fürchterlich anstarren. Da ich nicht scharf bin auf einen Eklat, erzähle ich Antonio nichts von meiner Besorgnis, in Ungnade gefallen zu sein. Auf jeden Fall bestärkt mich der Vorfall in meinem Wunsch, nun langsam wieder nach Hause zu fahren.

Ich würde auch gerne mal wieder so einen richtig feinen Filterkaffee trinken, aber den gibt es hier nicht. Zu Hause übrigens auch nicht. Bohnenkaffee scheint auf globaler Ebene abgemeldet zu sein.

Was war eigentlich schlecht am Kaffee, jetzt mal außer dem Koffein? Es war doch eigentlich immer ganz schön, so einen richtigen normalen Kaffee zu trinken. Einen gebrühten, sich durch einen Papierfilter gurgelnden Kaffee. Gut, zugegebenermaßen ist nicht jeder dazu in der Lage, einen anständigen Kaffee zu machen, und die meisten Menschen, die den so genannten Bürokaffee trinken, werden davon mittelfristig krank, weil er wie Asphalt im Magen klebt, meistens auch so schmeckt und darüber hinaus dazu führt, dass Angestellte übel schwitzen und aus dem Mund riechen wie Moorleichen. Dennoch: Dieser Filterkaffee war nicht so schlimm, solange es ihn noch gab, denn etwas viel Schlimmeres ist an seine Stelle getreten: Latte Macchiato. Entkoffeinierter Espresso. Cappuccino mit fettarmer Milch.

Schuld daran sind aber nicht die Italiener, auch wenn die Namen dieser Getränke darauf schließen lassen, sondern – natürlich – irgendwelche Amerikaner, möglicherweise studentische Bill-Gates-artige Kumpeltypen, die auch noch glauben, sie hätten mit ihrer Brühe der Menschheit ein ähnliches Geschenk gemacht wie die Teflonpfanne oder den Zauberwürfel.

Den Abstieg des Kaffees haben sie paradoxerweise damit besiegelt, dass sie ihn sich immer weiter haben ausbreiten lassen, und zwar in Gestalt von jenen Kaffeebuden, die in Großstädten normalerweise *Chicago Coffee Corporation* oder so ähnlich heißen. Dort gibt's zwar gar keinen richtigen Kaffee mehr, sondern *Stardust con low-fat latte decaf medium size* oder anderen Scheiß in Pappbechern. Es ist übrigens nicht so, dass das Zeug nicht schmeckt, es ist nur irgendwie kein Kaffee. Wer mal einen bei Nonna Anna oder Daniele getrunken hat, weiß Qualität zu schätzen.

Die Globalisierung von Kaffee führt dazu, dass man nicht mehr richtig unterscheiden kann, wo in der Welt man ist, weil die Welt überall gleich schmeckt. Manchmal gibt es was zu essen in diesen Filialen der Weltverschwörung für die Erniedrigung des Geschmacks. *Wrapped tuna burritos* zum Beispiel oder *fresh french charmin rolls*. Ein Wurstbrot gibt es leider nicht.

Aber nicht nur das Produkt ist ziemlich runtergekommen, sondern auch die Darreichungsform. Worin besteht der Fortschritt der Menschheit, wenn sich Erwachsene so weit zurückentwickeln, dass sie freiwillig ein Getränk in der Hand halten, das einen

Plastikdeckel mit einer Art Schnabelöffnung besitzt, aus der sie saugen können, ohne sich zu bekleckern? Diese Trinkgewohnheiten sollte man spätestens hinter sich haben, wenn man mit eigenem Geld bezahlen kann, also etwa mit sechs Jahren. Dennoch gibt es unzählige urbane Menschen, die sich keineswegs albern damit fühlen, einen Pappbecher mit Globalisierungs-Saugekaffee und eine Tüte Backtriebmittel in Gestalt von Heidelbeermuffins mit sich herumzuschleppen, obwohl Pappbecher etwas für Kindergeburtstage sind. Wein trinkt man doch auch aus einem Glas. Ein noch so kleiner Kaffee hat eine dickwandige Tasse verdient, das ist mehr als nur eine Frage der Ehre, nämlich eine des guten Geschmacks und des Stils.

Bei Daniele bekommen wir unsere Dosis in kleinen dicken Tässchen. Antonio schüttet so viel Zucker hinein, dass sein Espresso sich in eine gesättigte Lösung verwandelt. Ich hingegen begnüge mich mit einem Löffel. Ich rühre auch gerne damit in meiner Tasse, das hat etwas Meditatives, finde ich. Antonio fragt heute nicht, wo wir stehen geblieben sind. Er beginnt seinen Bericht in dem Augenblick, da der Minutenzeiger der großen *Cinzano*-Uhr an der Wand im Café Montefiore auf 11.30 Uhr umspringt. Klack.

Als Antonio am 2. Mai in Osnabrück ankam, servierte ihm niemand zur Begrüßung einen Espresso. Es sagte auch keiner »Guten Tag«. Am Bahnhof stand ein Bus bereit, der die Fremdarbeiter zu einer Wohnbaracke brachte, in der Antonio der alphabetischen

Nähe ihrer Nachnamen wegen mit zwei Männern aus Spanien und einem Portugiesen in ein Viererzimmer gesteckt wurde, das gerade mal zwei Hochbetten, vier schmalen Spinden und einem Tisch mit zwei Stühlen Platz bot. Die beiden Stühle wurden sogleich von den Spaniern okkupiert, während der Portugiese und Antonio den halben Tag hindurch mit ihren Koffern auf dem Bett saßen und schweigend dabei zusahen, wie die Spanier Karten spielten.

Die Arbeit überforderte Antonio nicht, mehr noch, er hatte den Eindruck, dass er in dem Karosseriewerk im Wesentlichen Aufgaben versah, auf die die deutschen Arbeiter keine Lust hatten. Seine Qualifikationen wurden weder gebraucht noch zur Kenntnis genommen. Auch sprach man ihn nicht an, so dass er stundenlang schweigend vor sich hin werkeln konnte und dabei an Amerika dachte. Nach einigen Wochen hatte er eingesehen, dass er hier in Osnabrück weiter von New York entfernt war als jemals zuvor, und holte das Bild aus dem Koffer, das er sich in Kopfnähe neben dem Bett an die Wand klebte.

Immerhin: Heimweh hatte er nicht. Nicht im Geringsten. Nach zwei Wochen hatte er – wohlweislich ohne Absender, um das Militär nicht auf seine Spur zu bringen – seiner Mutter einen Brief geschrieben und versucht, ihr darin zu erklären, dass er sie habe verlassen müssen, um hier in Deutschland sein Glück zu suchen. Es war der erste einer ganzen Reihe von Briefen, die er alle paar Wochen Richtung Heimat schickte. Er konnte zwar keine Post empfangen, aber seine eigenen Zeilen halfen ihm über seine Unzufriedenheit hinweg, denn in seinen Berichten schönte er die Lage beträchtlich, schrieb von einer komfortablen Wohnung und großartigen Plänen, die der Betrieb schon jetzt mit ihm habe. Er berichtete von den eleganten Straßen der Stadt und der hervorragenden Verpflegung, die der in der Heimat in nichts nachstehe. In Wahrheit hasste er nichts mehr als die verkochte Pampe, die man hier Pichelsteiner Eintopf nannte, und das Vierbettzimmer, in dem die Spanier bis spät in die Nacht ihr Geld versoffen und dann mit ihm Streit suchten. Antonio ging keiner Auseinandersetzung aus dem Weg. Wer sich mit ihm anlegte, musste damit rechnen, auf einen harten und hemmungslosen Gegner zu treffen. Wut und Frust bahnten sich ihren Weg und so knallte es fast jeden Abend in einem der Zimmer.

Inzwischen hatte er Landsleute entdeckt, die aus Kalabrien und Apulien stammten und in ihrem Zimmer ein gutes *ragù* zustande brachten. Manchmal gingen die Männer gemeinsam aus, wenn das Wochenende Langeweile verhieß, und erkundeten das Nachtleben von Osnabrück. Zu Hause hatte er vor einigen Monaten die Bibliothek aufgesucht und diesen Ort im Atlas nicht einmal gefunden, nun wohnte er hier und wurde bestaunt wie ein Exot.

Die deutschen Mädchen gefielen ihm, besonders der blasse Teint und die freundliche Neugier, mit der sie ihm zuhörten, wie er auf Italienisch aus seinem Leben erzählte, irgendwas daherplapperte. Es waren der Klang seiner Stimme und die blauen Augen, die die Mädchen fesselten. Bald verliebte er sich in eine junge Frau, deren Name Monika war und die in der Fabrik in der Buchhaltung arbeitete. Nachdem sie sich zwei Wochen mehr oder weniger heimlich miteinander getroffen hatten – zwei Wochen, in denen sie meist ohne Worte zu gebrauchen in der internationalen Sprache der Liebe kommuniziert hatten –, machte Antonio die Bekanntschaft ihres Verlobten, der naturgemäß ihrer Verbindung skeptisch gegenüberstand.

Irgendeiner aus dem Wohnheim hatte dem Mann etwas von Monikas Verhältnis gesteckt, und der Mann, ein grobmotorischer Tankwart namens Heinz, lauerte Antonio auf, als dieser von der Schicht kam und gerade das Wohnheim betreten wollte.

»Was machst du mit meiner Frau?!«, schrie er den ahnungslosen Toni an.

»Nix verstehen.« Das war keine Lüge.

»Kennst du eine Monika?«

»Nein, nicht kenne.« Das war eine Lüge.

»Ich zeige dir, was mit euch Scheißern passiert, wenn ihr eine deutsche Frau anfasst!«, brüllte der Kerl und hieb Antonio zweimal trocken auf die Nase, die sofort brach. Antonio hätte diesen Burschen in Stücke reißen können. Er hätte die Tankstelle anzünden und auf das Grab dieses Hurensohnes pissen können. Er wusste, dass er mehr Kraft hatte als dieser Wurm und mehr Courage ohnehin. Zu Hause in Campobasso wäre der Kerl erledigt gewesen. Aber hier war Antonio erledigt. Schon während ihm das Blut übers Gesicht schoss, war ihm klar, dass eine Schlägerei mit einem Deutschen, gleich aus welchem

Grund, seine Ausreise zur Folge haben würde. Also ließ er das Blut auf sein Hemd tropfen, ertrug das Gelächter der Spanier und schluckte seine Rachegefühle herunter.

An dem Abend, an dem Heinz Krawczyk aus Osnabrück ihm die Nase brach, lag Antonio auf seinem Bett und weinte. Er weinte, weil ihm jemand sein Bild von New York von der Wand gerissen hatte. Er weinte, weil er die Demütigung durch diesen Mann ertragen musste. Er weinte, weil Monika nicht aufrichtig zu ihm gewesen war (eine Schmähung, die ihm, der gegenüber Frauen niemals aufrichtige Gefühle entwickelte, besonders zusetzte). Er weinte, weil er ahnte, dass er in diesem Karosseriewerk niemals den Posten würde erklimmen können, den er laut seiner Briefe längst innehatte. Und er weinte, weil ihm die Nase wehtat.

In dieser schlaflosen Nacht, in der sein Herz so heftig und laut schlug, dass er fürchtete, die irren Spanier könnten davon aufwachen und ihn sich ebenfalls vornehmen, beschloss Antonio Marcipane seine nächste Flucht. Es war ihm vollkommen gleichgültig, wohin es ihn verschlug, denn einen Platz wie diesen würde er allemal und überall finden. Das Zimmer in diesem Schweinestall kostete ihn vierzig Mark pro Monat. Die Dusche per Minute ein Groschen. Strom fürs Kochen oder Licht: alle zehn Minuten ein Groschen.

Wie beim ersten Mal nahm sich Antonio Zeit und erkundete die Möglichkeiten, die sich ihm boten. Sie schienen begrenzt, er hatte absolut keine Idee oder auch nur eine vage Vorstellung davon, wo er in diesem Land hingehen konnte. Also arbeitete Antonio zunächst unauffällig weiter, wie es sein Vater früher getan hatte, wenn er mit einem Apfel als Proviant in der Hand losgezogen war, um die Bomben zu entschärfen, die auf anderer Leute Häuser gefallen waren und die zu berühren diese zu feige oder zu reich waren. Damals hatte er seinen Vater immer bewundert, sich jedoch auch stets gefragt, warum dieser so duldsam mit jeder Schmähung umging, die er als Zugereister ertragen musste. Inzwischen verstand er ihn.

Wie Calogero war auch Antonio Marcipane ein Fremder, ein Ausgestoßener, der die Arbeit machte, die andere nicht wollten. Und wie Calogero begann er, darin eine Art Lebenszweck zu sehen, das Unausweichliche dieser Situation zu akzeptieren. Doch eines unterschied ihn von seinem Vater: Während dieser sich früh mit seinem Status als Außenseiter abgefunden und ihn sozusagen zur Familientradition erklärt hatte, wollte Antonio diesem Schicksal entkommen. Die Frage war nur: Wie? Und die Antwort, die sich Antonio ergrübelte, lautete: Wenn die grausame Realität dieses Lebens dazu führte, dass man ihm die Knochen und die Seele brach, dann, so beschloss er, würde er eben nicht mehr an dieser Realität teilnehmen. Dann würde er eben in seinem eigenen Universum leben, in der Welt des Antonio Marcipane. Nichts konnte ihn mehr aufhalten, wenn er die Schranken, die sich ihm in den Weg stellten, nicht mehr wahrnahm. Antonio beschloss, seine eigene Perspektive auf die Welt als die einzig wahrhaftige anzuerkennen, ihr keine weitere Sichtweise mehr abzugewinnen als die seine, so verschoben und unwirklich sie für die anderen Menschen auch sein mochte.

»Also, eigentlich hast du dich entschlossen, verrückt zu werden«, schiebe ich ein. So allmählich wird mir einiges klar.

»Nein, nichte verruckt. Binni verruckt? Freche Kerl. Ich bin nichte verruckt, sondern habbe nur eine ganz individuelle Sichte der Dinge. Iste eine philosophische Frage.«

Daniele schüttelt den Kopf. »Wenn ihr mich fragt«, sagt er, dem das Niveau der Unterhaltung nicht gefällt, »der Andò hatte schon immer einen Dachschaden.« Dann trollt er sich hinter die Bar.

»Nein, stimmt gar nicht!«, ruft Antonio und flüstert mir dringlich zu: »Es hatte alles seine Sinn, machte mir möglich, in diese Welt zu überleben.«

Seine Überlebensstrategie, die er bis heute weiterverfolgt, manifestierte sich schnell in einer unerklärlichen Heiterkeit. Im Gegensatz zu den Kumpels schien ihm die Arbeit leichter von der Hand zu gehen, er verrichtete sein Tagwerk fröhlich und erstaunte damit sogar die deutschen Vorarbeiter, die seine gute Grille auf das berühmte italienische Temperament zurückführten, das sie allerdings nur von (dem aus der Schweiz kommenden) Vico Torriani kannten.

Im Gegensatz zu seinen Zimmergenossen schickte Antonio kein Geld in die Heimat. Er hatte es dem

Vermieter zur Aufbewahrung gegeben und leistete sich dann und wann eine Hose oder einen Kinobesuch, was besonders die beiden Spanier, die Kinder zu versorgen hatten, grämte. Der einzige Mensch, für den Antonio so etwas wie freundschaftliche Gefühle empfand, war der dumme Ugo.

Der dumme Ugo stammte aus der Toskana und offenbar waren ihm ein paar Kastanien zu viel auf den Kopf gefallen. Trotzdem hatte er beim Auslandsdienst die Erlaubnis bekommen, nach Deutschland zu reisen, was sich Antonio nur mit Korruption erklären konnte, für die Ugo wiederum nicht klug genug gewesen wäre. Wahrscheinlich hatten sich seine Eltern auf diese Weise ihres Sohnes entledigt. In Osnabrück angekommen, fiel schnell auf, dass Ugo sogar zu dumm war, eine Schraube einzudrehen, und darüber hinaus zu epileptischen Anfällen neigte, die es ihm unmöglich machten, gefährliche Hilfsarbeiten zu verrichten oder schwere Teile zu tragen. Da man aber jemanden brauchte, der die Halle sauber hielt, drückte man ihm einen Besen in die Hand und ließ ihn fegen. Acht Stunden am Tag, sechs Tage die Woche. Ugo fegte für sein Leben gern. Wenn er eine große Spinne entdeckte, lief er zu Antonio und zog ihn am Ärmel. »Uhh, eine Spinne!«

Antonio interessierte sich mehr für die Schilderungen von Ugos Mittagspause als für die Erzählungen der vermeintlich klugen Menschen, weil es darin immer nur um Geld und Weiber ging. Ugo hingegen war wohltuend still, wenn es darauf ankam, und er hörte Antonio gerne zu, wenn der von Machiavelli erzählte und dessen lebenslanger Freundschaft zu Sigmund Freud.

Es störte Antonio wenig, dass Ugo und er bald als Dick und Doof der Fabrik bezeichnet wurden, eine Beschreibung, die immerhin äußerlich zutraf. Antonio war, wenn auch nicht besonders dick, so doch nicht sehr groß und Ugo ein skelettartiges Wesen mit einer kleinen Nase, die er beim Fegen mit dem Schwung des Besens bewegte, was seiner Tätigkeit einen quasi künstlerischen Ausdruck verlieh. Als das Unternehmen eine Reinigungsfirma beauftragte, wurde Ugo entlassen.

Wenigstens besorgte man ihm einen neuen Job in einer anderen Stadt. Ugo verschwand, ohne sich von Antonio verabschieden zu können. Die anderen Kollegen schienen sein Verschwinden nicht einmal zu bemerken.

Zwei Wochen später erhielt Antonio einen Brief. Von Ugo. Darin stand: »Lieber Antonio, ich wollte dir nur mitteilen, dass ich jetzt in Oldenburg bin. Es ist sehr schön hier und ich arbeite in einem Restaurant. Mein Chef hat gesagt, du kannst auch kommen. Ich rupfe Hühner, aber das musst du nicht machen. Du kannst servieren, weil ich ihm erzählt habe, dass du sehr klug bist. Beiliegend die Adresse. Komm bald. Dein Ugo. Ich habe den Brief unserem Koch diktiert, weil der besser schreiben kann.«

Ugo hatte dem Schreiben eine Speisekarte beigelegt, auf dem der Name und die Adresse des Restaurants standen. Es hieß *Kombüse,* und Oldenburg war, wie Antonio erfuhr, nicht so weit von Osnabrück entfernt, dass man es nicht hätte wagen können, dorthin zu ziehen.

Antonio kündigte zum ersten möglichen Termin, nachdem er in der *Kombüse* schriftlich zugesagt hatte, die Stelle als Kellner anzunehmen. So einen Job konnte Antonio gut gebrauchen. Im Werk hatte er bis auf ein paar holprige Formulierungen und Schimpfwörter kein Deutsch gelernt. In einem Restaurant wurde viel gesprochen, wahrscheinlich sogar mit einem wie ihm. Er ließ sich sein Geld auszahlen, fühlte sich reich, obwohl ihn der Vermieter um mindestens die Hälfte prellte, packte Baffones Koffer und verließ Osnabrück grußlos.

In Oldenburg erwartete ihn Ugo bereits am Bahnhof und winkte heftig, als er Antonio sah. Gemeinsam fuhren sie im Taxi – Antonio war ja reich – in die *Kombüse*. Diese stellte sich als Hühnerbraterei mit Straßenverkauf heraus, in der man auch sitzen konnte. Antonio gefiel es sofort, denn er mochte Hühner. Und Ugo. Dieser hatte das Bravourstück vollbracht, Antonio sogar eine Wohnung zu besorgen. Eigentlich war es keine ganze Wohnung, sondern nur ein kostengünstig möbliertes Zimmer zur Untermiete. Aber Antonio kam es vor, als zöge er in einen Palast. Er war vierundzwanzig Jahre alt und schlief zum ersten Mal in seinem Leben alleine in einem Raum. In der ersten Nacht machte er kein Auge zu, so still war es.

Die Zimmerwirtin hieß Eggebrecht, hätte seine Mutter sein können, kochte für ihn Nudeln und verführte ihn nach vier Tagen.

»Ja, war i eine wilde Kerl, den die Fraue mochte!«, ruft Antonio nun quer durch die Bar.

»Ja, aber nicht so laut. Müssen doch nicht alle wissen.«

»Schuldigun.«

Neben dieser wunderbaren Fügung gefiel ihm auch sein neuer Beruf. Als Kellner in schwarzer Hose, weißem Hemd und gestreifter Weste fühlte er sich nicht mehr wie ein Handlanger und Hilfsarbeiter, auch wenn seine Kenntnisse im Drehen und Schlossern hier noch viel weniger gefragt waren als in Osnabrück. Aber hier wurde er beachtet, man sprach mit ihm. Ugo, der Koch Rocco und er bildeten eine fröhliche Gemeinschaft. Und die meisten Gäste waren zumindest freundlich zu Antonio, der schon bald herausfand, wie man an die Trinkgelder der überwiegend deutschen Gäste kam. Hier ein bisschen singen, da ein bisschen lächeln. Und immer schnell sein, nichts lieben die Deutschen mehr.

Frau Eggebrecht verlangte bald nur noch eine symbolische Mietzahlung, sie hielt Antonio nach allen Regeln dieser schönen Kunst aus. Wenn er nach Bratfett stinkend täglich gegen Mitternacht nach Hause kam, gedachte er für gewöhnlich, ein Bad zu nehmen, welches ihm seine Wirtin bereits eingelassen hatte. Manchmal ließ sie sich gleich mit ein, und wenn er nicht zu müde war, gab er sich ihren Bemühungen gern hin. Dafür führte er ihren Dackel am Wochenende spazieren und so waren alle drei hoch zufrieden.

Antonio sparte sein Geld, weil er nicht wusste, was er damit anfangen sollte. Zum ersten Mal seit seiner Flucht aus Italien hatte er ein vages Glücksgefühl. So hätte es weitergehen können, wenn nicht eines Tages Ugo auf die verhängnisvolle Idee gekommen wäre, seine Eltern zu besuchen.

Er hatte schon eine ganze Weile davon gesprochen, sein Vorhaben aber nie in die Tat umgesetzt. Als Ugo Anfang 1964 Richtung Greve fuhr, spürte Antonio tief in seinem Herzen, dass er seinen Freund nicht wiedersehen würde. Kaum in Italien, verpasste Ugo einen Zug und setzte sich einfach in einen anderen. Als dieser in Rom eintraf, bekam Ugo es mit der Angst zu tun. Er lief orientierungslos über die Bahnsteige und erlitt vor Aufregung einen Anfall. Er stürzte auf ein Bahngleis, wo er von einem eintreffenden Regionalzug erfasst wurde. Er war sofort tot. Antonio erfuhr von diesem Unfall, als er bei Ugos Eltern nachforschte, wann sein Freund denn zurückkomme.

Ohne Ugo machte ihm die Arbeit in der *Kombüse* keinen Spaß mehr. Es war ein bedeutsamer Unterschied, ob Ugo die Hühner rupfte oder irgendjemand sonst ohne dessen Talent, Lieder beim Singen mit einem neuen Text zu versehen. Antonio merkte die Trauer über den Verlust seines einzigen echten Freundes schon alleine daran, dass seine Trinkgeldeinnahmen deutlich schrumpften.

Mit Frau Eggebrecht überwarf er sich an einem Dienstagabend, an dem sie sich darüber beklagte, dass Antonios Leidenschaft sich nicht mehr authentisch anfühle, worauf er in neapolitanischer Mundart darauf verwies, dass sie, zahm übersetzt, doch auf die Toilette gehen solle, wenn ihr etwas nicht passte. Dann trat er den Hund, teils aus Versehen, teils mit Absicht und ohne ihm ernstlich wehzutun, denn Dackel sind zäher, als man denkt. Frau Eggebrecht beendete die symbiotische Beziehung der beiden und eine Stunde später stand Antonio mit Baffones sowie einem neuen Koffer vor Roccos Wohnung. Roccos Frau war nicht begeistert über diesen Antonio, der bereits seit einiger Zeit öfter des Abends bei ihnen ein und aus ging. Aber man konnte den Mann auch schlecht in der Mission übernachten lassen. Sie überzog also die Couch und hoffte, dass sich Herr Marcipane nicht für länger bei ihnen einnistete.

Antonio schlief genau eine Nacht bei Rocco. Beim Frühstück sagte er: »Ich muss nach Hause.« Er war nun ziemlich genau drei Jahre in Deutschland, und Ugos Schicksal hatte ihm klar gemacht, dass er seine Eltern dringend wiedersehen musste, und sei es nur, damit sie wussten, dass es ihm gut ging. Er hatte zudem das dringende Gefühl, ihnen zu zeigen, dass er mit einem Koffer losgezogen war und in nur drei Jahren den Inhalt eines zweiten Koffers dazuverdient hatte.

Er fürchtete immer noch den Zugriff der italienischen Armee und verspürte nicht die geringste Lust, seinen Militärdienst nachträglich abzuleisten. Schon möglich, dass sie seine Briefe in die Heimat abfingen und lasen. Er unterließ es daher nie, in seinen Schreiben zu verdeutlichen, dass er keinesfalls vorhabe, in die Heimat zu reisen. Er nahm also Urlaub und setzte sich in den Zug, ohne sein Kommen anzukündigen. Zwar hatte er in drei Jahren kein Heimweh verspürt und auch keine Lust, in sein Hochbett zurückzukehren, geschweige denn in die enge Stadt, in der die Menschen die Fensterläden versperrten, wenn sie fremde Stimmen auf der Straße hörten. Auch hatte er sich an so manches in Deutschland gewöhnt, sogar an den niedersächsischen Regen und an eingelegte Heringe, die Frau Eggebrecht ihm anbot, wenn sie abends Unterhaltungssendungen im Fernsehen ansah. Im Grunde genommen trat er die Reise nur an, um zu sehen, ob sich seine Wirkung auf andere verändert hatte, ob sie ihn bewundernd oder mit Geringschätzung betrachteten, wenn er in einem neuen braunen Anzug durch Campobasso lief.

Der Effekt, das musste er eingestehen, war gering. Nur Maria freute sich wie ein Kind, das sie auch noch war. Alle anderen, besonders Raffaele, machten keinen Hehl daraus, dass sie seine Flucht missbilligten und sein Auftauchen eher als flüchtigen und hoffentlich kurzen Besuch denn als Rückkehr auffassten.

»War der Anzug teuer?«, knurrte sein Vater beim Essen, das sie zu siebt einnahmen, weil Matteo inzwischen seinen Militärdienst ableistete und nur noch an zwei Wochenenden nach Hause kam und Davide mit Furio auf dem Markt arbeitete, weil die Familie das Geld brauchte.

»Es ist ein guter deutscher Anzug.«

»Italienische haben die da wohl nicht.«

»Sie machen sich nichts aus italienischen Anzügen,

die Deutschen«, sagte Antonio leicht blasiert. Im Grunde war er irritiert über die Ablehnung, die ihm entgegenschlug. Er hatte doch immerhin regelmäßig geschrieben. Wahrscheinlich hatten sie die Briefe auch nicht, wie er sich das gedacht hatte, im großen Kreis gelesen, sondern damit das Herdfeuer geschürt.

»Und? Wie geht es euch?«, fragte er betont fröhlich in die Runde, und als keiner antwortete, ergänzte er: »Papa?«

»Es geht mir gut, danke der Nachfrage. Natürlich nicht so gut wie dir, denn du hast es im Gelobten Land ja zu etwas gebracht und musst dich nicht mehr um deine arme Verwandtschaft kümmern.«

Aha, daher wehte der Wind. Neid!

»Ich bin doch jetzt hier.«

»Jeder anständige Junge schickt Geld, wenn er in einem anderen Land so viel verdient wie du. Jeder. Nur du nicht. Nicht dass wir es bräuchten, nein, nein, wir kommen auch gut ohne dein deutsches Geld aus, aber es ist eine Frage des Respekts für seine Familie. Was haben wir dir eigentlich getan, dass du uns so schlecht behandelst?«

Es wäre nun an der Zeit gewesen, die Wahrheit zu sagen und einzugestehen, dass er erstens bei weitem nicht so viel verdient hatte, wie er in den Briefen immer hatte glauben machen wollen, und dass er zweitens gar nicht vorgehabt hatte, zurückzukommen, sondern nur hier war, weil Ugo ihn auf die Idee gebracht hatte. Stattdessen stand er langsam auf, ging in das Zimmer, in dem Furio seinen Platz im Hochbett eingenommen hatte, und entnahm seinem Koffer eine große Tüte. Darin bewahrte er, der immer noch kein Konto besaß und in Oldenburg ja nun keine Bleibe mehr hatte, wo er das Geld hätte lassen können, sein Erspartes auf. Er nahm die Tüte und kehrte schweigend ins Wohnzimmer zurück. Er stülpte die Tüte um und sein Geld fiel auf den Tisch zwischen Tomatensalat und Brotkrümel. Keiner sagte ein Wort. Antonio genoss diesen Augenblick des staunenden Schweigens, der seiner Vorstellung von einem großen Auftritt sehr nahe kam. Er setzte sich wieder und aß weiter, während sein Vater einen Zehnmarkschein aufhob und gegen das Licht hielt.

»Ist das viel?«, fragte Calogero, der nichts von Geldscheinen verstand, weil er in der Bank nie mit Banknoten in Berührung kam.

»Ja, sehr viel. Ungefähr eine halbe Million Lire«, übertrieb Antonio mit gespielter Beiläufigkeit und riss ein Stück Weißbrot vom Laib.

»Passt also mit dem Geld ein bisschen auf und macht es nicht schmutzig. In Deutschland benutzen sie nur sauberes Geld, da wollen die keine Flecken drauf haben. Überhaupt ist es dort viel sauberer als hier.«

Zumindest Calogero, der immer noch eine große Bewunderung für alles Deutsche empfand, war mit diesen Worten neugierig gemacht – und mit dem Geldsegen versöhnt. Antonio erzählte den ganzen Abend von Deutschland, wo jeder einen großen Wagen fuhr, wie es sie in Italien kaum gab, und die meisten Familien in eigenen Häusern wohnten, die dicht an dicht in den Vorstädten entstanden.

Nur Raffaele empfahl sich und ging nach Hause zu seiner Frau, die er vor einiger Zeit geheiratet hatte. Er war nicht so leicht zu beeindrucken wie seine schafsgleichen Geschwister und seine Eltern. Als älterer Bruder hatte er das Recht gehabt, etwas Besonderes zu sein, nämlich Wortführer und Hauptakteur des Familienlebens, aber Antonio hatte ihm dieses Privileg geraubt und das konnte er ihm nicht verzeihen. Schon während seiner Abwesenheit war Antonio immer wieder das Hauptthema der Gespräche gewesen. Und nun, da er leibhaftig zurückgekehrt war, sollte sich die Situation nicht bessern, sie verschärfte sich nur mit jedem Tag, den er blieb, denn natürlich wollten alle Nachbarn, wollte jeder Bäcker und Metzger im Ort wissen, wie es in Deutschland war und was für Abenteuer Antonio in diesem kalten Land erlebt hatte. Raffaele zog sich zurück und tauchte erst wieder auf, nachdem Antonio abgereist war.

Dieser beendete seinen Besuch mit einem Triumphzug durch die Stadt. Es war letztlich ganz so, wie er es sich immer gewünscht hatte. Heimlich gehen und unheimlich wiederkommen. Auf dem Weg zum Zug nahm er nicht weniger als neun Proviantpakete entgegen und fühlte sich wie ein Filmstar, als noch ein Foto gemacht wurde, das anderntags in der Zeitung erschien. Überschrift: »Campobassos Sohn auf dem Weg nach Deutschland«

Nicht einmal das Militär machte ihm jetzt noch Angst, denn erstens hatte es sich als unwahrscheinlich herausgestellt, dass man ihn jetzt noch einzog, weil es ausreichend Rekruten gab und der Verwaltungsaufwand, ihn aufzuspüren und einzuberufen, die Grenzen des Möglichen einer italienischen Behörde sprengte. Und zweitens war er im Besitz einer gültigen Aufenthaltserlaubnis, die es ihm erlaubte zu pendeln, ohne Fragen gestellt zu bekommen.

Der Besuch zu Hause tat ihm gut und er beschloss, nun regelmäßig eine Kostprobe seines Erfolges zu geben. Wenn es ihn auch jedes Mal eine Stange Geld kostete, so war der Verlust seiner Barschaft nichts, verglichen mit der Gegenleistung, die aus Bewunderung, manchmal sogar aus Neid bestand, den er fast noch mehr schätzte, weil er die Tiefe dieser Empfindung deutlicher spürte.

Die aufpeitschende Wirkung seiner Reise klang rasch ab, als er wieder in Oldenburg ankam. Die paar Kleinigkeiten, die er Rocco zur Aufbewahrung überlassen hatte, standen von Fett überzogen in einer Ecke der Küche der *Kombüse*. Antonio hatte die Wohnung des Kochs verlassen aufgefunden und sich, weil er nicht wusste, wohin er sonst gehen sollte, ins Restaurant begeben.

»Er ist weg«, schimpfte Herr Ringel, der Chef. »Einfach abgehauen, lässt mich hier mit meinen Hühnern im Stich. Der eine stirbt, der Nächste verschwindet bei Nacht und Nebel. Mit den Italienern bin ich fertig.«

Obwohl Antonio Italiener war, konnte er Herrn Ringels Enttäuschung gut verstehen und sah ihm die letzte Bemerkung nach.

»Er hat dir einen Brief hinterlassen.«

Antonio riss ihn auf und las: »Lieber Freund, ich

habe eine andere Stelle gefunden. In einem richtigen Restaurant. Es gehört Chiaras Cousin und es ist in Krefeld. Da kann ich richtig kochen, italienische Spezialitäten. Die Stadt ist zwar nicht so schön wie Oldenburg (und bestimmt nicht so einmalig wie die bedeutende historische Ritterstadt Campobasso, von der du mir so viel erzählt hast), aber sie ist so groß, dass es hier immer eine Arbeit gibt. Komm mich doch einmal besuchen.« Darunter stand eine Adresse in der Jägerstraße in Krefeld.

Antonio nahm Baffones und seinen Koffer und gab Herrn Ringel die Hand.

»Danke fur *tutto,* Signor Ringele, mussen gehen.«

»Was ist denn jetzt los? Ihr Itaker raubt mir den letzten Nerv. Erst wollt ihr unbedingt Arbeit, dann pfeift ihr drauf und haut einfach ab.«

»Tute mir Leid, mussen gehen.«

»Ach, dann hau doch ab!«, schrie Ringel und schlug die Küchentür zu.

Antonio lief wieder zurück zum Bahnhof und erkundigte sich, wo genau Krefeld lag. Er kaufte eine Karte und fuhr über Münster, Recklinghausen und Duisburg an riesigen Schloten, Schornsteinen und glühenden Stahlwerken vorbei nach Krefeld, wo er sich bis zur Jägerstraße durchfragte und schließlich bei Rocco klopfte, der mit Chiara in einem ansehnlichen Mietshaus wohnte. Es war niemand da, und weil er die Adresse des Restaurants nicht kannte, machte er es sich auf der Treppe gemütlich. Er hatte wohl zwei Stunden dort geschlafen, die Koffer dabei fest umklammert gehalten, als ihm jemand gegen die Schuhe trat. Auf Italienisch rief ihn jemand an.

»He, du da, hier wird nicht gepennt. Das ist ein ordentliches Haus.«

Als Rocco seinen Freund erkannte, hob er ihn hoch, stellte ihn mit den Füßen auf den Boden und umarmte ihn heftig. Antonio blieb einige Wochen und arbeitete wieder als Kellner. Sein funkelnder Charme kehrte zurück und alle waren zufrieden. Bis auf Chiara, die zunehmend flüsternd und zischend mit ihrem Mann sprach, weil sie nur noch ein Thema hatte, und das war Antonios – wie sie fand – dreiste Art und Weise, ihre Gastfreundschaft bis zur Neige zu beanspruchen.

»Er muss weg«, drohte sie Rocco eines Nachts, als sie nicht schlafen konnten, weil Antonio im Wohnzimmer schnarchte, als gelte es, einen Schinken damit zu gewinnen.

»Oder ich bin weg.« Das war zwar eine leere Drohung, aber sie verfehlte ihre Wirkung nicht.

»Du musst weg!«, rief Rocco am nächsten Tag durch das Fenster der Küche, den Lärm der Töpfe und Pfannen übertönend, und gab Antonio die *scaloppine al limone* für Tisch drei in die Hand.

»Oder sie ist weg.«

»Was sagst du?«

»Du musst weg oder Chiara geht. Ich muss mich entscheiden.«

»Und wie entscheidest du dich?«, fragte Antonio naiv.

»Sie hat die schöneren Beine, das musst du einsehen.«

»Irgendwie stehst du immer auf der Straße.«

»Damals gab nur Wucher die vermietet an junge Geselle wie miche. Habber keine Wohnung gefundene ohne weiteres. Ursula war meine Wohnungsschlüssel.«

Sehr charmant, wirklich.

»Wie hast du denn Ursula kennen gelernt?«

»Karneval habbe kenne gelernte. Erzähle ich dir morgen.«

Er zahlt, wir gehen, Daniele winkt.

Ich muss zurück, ich habe eigentlich gehofft, wir könnten abends fahren, vielleicht die Nacht durch, doch daraus wird nichts. Noch einen Tag gebe ich ihm. Aber dann müssen wir nach Hause, nichts zu machen.

Nonna Anna hat Besuch von einer Nachbarin. Sie heißt Aurora und hat ein dickes Kind von nicht definierbarem Geschlecht dabei, das während des ganzen Besuches auf einen piependen Gameboy starrt und die Jacke anbehält.

Nonna Anna und Aurora sitzen am Tisch und unterhalten sich leise. Sie nehmen keinerlei Notiz von unserer Anwesenheit. Vor ihnen steht ein Teller, dazu eine Flasche Öl und ein Glas Wasser. Daneben liegt eine Schere. Nach allerhand aufgeregter Konsultation nimmt Nonna Anna das Öl zur Hand und gießt einige Tropfen in den Teller. Antonio erklärt mir, was das Ganze soll. Es handelt sich nämlich um ein probates Mittel gegen Flüche. Dabei gießt man also ein wenig Öl auf einen Teller, das sich darin ausbreitet.

Danach fügt man einen Tropfen Wasser hinzu und beobachtet, was passiert. Wenn sich der Tropfen teilt, dann wirkt der Fluch nicht. Wird er jedoch größer, ohne sich zu spalten, tja, dann sieht es schlecht aus, wie im Falle von Aurora, deren stummes Grauen vom Piepen des Gameboys untermalt wird.

»Machte gar nichts«, flüstert Toni. »Nonna hatte ihre Mittel.«

Nonna Anna greift zur Schere und schneidet den Wassertropfen durch. Fluch gebannt, so einfach kann Erlösung sein.

Zehn

Die Konkurrenz zwischen Antonio und seinem älteren Bruder Raffaele ist spürbar, wann immer die Tür aufgeht und Raffaele seine Mutter besucht. Mich beachtet er kaum, ich bin für ihn ein Niemand. Anders als Matteo oder Marias Ehemann Egidio, die mich gerne zu Stadtbummeln oder kurzen Kneipenbesuchen mitnehmen, wo ich dem Strom der Worte zuhöre, Bier aus der Flasche trinke, MS-Zigaretten rauche und freundlich nicke, wenn mich irgendeiner rau und zahnlos anspricht, ist Raffaele auf eine lauernde Art zurückhaltend. Er küsst mich zur Begrüßung nur einmal, nicht zweimal wie die anderen. Und er starrt mich beim Essen an, das habe ich schon einige Male gemerkt. Kurz gesagt: Ich mag ihn nicht.

Und er mag mich nicht. Dass ich andere in der Familie vorziehe, spürt er, und das macht die Stimmung nicht besser, die ohnehin schon gespannt ist, sobald Raffaele irgendwo auftaucht. Er brüstet sich damit, dass er in seinem ganzen Leben noch nie gearbeitet hat, was Antonio als Deutscher ehrenhalber natürlich typisch italienisch findet, und das sei der Grund, dass es in diesem Land immer nur bergab gehe.

Raffaele Marcipane ist ein Macho alten Zuschnitts. Die meisten Europäer finden es heutzutage chauvimäßig, wenn der Mann abends nach Hause kommt und zur Begrüßung ruft: »Schatz, was gibt's zu essen?« Bei Raffaele ist es so, dass nicht er, sondern seine Frau abends nach Hause kommt und er zur Begrüßung ruft: »Schatz, was gibt's zu essen?« Diese Steigerung des *machismo* in die Unterdrückung der Frau fällt selbst jemandem wie Antonio auf und das will nun wirklich etwas heißen.

Vor einiger Zeit erreichte Raffaele das Rentenalter, und als er keinen Brief erhielt, in welchem ihm die Höhe seiner künftigen Bezüge oder der Beginn seines Pensionistendaseins mitgeteilt wurde, ging er höchstpersönlich zum Amt, um diesen Sesselfurzern die Meinung zu geigen. Der Beamte sah überall nach und erklärte Raffaele schließlich, dass er keinen Bescheid bekommen habe, weil aus den Unterlagen nicht ersichtlich sei, dass er ein Anrecht auf eine Rente habe.

»Was soll denn das heißen?«, erzürnte sich Raffaele und kramte seinen Pass hervor, um dem Beamten anhand seines Geburtsdatums das Gegenteil zu beweisen.

In einer mühsamen Beweisführungskette legte der Beamte Raffaele nun auseinander, dass sich alleine vom Erreichen des Rentenalters noch lange kein Rentenanspruch ableiten lasse und dass man erst einmal arbeiten müsse, um in den Genuss der von der Allgemeinheit füreinander erwirtschafteten Rente zu gelangen. Zwischendurch beleidigte Raffaele den armen

Mann mit Schimpfwörtern wie »Lump«, »Flegel«, »Angeber« oder »Gernegroß«. Als nun der Moment kam, in welchem der immer kleinlauter werdende Beamte ihm erklärte, dass er eben hätte arbeiten müssen, unterbrach ihn Raffaele und schrie: »Ja, was glaubst du denn, wer das Kirchendach gedeckt hat? Und wer in Klein Baffones Autowerkstatt den Montagegraben ausgebuddelt hat? Hä?«

»Dafür sind Sie also bezahlt worden?«, fragte der Beamte listig.

»Ja, worauf du einen lassen kannst, du Stinktier.«

»Ich nehme also zur Kenntnis, dass Sie Ihren Lebensunterhalt in weiten Teilen durch Schwarzarbeit bestreiten.«

»Es hat mir ja niemand gesagt, dass ich dafür keine Rente kriege«, sagte Raffaele leiser und schaltete angesichts der Schwierigkeiten, in die er sich nun manövrierte, vorsichtshalber einen Gang zurück und in eine Art Jammerton um, der ihm vor zwei Jahren immerhin vierzig Prozent Rabatt beim Kauf eines neuen Esstisches eingetragen hatte.

Der Beamte klappte seine Unterlagen zu und beschied ihm knapp: »Sie hören von uns.«

Die erhoffte Rente kam nicht, dafür eine Vorladung wegen Schwarzarbeit, die man im vereinten Europa und in einem modernen Italien wehrhaft zu bekämpfen trachte, wie man ihm auf Nachfrage mitteilte. Kein Wunder, dass Raffaele nun öfter und meistens ungefragt mitteilt, mit diesem Staat sei er fertig und ihn könne Italien getrost am Arsch lecken und Europa sowieso mit seinen Dänen und Spaniern. Allerdings ist mir bis heute nicht ganz klar, ob Raffaele von Anfang an genau wusste, dass er kein Recht auf Rente hatte, und es bloß einmal versuchen wollte, oder ob ihm tatsächlich nicht klar war, dass man erstens arbeiten muss, um Rente zu erhalten, und zweitens keinesfalls schwarz. Auch wenn ich inzwischen für mich in Anspruch nehmen kann, dass ich mich ganz gut in dieser Familie auskenne, so bleiben mir derartige Feinheiten immer noch verborgen. Ich habe jedoch den tröstlichen Eindruck, dass dies selbst manchen Italienern miteinander so ergeht.

Raffaele wurde schließlich zu einer schmerzhaften Geldstrafe verurteilt und weigert sich seitdem, für den Bus zu bezahlen. Aus Rache an der Gesellschaft trampelt er auch durch öffentliche Blumenbeete und lehnt es ab, staatlichen Einrichtungen zu spenden, was er auch vorher nicht getan hat, es damals nur noch nicht mit den Schmerzen begründete, die ihm dieses Land zugefügt hat.

»Willkommen im Paradies«, trällert Daniele zur Begrüßung, als wir die Tür zu seiner Bar öffnen. Sie ist eine der kleineren Bars in Campobasso. Und die Lage, weit entfernt vom brummenden Betrieb auf dem *corso,* hindert ihn daran, das große Geschäft zu machen. Dafür ist seine Bar ruhig und friedlich. Meistens stehen nur ein paar Nachbarn mit müden Gesichtern am Tresen, Geschäftsleute, die rasch einen *tramezzino* brauchen und einen Kaffee-Kick.

»Guten Morgen und auf Wiedersehen«, grüßt Toni

zurück. »Wir sind hier, um uns zu verabschieden. Mein lieber Junge hier und ich müssen leider wieder zurück. Meine Geschäfte warten.«

Seine Geschäfte, na, so was!

Wir setzen uns an unseren Stammplatz und brauchen nicht zu bestellen, denn Daniele bringt ohnehin unaufgefordert den Kaffee und stellt zur Feier des Tages noch zwei Bomben – mit Vanillecreme gefüllte Krapfen – beträchtlichen Ausmaßes daneben.

»Wo warene wir, liebe Jung?«

»Karneval 1965, Ursula«, sage ich im Stichwortton.

Antonio machte sich nicht viel aus Fasching. Für ihn waren es allenfalls laute Tage, die nichts als Arbeit verhießen. Mit der berühmten rheinischen Fröhlichkeit konnte er zwar durchaus etwas anfangen, aber die Kostümierung ließ ihn kalt. Er hielt es für albern, sich zu verkleiden, bloß um dann im Schunkelrhythmus Hintern an Hintern auf zu schmalen Bierbänken zu hocken und sich mit Bier abzufüllen. Das konnte man doch auch das ganze Jahr über machen, ohne dabei auszusehen wie ein Pirat oder Clown oder Araber.

Auf Weisung von Chiaras Cousin Michele, dem das *Ristorante da Michele* gehörte, musste sich auch dessen Belegschaft in ein Kostüm nach Wahl begeben. Antonio besorgte sich von einem Nachbarn in der Pension, in der er zu einer akzeptablen Miete ein Zimmerchen unter dem Dach bewohnte, ein gelbes Hemd, kaufte einen schwarzen Hut aus Filz – es gab keinen braunen – sowie Spielzeugpistole, Patronengürtel und ein schwarzes Halstuch und ging als Tex, den hier in Krefeld natürlich kein Mensch kannte.

Am Rosenmontag, dem 1. März 1965, brachte er ein Tablett voller Altbier an einen besonders lustigen Tisch, an dem sieben junge Frauen ohne Herrenbegleitung saßen, was Antonio sehr ungewöhnlich, aber umso interessanter fand. Besonders das Mädchen ganz rechts außen fiel ihm auf, weil es nicht ganz so panisch lachte und auch nicht wirklich verkleidet war. Sie trug ein vollkommen unlustiges Kostüm und dazu einen gelben Chiffonschal. Lediglich das Papierhütchen mit dem rosafarbenen Schleier wies sie als Teilnehmerin dieser Expedition aus, die erkennbar auf Männerfang war. Den Schleier lüftete sie nur, um von ihrem Bier zu trinken, und klappte ihn dann eilig wieder herunter, als sorge sie sich, dass ihre ohnehin dürftige Verkleidung dann jegliche Wirkung verlor und jemand am Ende noch dachte, sie trage diesen Hut immer.

Antonio beachtete sie mit seiner ganzen Höflichkeit, und als sie schließlich etwas auftaute, fragte er sie nach ihrem Namen. Sie hieß Ursula Holtdorf und war Verkäuferin in einem Spielzeugladen. Die Damen waren Kolleginnen und hatten sie zu dieser Sause quasi gezwungen. Ursula hielt sich nicht für sonderlich unwiderstehlich und wäre lieber zu Hause geblieben. Männer waren ihr zwar nicht egal und sie hatte auch schon Beziehungen gehabt, jedoch verliefen diese immer nach dem gleichen Schema, in welchem es wohl einfach dazugehörte, dass man sie nach einer Weile sitzen ließ. Dieser Kellner, der ihr da ständig zuzwinkerte und absichtlich vergaß, ihre Biere auf dem Deckel zu markieren, war sicher auch einer von diesen Kerlen. Ursula wollte nach Hause.

»Nein, bitte bleiben. Bleiben hier, dassi Sie ansehene kann.«

Ursula wollte aber nicht angesehen werden. Zu Hause in ihrer kleinen Wohnung wartete noch eine wichtige Angelegenheit auf sie. Sie musste einen Brief schreiben, und zwar auf Französisch. In ihrem letzten Urlaub, den sie mit ihrer Mutter der guten Luft wegen in der Bretagne verbracht hatte, hatte sie einen Mann kennen gelernt, der sie am Ende auf besonders gemeine Art abservierte und auch noch bestohlen hatte. Ihr fehlte eine Halskette und die wollte sie unter allen Umständen zurückhaben. Sie kannte seine Adresse und machte sich daran, ihm zu schreiben. Ihre Kenntnisse der französischen Sprache waren gering, und deshalb nahm dieser Brief eine ganze Woche in Anspruch, ohne dass sie ihn abschickte, denn sie war sicher, dass sich dieser Thierry bereits beim Lesen ihres Briefes scheckig lachen würde.

»Können Sie Französisch?«, fragte sie den Kellner mit den hellblauen Augen, die sie eindringlich ansahen.

»Natürrlisch«, antwortete dieser und ahmte den französischen Akzent nach.

»Wirklich? Könnten Sie mir vielleicht mit einem Brief helfen? Mit einem sehr persönlichen Brief?«

»Gerne, komme Sie ubermorgen, da alle sind mit Kopfschmerzene zu Hause und kanni helfen.«

»Wie heißen Sie?«

»Anton von Marzipan«, sagte er, weil er festgestellt hatte, dass sein Name, elegant eingedeutscht, mehr noch als in Italien einen guten Einstieg in ein Gespräch mit Frauen bot. Das »von« machte zudem sozusagen Edelmarzipan aus ihm.

»Das ist doch nur ein Spaß!«, rief sie und lachte, auch wenn der Blick des Mannes sie verunsicherte, wie er ernst auf ihren Augen ruhte und sie zu durchleuchten schien.

»Keine Spaß. Komme Sie Aschermittwoche und i zeige der Beweis in meiner Hose«, womit er sagen wollte, dass er seinen Ausweis dann in der Hosentasche haben würde.

Sie verstand ihn natürlich falsch und blieb zu Hause. Als sie drei Tage später den Brief immer noch nicht fertig hatte, fasste sie sich ein Herz und ging ins *Da Michele*, wo sie den Herrn von Marzipan gleich wiedererkannte. Dieser begrüßte sie überschwänglich und setzte sie an den besten Tisch, wo er alle fünf Minuten aufkreuzte, um ihr zu versichern, dass er jede Menge Zeit habe und sie natürlich auf seine Kosten speisen durfte.

Schließlich setzte er sich zu ihr und sie schilderte ihre Angelegenheit, die Antonio dann und wann mit einer drohenden Faust kommentierte, die er gen Himmel hob. Er sagte auch »Oh, diese Schufte, diese Gauner, der französisch.« Dann bot er ihr an, jetzt sofort und mit noch frischer Wut einen Brief zu verfassen, der diesem Thierry eine solche Furcht einflößen würde, dass dieser unverzüglich den Schmuck wieder herausrückte. Antonio brachte Papier und einen Füllhalter an den Tisch und schrieb, was ihm Ursula diktierte. Als sie geendet hatte, unterschrieb er in ihrem Namen, las noch einmal sorgfältig nach Fehlern, faltete den Bogen und steckte ihn in einen Umschlag. Auf seinen Vorschlag hin adressierte er den Brief, damit Thierry nicht merkte, dass er nicht ihre Handschrift trug, und schrieb auf die Rückseite ihren Namen und ihre Adresse.

Dann wünschte er ihr viel Glück und bat sie, doch bald wieder vorbeizukommen und ihm mitzuteilen, wie Thierry aus Paimpol in der Bretagne auf ihr gemeinsames Werk reagierte.

Antonio lacht kurz heulend auf und hält inne. Er bereitet eine Pointe vor, ich kann es genau spüren. Aber er sagt nichts. Also versuche ich, in seinen Augen zu lesen, worum es nun gerade geht. Ich soll ihm eine Frage stellen.

»Du kannst Französisch?«

Volltreffer. Laute Sirene eingeschaltet, heftiges Kopfschütteln, weiter geht's.

Es wäre ein kleines Wunder gewesen, wenn dieser Thierry sich gemeldet hätte, denn niemand auf der ganzen Welt konnte auch nur ahnen, was in dem Brief stand, den Antonio ihm geschrieben hatte. Antonio konnte ungefähr so gut Französisch, wie eine Sau Rad fahren kann, und hatte dem Franzosen irgendein Kauderwelsch gekritzelt. Er wollte bloß nicht, dass Ursula weiter Kontakt mit diesem Burschen hielt.

Als die enttäuschte junge Frau zwei Wochen später wieder im *Da Michele* auftauchte und berichtete, dass sich Thierry leider nicht gerührt habe und sie nun die Halskette wohl abschreiben müsse, lud er sie zum Trost für das Wochenende zum Spazierengehen ein.

Man fuhr mit dem Bus in den Stadtpark, und dort umscherzte Antonio die junge Frau so lange, bis sie endlich lachte und seine Hand nahm, als er sie durch eine Pfütze führte. Als sie einander nach sieben Tagen wieder trafen, schenkte er ihr eine silberne Halskette mit einem scheußlichen Anhänger, die sie unter Tränen der Rührung annahm. Vier Monate später heirateten sie.

Er hat ihr nie von seinem Trick mit dem Brief erzählt, aber all ihre Versuche, ihn später zu einem Urlaub in Frankreich – wo er doch so gut Französisch sprechen könne – zu überreden, schlugen fehl. Auf wundersame und auch für ihn traurige, ja schmerzliche Weise waren seine sämtlichen Kenntnisse der französischen Sprache über Nacht verschütt gegangen.

»Was haben Nonna Anna und Calogero zu eurer Hochzeit gesagt?«, frage ich Antonio, dessen Auftritt längst zur Legende geworden ist. Ich denke, es muss doch toll gewesen sein, mit seiner Familie zu feiern.

»Habbe uns eine Geschenke gemacht, aber konnten nicht kommen«, antwortet er so knapp, dass ich mir denken kann, wie sehr ihn das verletzte.

Antonio und Ursula waren so glücklich, wie man nur sein kann, wenn man bedenkt, dass ihre Liebe nur für sie selbst selbstverständlich war. Ursula wurde in ihrem Spielzeuggeschäft offen angefeindet, weil sie es wagte, einen Ausländer zu lieben und auch noch zu heiraten. So etwas gehörte sich nicht, und man vergalt es ihr, indem man sie schnitt und ihr nicht sagte, wenn ihr Mann im Geschäft war, um sie abzuholen. Wann immer Antonio in der Tür stand und Ursula ihn nicht sofort erspähte, wurde sie von der Chefin ins Lager oder in den Keller geschickt; dann konnte er sich die Beine in den Bauch stehen, bis sie endlich zurück war. Wenn er sich nach ihrem Verbleib erkundigte, ignorierte man ihn, so lange es ging, oder beantwortete seine Bitten so langatmig und schwierig, dass er die Antwort nicht verstand und höflich nickte.

Aber Anton von Marzipan beschwerte sich nicht. Es war nicht einmal sicher, dass er die Beleidigungen, die man ihm zumutete, überhaupt zur Kenntnis nahm. Er schritt einfach langsam durch die Regale, betrachtete die Holzfiguren und Eisenbahnen und summte dabei eine leise Melodie. Wenn Ursula endlich auftauchte und ihn erschrocken fragte, wie lange er diesmal auf sie gewartet habe, sagte er nur: »Gar nichte gewartete. Binne Kunde und schaue mi nur um, mit Ihre Erlaubnis, schöne, gnädige Frau.« Genau dafür liebte sie ihn.

Die Lage in Ursulas Wohnung, in der nun auch Antonio hauste, spitzte sich zu, als der Hausbesitzer verbot, dass ihr gemeinsamer Name an die Klingel geschraubt wurde, weil er zwar zu dulden habe, dass ein Ausländer in seinem Haus wohnte, doch das müsse nun wirklich nicht auch noch jeder wissen. Das Paar beschloss also, eine eigene Wohnung zu mieten, denn Anfang 1966 war nicht mehr zu übersehen, dass die Familie Marcipane bald mehr Platz brauchte.

Die Nutte, wie Ursula an ihrem Arbeitsplatz selbst dann genannt wurde, wenn sie dabei war, schämte sich für die Intoleranz der Menschen, von denen sie ein halbes Leben lang gedacht hatte, dass sie anständige Nachbarn, Kollegen und Freunde seien. Wenn Ursula abends zu Hause weinte, beruhigte Antonio sie und tröstete sie damit, dass es jedem Fremden in der Fremde so ergehe, das gehöre nun einmal zum Wesen des Fremdseins, und wenn er eines Tages allen vertraut sei, dann werde sich das auch legen. Eigentlich wusste er aber, dass das nicht stimmt. Er dachte an seinen Vater und daran, wie er sein Leben lang ein Fremder geblieben war. Warum sollte es hier anders sein als in Campobasso?

Niemand wollte den beiden eine Wohnung vermieten. Schließlich willigte Antonio in eine schon sittenwidrige Kaution ein und bezahlte dreitausend Mark an einen in breitem Krefelder Dialekt sprechenden Schnauzbart, der das Ehepaar Marcipane seine neue Wohnung zwar vor der Vertragsunterzeichnung nicht besichtigen ließ, dafür jedoch versprach, den Schimmel in der Schlafzimmerwand bald zu beseitigen, was natürlich nie geschah.

Mit der Geburt von Lorella, Saras großer Schwester, kündigte Ursula im Spielzeugladen und erlebte so die Folgen des verheerenden Brandes nicht mit, der die unterversicherte Firma *Spielwaren Berger* nur Tage später in den Ruin führte. Es musste Brandstiftung gewesen sein, auch wenn sich keine eindeutigen Spuren mehr dafür finden ließen. Jedenfalls brach das Feuer den Schäden nach zu urteilen wohl bei den Holzfiguren und den Eisenbahnen aus, von wo es sich durch alle Stockwerke fraß. Zum Glück wurde niemand verletzt. Als Ursula Antonio von dem Desaster aus der Zeitung vorlas, zuckte er bloß gelangweilt die Schultern und sagte: »War paar Male dorte, aber hatte keine gute Verkäufer ohne die Manieren. Habi nie was da gekauft.«

Er brauchte einen neuen Job, denn als Kellner lebte er fast nur von Trinkgeldern. Seine Familie konnte er auf diese Weise nicht versorgen. Und er war, auch wenn er es inzwischen fast vergessen hatte, Schlosser und Dreher mit einer besonderen Befähigung für technisches Zeichnen. Er war doch jemand, ein Spezialist, ein Fachmann aus dem Süden. Also begab er sich offiziell auf Stellensuche und fand tatsächlich nach kurzer Zeit eine Anstellung in einem Stahlwerk, leidlich gut bezahlt und nicht zu weit entfernt von seiner Wohnung. Er machte den Führerschein und kaufte im Jahr darauf einen Ford Taunus, sein erstes Auto, mit dem er im Sommer 1967 seine erste Fahrt in den Süden antrat.

Worte können den Stolz und das Glück nicht beschreiben, das ihn erfüllte, als er hupend in die Via Tiberio einbog. Dem Taunus folgte ein Opel Rekord, dessen enorme Geschwindigkeit Antonio fast ebenso die Sinne schwinden ließ wie die Geburt seiner zweiten Tochter Sara.

Wieder gingen die Marcipanes auf Wohnungssuche. Und erneut machten sie die Bekanntschaft von jovialen und überaus freundlichen Vermietern, die ihnen zu ihrem Bedauern mitteilten, dass die inserierte Wohnung gerade an ein deutsches Ehepaar vermietet worden sei. Bedauerlich, auch wegen der beiden süßen Kinder, wie es dann noch süffisant hieß. Antonio schien sich nicht an diesen Unverschämtheiten zu stören. Er entschied, dass der Mietmarkt für ihn keine geeigneten Objekte anbot, und diese Verdrehung der Tatsachen ließ für ihn nur *einen* Ausweg aus der Misere zu: Wenn es für ihn keine Wohnung gab, dann musste er eben eine bauen.

Also erkundigte er sich nach Grundstücken und landete schließlich mit einem Makler auf einem matschigen Acker, der soeben als Neubaugebiet erschlossen würde und auf dem er sich den Grund für ein Reihenhaus aussuchen konnte, weil noch keine einzige Parzelle verkauft war. Das lag wohl auch daran, dass hier wie in vielen Lagen am Niederrhein das Grundwasser durch den lehmigen Boden drückte und ein Bauherr viel Geld zu investieren hatte, wenn er Wert auf einen trockenen Keller legte. Er entschied sich für ein Reihenendhaus, weil der Garten größer war und zumindest auf einer Seite um das Gebäude herumführte, es sozusagen in ein zur Hälfte frei stehendes Haus verwandelte. Dieser Umstand verleitete Antonio dazu, in späteren Jahren immer von »seine kleine Villa« zu sprechen, wenn er von seinem Haus erzählte.

Der Bankkredit wurde zu ungünstigen Konditionen geschlossen, denn Herr Schulze von der Kreditabteilung sah in dem Umstand, dass Antonio Ausländer war, ein erhöhtes Risiko für sein Institut. Antonio lernte im Gespräch mit Herrn Schulze die Feinheiten der deutschen Sprache kennen, die ihm bis heute Fallen stellt. Das ist auch nicht so schwer, denn wie soll ein einigermaßen empfindsames Gemüt ein so abweisendes Wort wie zum Beispiel »Fremdenzimmer« nicht als Anschlag auf seine Seele werten? Oder Graupelschauer. Oder Eisbein.

Herr Schulze von der Kreditabteilung der Bank war ein schicker junger Mann, etwa im gleichen Alter wie Antonio. Aber er saß auf der anderen Seite des Tisches.

»Sie sind doch Gastarbeiter, nicht wahr?«, eröffnete er das Gespräch.

»Ja, binne Gastarbeiter un schon bald zehn Jahre hier.«

»Sehen Sie: Gastarbeiter ist ein zusammengesetztes Hauptwort.«

»Auptewort«, wiederholte Antonio und nickte, als habe er richtig verstanden.

»Es besteht aus den Substantiven Gast und Arbeiter, und das bedeutet, dass Sie hier nur zu Gast sind und hauptsächlich arbeiten. Verstehen Sie?«

»Verstehe«, log Antonio und sah Hilfe suchend zu seiner Frau hinüber, die sich genau vorstellen konnte, was Herr Schulze meinte.

»Arbeiten soll der, nicht deutsche Frauen schwängern und sich in deutschen Wohnsiedlungen breit machen«, brach es aus ihr heraus. Sie war oft genug als Flittchen beleidigt worden und spürte inzwischen sehr genau, wann jemand dazu ansetzte, sie zu beleidigen. Sie begann zu weinen. Antonio verstand nicht, was sie gesagt hatte, und er wusste nicht, was er tun sollte, also lächelte er freundlich und spielte mit einem Radiergummi, den er in einer Hosentasche gefunden hatte.

»Aber liebe gnädige Frau, so war das doch nicht gemeint«, bemühte sich Herr Schulz. »Ich meine doch nur, dass man nicht genau wissen kann, wie lange Herr Marcipane noch bei uns zu Gast sein wird. Vielleicht möchten Sie bald mal nach Italien ziehen, und da haben wir schon erlebt, dass Kreditverträge nicht mehr eingehalten werden.«

Die Familie Marcipane erhielt das Geld zu einem Zinssatz, der die Kosten des Hauses annähernd verdoppelte. Antonio war es egal. Er freute sich darüber, dass Lorella und Sara von dem netten Mann noch je ein Sparschwein und einen Luftballon bekamen. Und zwar umsonst.

Als das Heim fertig war, dessen Innenausbau Antonio, um Kosten zu sparen, weitgehend selbst übernahm, standen die umliegenden Häuser bereits. Niemand brachte den Marcipanes Brot und Salz. Niemand stieß mit ihnen auf gute Nachbarschaft an. Antonio berührte das im Gegensatz zu seiner Frau nicht, denn seit seiner Begegnung mit Heinz Krawczyk aus Osnabrück hatten die so genannten anderen für ihn keine Bedeutung mehr. Auch der Vermieter der Wohnung, von dem er die dreitausend Mark Kaution nicht zurückbekam, weil dieser ihm vorhielt, er müsse ja den von Antonio verursachten Schimmel im Schlafzimmer von diesem Geld beseitigen, war ihm egal. Ursula hätte den Mann am liebsten verklagt, aber Antonio beruhigte sie: »Der Type iste eine arme Kerl, kanner die Wohnung nie mehr vermieten.«

Dies traf tatsächlich zu, denn irgendjemand drehte kurz nach dem Auszug der Marcipanes im Keller des Hauses sämtliche Wasseranschlüsse auf, was mehrere Tage unbemerkt blieb und der maroden Bausubstanz des Gebäudes den Rest gab. Es musste auf Kosten des Besitzers zur Hälfte abgerissen und restauriert werden. Der Schaden ging in die Hunderttausende.

Wenn für die Menschen im Allgemeinen der Lehrsatz gilt: »Die Hölle sind immer die anderen«, so lautet er für Antonio: »Die anderen sind immer in der Hölle.« Er selbst lebt im Himmel eines kleinen Reihenhäuschens und lacht sein Sirenenlachen.

»Das war«, sagt Antonio und schiebt seine Tasse beiseite. »Nu könne wir gehen.«

»Fahren wir nach Hause?«, frage ich. Noch einen weiteren Tag kann ich nicht wegbleiben, will aber auch wissen, was in den vergangenen knapp dreißig Jahren mit Antonio passiert ist.

»Nix passierte. Nix Wichtiges. Alles Wichtige habbi dir erzählte. Jetzt kommte nix mehr, nur: Amen.« Dabei bekreuzigt er sich und lacht kurz.

Heftige Umarmung mit Daniele, auch von mir, und dann steigen wir die Altstadt hinab, gehen ein letztes

Mal am Vico Vaglia No. 9 vorbei. Antonio klopft an die Hauswand und sagt: »So, nun mussi nie wieder hierher kommene.«

»Warum nicht? Ist doch schön hier.«

»Ja, schön iste, aber iste Vergangeheit. Seit heute iste für mich Vergangeheit. Und Vergangeheit iste wie dumme Salat, kann man nix mit anfangene.«

Wir packen unsere Koffer und Nonna Anna schenkt mir zum Abschied einen *panettone,* den ich im Fußraum des Beifahrersitzes verstaue. Noch am selben Abend fahren wir nach Hause. Das heißt: Antonio fährt. Ich liege auf dem Rücksitz und kann nicht schlafen. Ich denke über meinen Schwiegervater nach. Und über Calogero. Über das Fremdsein. Ich bin jetzt als einziger Mensch mit Antonios Geschichte vertraut. Ich bin ihm nicht mehr fremd. Das ist eine große Ehre. Da kann man auch mal mit sechzig Stundenkilometern über den Brenner fahren, ohne zu meckern.

Elf

Ich bin zu müde, um Sara alle Details meiner Reise mit Antonio zu erzählen. Probehalber frage ich sie jedoch, ob ihr der Name Piselli bekannt vorkomme. Ob sie schon einmal etwas von einem Baffone gehört habe und ob ihr das Restaurant *Kombüse* in Oldenburg etwas sage. Sie verneint, und auf meine Frage, was ihr Vater denn in den vergangenen dreißig Jahren von seiner Kindheit und Jugend erzählt habe, antwortet sie:

»Ich weiß eigentlich nur, dass er irgendeinem verarmten Adelsgeschlecht aus Sizilien angehört und sich schon in seiner Jugend bei den Sozialisten engagiert hat. Und dass er nach Deutschland gekommen ist, um Maschinenbau zu studieren, irgendwo in Ostfriesland.« Was wir denn die ganze Zeit da unten gemacht hätten, will sie wissen.

»Wir haben Kaffee getrunken.«

»Und? Was noch?«

»Männergespräche geführt. Mit Daniele. Freund von mir. Er hat 'ne Bar.«

Sara zeigt mir einen Vogel, sie weiß ja nicht, dass ich die Wahrheit sage. Also gebe ich ihr eine Kurzfassung und sehe meine Post durch. Es kommt mir vor, als sei ich dreißig Jahre fort gewesen.

Die Reise ist dann auch bald vergessen. Im November entschließen wir uns, das Weihnachtsfest in Campobasso zu verbringen. Wir haben die Zusage eine ganze Weile hinausgezögert, nachdem uns ein Päckchen erreicht hat, in dem ein kleiner *panettone* liegt sowie ein kurzer Brief mit der Einladung, über Weihnachten nach Italien zu kommen. *Panettone* sieht aus wie der Versuch, aus Bauschaum, Rosinen und Zitronat einen Kuchen zu backen – und er schmeckt auch so. Selbst mit viel Butter habe ich nach dem Genuss eines Stückchens einen Husten, als litte ich an Pseudokrupp.

Den *panettone,* den Nonna Anna mir bei der Abreise im Sommer schenkte, habe ich folgerichtig komplett aushärten lassen und schließlich im September entsorgt, kurz bevor uns ihr Brief mit dem neuen *panettone* erreichte. Offenbar geht sie davon aus, dass ich *panettone* liebe, und es kann auch gut sein, dass ich eine diesbezügliche Frage einmal bejaht habe. Kann mich aber nicht daran erinnern, weil ich vorsichtshalber immer eher ja als nein sage, wenn ich in Italien etwas gefragt werde. Und das ist ziemlich oft.

Eine Reise nach Campobasso muss gut geplant werden, das wissen wir von unseren bisherigen Besuchen. Es gilt, innerhalb von einer Woche alle abzuklappern, wobei ein außerordentliches Fingerspitzengefühl vonnöten ist, denn auch unter den Carduccis gibt es ein paar sehr nette Exemplare, die Sara gerne sehen möchte, was jedoch die Marcipanes besser nicht erfahren dürfen, weil sie uns sonst für Agenten des Bösen halten. Die Taliban-Fraktion der Familie Marcipane, zu der auch Nonna Anna gehört, würde uns dann verfluchen und wir müssten am Ende Wassertropfen durchschneiden, um uns davon zu befreien.

Längst hat zwar auch das letzte gemeinsame Gen die Familien verlassen, so dass Frieden theoretisch denk- und machbar wäre, aber dieser Zwist überdauert Generationen wohl auch einfach deshalb, weil es in Campobasso ohne dieses Dauerthema zu langweilig wäre. Sara telefoniert einen ganzen Tag lang mit ungefähr sechzig Personen, um den kleinen Grenzverkehr zwischen den Parteien für die Zeit unseres Besuches zu regeln. Die Logistik muss unbedingt vermeiden, dass wir mit den Carduccis auf dem *corso* oder gar in einer Bar gesehen werden, in der auch Marcipanes verkehren. Ich weiß schon jetzt, dass dies nicht funktionieren wird, denn bei meinem letzten Aufenthalt liefen Antonio und ich immer wieder dem einen oder anderen Carducci über den Weg. Einmal warf sich Antonio in einen Hauseingang und flüsterte aus der Dunkelheit: »Iste der weg?«

»Wer denn?«

»Dieser ässliche *bruttissimo* Kerl mit die grüne Ute.«

Ich sah mich um, ob ich irgendwo eine grüne Ute entdeckte, und stellte dann fest, dass ein Herr mit einem grünen Hut gemeint war.

»Der steigt da vorne in ein Auto.«

»Sag mir, wenn er weckefahre iste.«

Auf mein Zeichen kam Antonio wieder hervor und klopfte sich den Staub von der Jacke. Er ignorierte meine Frage, ob er vielleicht ein bisschen übertrieben agiere, und steuerte mit hoch erhobenem Haupt auf Danieles Bar zu. Man kann also nicht einen einzigen Tag in Campobasso verbringen, ohne dass man einander begegnet. Ich versuche, dies Sara zu erklären, doch sie besteht darauf, einen Besuchsplan zu erstellen, der auch die Carduccis umfasst. Heimlich natürlich. Alles andere hätte unseren sofortigen Clan-Ausschluss zur Folge. Und das will man ja auch nicht. Die einzig denkbare Variante bestünde vielleicht darin, in einem Hotel zu übernachten, was mir ohnehin am liebsten wäre, aber das geht leider nicht, weil es da unten nun einmal kein Hotel gibt.

Diesmal schlafen wir nicht bei Nonna Anna, weil Antonio und Ursula dort wohnen, sondern bei Cousin Marco, der zwar kein Gästezimmer hat, aber ein Wohnzimmer, in dem wir nächtigen können, wenn uns seine Tiere nicht stören.

»Was sind denn das für Tiere?«, frage ich mit sorgenvoller Neugier, denn ich befürchte in Katzenhaushalten immer, an Toxoplasmose zu erkranken. Beruhigenderweise besitzt Marco jedoch keine einzige Katze, sondern zwei Schlangen, mehrere Spinnen und Skorpione sowie ein Meerwasseraquarium mit einem kleinen Hai.

Wir fahren also nach Rom und sammeln meine Schwiegereltern am Flughafen ein, wo Antonio versucht, einem skandinavischen Austauschschüler sein gebrauchtes Flugticket zum Spottpreis von fünfzig Euro zu verkaufen, während Ursula die Augen Richtung Decke richtet und laut aus- und einatmet. Auf der Fahrt von Rom nach Campobasso erläutert mir Antonio den Unterschied zwischen Florenz und Neapel: In Florenz kostet ein Eis mit drei Kugeln und Sahne sechs Euro. Kapiert? Gut. In Neapel hingegen kostet ein Eis mit drei Kugeln und Sahne nur fünf Euro. Aha, das ist also der Unterschied. Nein. Der Unterschied ist: In Neapel ist kein Eis unter der Sahne.

Es beginnt zu schneien. So kenne ich diese Gegend noch gar nicht. Wir kommen sogar an einem Skilift vorbei, aber der scheint kaputt zu sein. Traurig stehen die Sessel in der Luft. Vielleicht reicht auch das Geld nicht für eine Abfahrt und der Besitzer des Liftes hat den Skitourismus aufgegeben. Hier am *culo al mondo* sind schon viele Träume gestorben.

Immer wenn in Italien eine Luftblase platzt, wird sie zu Beton. Anders sind die vielen Rohbauten und begonnenen Gebäude, die nur aus verrosteten Streben und betonierten Säulen bestehen, nicht zu deuten. Kurz vor Campobasso steht ein riesiges und fast zu einem Drittel fertig gestelltes Parkhaus wie ein Denkmal mitten im Nichts herum, nicht einmal eine Straße führt dorthin. Ein paar Kilometer weiter sehe ich eine Halle, fast so groß wie ein Hangar für einen Jumbojet, die nur aus einem Wellblechdach und zwei kolossalen Seitenwänden besteht. Diese Monumente des Scheiterns bleiben aus unerfindlichen Gründen einfach stehen – wie ein Fiat Ritmo – und niemand schert sich darum. Der ungenierte, ja fast hemmungslose Umgang mit Beton und anderen Spielarten nachhaltiger und oft Krebs erregender Bausubstanzen versetzt mich immer wieder aufs Neue in Staunen, denn irgendwer muss diese sinnlosen Dinger geplant haben, jemand hat sie gebaut und wieder ein anderer besitzt sie. Aber wofür? Was ist da passiert? Wie kommt man auf die Idee, meilenweit von einer Ortschaft entfernt ein Parkhaus für dreitausend Autos zu errichten? Oder soll es gar keines sein? Oder sollte es nie fertig werden? Oder ist das Aussehen dieser Industrie- und Wohnbrachen am Ende Kunst, die ich nicht verstehe? Rätselhaftes, schönes Land.

Auch am Stadtrand von Campobasso stehen einige Häusergerippe herum wie geklaute Fahrräder am Hauptbahnhof. Das macht den Ort hässlich und abweisend, doch es scheint hier niemanden zu stören. Tatsächlich aber leiden auch die Italiener unter ihrer Zwangsneurose, Häuser nur halb fertig zu stellen und gleichzeitig die alten Gebäude verfallen zu lassen.

»Iste eine große traurige Jammer«, klagt Antonio, während wir in die Stadt hineinfahren und eine Kirche passieren, die wegen Einsturzgefahr geschlossen ist.

»Woran liegt es denn, dass die historischen Gebäude nicht richtig gepflegt werden und auseinander fallen?«, frage ich.

»Liegte daran, dasse wir zu viel davon aben in Italia. Bei zu viel Schönheit ist die Pflege schwer. Denk an die Fraue.« Das leuchtet ein.

Kurz darauf kneift Nonna Anna mir in die Wange und bietet Kaffee an.

»Auch *panettone* dazu?«

»Danke, nein.«

»Ich habe ganz frischen *panettone* gekauft, bei Lombardi.«

»Danke, ich hatte eben auf dem Weg schon etwas zu essen. Puuuh, bin ich satt.«

»Du sollst den *panettone* ja auch nicht essen, weil du Hunger hast, sondern weil er gut ist.«

»Aber im Moment habe ich auch keinen Appetit.«

»Und ich sage noch zu Lombardi, gib mir einen besonders großen mit viel Zitronat, das mag mein deutscher Junge, denn das bekommt er nur bei mir.«

»Vielleicht später.«

»Später sind wir alle tot.«

Ich schlucke den *panettone* mit viel Wasser und ohne Würde hinunter. Sara isst nichts, sie hat ihrer Oma mit einer knappen Handbewegung beschieden, dass sie nichts wolle. Warum nur, warum nur klappt das nicht bei mir?

Dann fahren wir rüber zu Marco, der uns mit einer seiner Schlangen um den Hals und offenbar schwer bekifft die Tür öffnet. Das zentrale Möbelstück in seinem Wohnzimmer ist eine bunte Tropfkerze, die bei Tag und Nacht vor sich hin kokelt. Zur Feier des Tages hat Marco ein Räucherstäbchen angezündet, das riecht, als brenne hier irgendwo ein Iltis.

Wir legen unsere Taschen in die Einkaufswagen, mit denen Marco sein Heim geschmückt hat, und richten uns zwischen dem Terrarium und dem Aquarium ein. Immerhin werden wir, falls wir nicht gefressen werden, hier ruhig schlafen, denn Antonio wird gewiss nicht im Schlafanzug mitten in der Nacht vor mir stehen, um den Inhalt seines neuen *Tex*-Heftes zu erzählen.

Danach wieder zu Nonna, denn Antonio will unbedingt mit mir spazieren gehen. Schon nach wenigen Metern bin ich steif gefroren wie ein Fischstäbchen. Sara hatte mich gewarnt, dieses Bergdorf habe eine eigene, ganz besonders kalte Kälte, es sei sozusagen die Mutter aller Kälten. Sie sagte, dass die Luft vollkommen trocken sei, dass sie durch die Kleidung dringe und die Haut umhülle, als habe man gar nichts an. Dass sich die Hosen noch kalt anfühlten, wenn man schon längst wieder zu Hause sei. Aber ich Esel habe ihr nicht geglaubt. Kleine Italiener, die in ihren dicken Steppjacken wie Pralinen aussehen, laufen an uns vorbei. Ansonsten ist es menschenleer. Italiener halten Winterschlaf. Sie harren bewegungslos aus, bis der Schnee endlich schmilzt. Wer doch vor die Tür muss, verrichtet seine Angelegenheiten noch langsamer als sonst, wohl weil das Blut auch nicht so schnell fließt wie in den Sommermonaten. Selbst die Mopeds und Vespas, die sonst geschickt durch die Gassen düsen, schlafen friedlich unter grauen Deckchen, die sie vor Frost und Schnee schützen.

Nur die italienischen Fußballspieler müssen im Winter hart arbeiten, wenn auch nicht in Campobasso. Der traditionsreiche Verein, der sogar mal im italienischen Pokal gespielt hat, ist längst pleite und seine Spieler sitzen zu Hause im Warmen und schauen sich *La Speranza* im Fernsehen an. Ich aber laufe in einer zu dünnen Jacke durch die Altstadt.

Das ist doch wieder typisch deutsch. Als könne es in Süditalien nicht kalt sein. *Stupido,* ich.

Antonio hat einen grauen, vergammelten Koffer dabei, der mir bis jetzt nicht aufgefallen ist. Offensichtlich ist er leer, denn Toni trägt ihn ohne Anstrengung.

»Was ist denn das für ein Koffer?«

»Den, liebe Jung, habbi mir geborgte und nun gebbe zuruck. Und du kommste mit als Zeuge.«

Ich verstehe, das ist Baffones Koffer. Kaum vergehen vierzig Jährchen – schwupps, da bekommt Baffone auch schon seinen Koffer zurück. Wir erledigen das sofort und gehen erst durch die Porta Mancina, biegen einmal links ab, dann zweimal rechts, dann wieder links. Und als ich gerade die Orientierung verloren habe, stehen wir vor einer Fleischerei, in deren Schaufenster abgezogene Hasen an Haken baumeln und große Fleischstücke in blechernen Eimern liegen. Es scheint niemand im Laden zu sein, auch kein Metzger. Hinter der Theke geht es durch eine Tür in den Kühlraum. Wir betreten das Geschäft, in dem es kalt ist und streng riecht.

Antonio stellt den verstaubten Koffer auf die Vitrine und ist auf diese Weise von der Gegenseite aus nicht mehr zu sehen.

Da hören wir eine Stimme. »Mein Koffer! Das ist doch wahrhaftig mein Koffer.« Pause. »Antonio Marcipane bringt mir meinen Koffer wieder.«

Eine fleischige Hand ergreift das gute Stück und nimmt es von der Theke. Dahinter wird ein dicker Mann in einem blutverschmierten Kittel sichtbar. Er hat einen schwarzen Haarkranz und einen Vollbart und mag um die sechzig Jahre alt sein. Antonio lächelt ihn an und sagt: »Nun nimm endlich deinen blöden Koffer zurück. Er steht mir nur im Weg herum.«

Dann umarmen sich die beiden und küssen sich. Interessiert begutachte ich die Schalen mit Innereien und blutigen Knochen.

Die beiden schreien sich Nettigkeiten zu und schließlich ruft Baffone: »Das muss gefeiert werden.« Er legt den Kittel ab und zieht ein schmutziges Jackett über den Pullover.

Der Koffer kommt mit, als wir durch die Gassen, die von sanft fallenden Schneeflocken Pünktchen für Pünktchen angemalt werden, zu Daniele gehen.

Dieser ist kaum überrascht, als wir eintreten.

»Sieh mal!«, ruft Baffone und schwenkt den Koffer. »Ich erkläre den 23.12. zum Tag des heimgekehrten Koffers. Darauf eine Runde für alle Anwesenden.« Da wir, Daniele eingeschlossen, zu viert sind, ist dies kein großes Opfer.

»Ruf die anderen an!«, befiehlt Antonio nach dem ersten Bitter. »Die Bande soll wieder auferstehen.«

Obwohl sich die meisten Mitglieder der früheren Gang von der Porta Mancina häufig sehen, hat es wohl seit der Oberschule kein Treffen aller mehr gegeben, schon gar nicht in einem festlichen Rahmen. Antonio ist über die Zusammenkunft nun so heftig erregt, dass er erst singt und dann weint.

Eine Stunde später sind alle da: Luigi Canone, Carlo, der Schuster, und auch Luca Nannini. Sogar Topolino kommt, der Kleine, der damals Signore Bananes Schmuck ausräumte. Der Laden wird voll; so langsam verliere ich den Überblick, obwohl oder gerade weil mir Antonio jeden Einzelnen von ihnen vorstellt.

»Vielleicht sollten wir mal bei Nonna Anna anrufen und sagen, wo wir sind. Vielleicht macht sich Sara Sorgen«, insistiere ich, nachdem Baffone unter riesigem Beifall eine hoch emotionale Rede auf seinen Koffer gehalten hat. Antonio lehnt ab und hält mir ein buntes Gläschen mit etwas Braunem darin vor die Nase. Als wir später nach Hause kommen, sitzt Sara schlecht gelaunt am Tisch und spielt mit Nonna Anna und Ursula Karten.

»Wo kommt ihr denn jetzt her?«, fragt sie, ohne aufzuschauen. Das ist auch besser so, denn wir sind auf dem Heimweg ein bisschen hingefallen, Andò und ich. Und wir sehen nicht mehr sehr präsentabel aus. Dafür war mir unterwegs gar nicht kalt. »Heute ist der Tag des Koffers«, bringe ich zu unserer Entschuldigung hervor. Wir haben ihn übrigens wieder mitgebracht. Mein Freund Giovanni Baffone hat ihn mir geschenkt.

Zur Strafe gibt es anschließend gefüllte Schweinefüße, eine Spezialität, die gern an Weihnachten zubereitet wird und von der Nonna Anna immer sagt, es handele sich dabei um die Füße des Teufels, die man ihm wegnehmen und essen müsse, damit er nicht das Jesuskind entführen kann. Dazu ein Schlückchen Wein und ich habe keine Angst mehr vor Marco und seinem Bestiarium. Ich schlafe gut zwischen Haien und Schlangen. Eine liegt sogar in meinem Bett und zischt mich an, dass ich mit dem Schnarchen aufhören soll.

Im italienischen Winterschlaf von Campobasso wird seitens der Kommune kein Schnee geräumt. Einmal hat sich Onkel Egidio darüber beschwert. Es wurde ihm beschieden, dass er doch zwei gesunde Hände habe, und alte Leute wie Nonna Anna sollten ohnehin besser zu Hause bleiben, es sei ja gar kein Wetter für einen Spaziergang, viel zu kalt und zu glatt, falls er das noch nicht bemerkt habe. Egidios und meine gesunden Hände befreien sein Auto am nächsten Morgen vom Schnee. Wir müssen nämlich zum Einkaufen. Das Schneeschippen ist in italienischen Kleinstädten ein großer Spaß, weil die Straßen so eng sind, dass man nicht weiß, was man mit dem Schnee auf seinem Auto anfangen soll. Also schaufelt man ihn einfach auf das Auto, das hinter einem steht.

Die Weihnachtsvorbereitungen in Italien fallen entschieden bescheidener aus als bei uns. Eigentlich merkt man erst an Heiligabend, dass die Geburt des Heilands bevorsteht. Antonio klatscht in die Hände und ruft: »So, nu mache wir der Baume!« Ich denke: Prima!, und freue mich auf einen weiteren Spaziergang zu einem Baumhändler, möglicherweise mit einem Zwischenstopp bei Daniele, und greife nach meinem Schal.

»Was iste, willste du raus?«

»Ich denke, wir besorgen einen Baum?«, sage ich irritiert, denn ich sehe in Nonna Annas Wohnung kein für Dekorationszwecke taugliches Gehölz, nicht einmal einen Kaktus.

»Liebe Jung, musse wir nichte besorge, habbe wir schon lange besorgte.«

Nonna Anna kramt aus einem verwitterten Karton, den sie in ihrem Schlafzimmerschrank aufbewahrt, einen Weihnachtsbaum aus Plastik hervor. Toni steckt die Zweige zusammen und singt dazu »Dschingelle Bells«. Dann umspinnt er das Geäst mit kleinen bunten Lämpchen, die bald in Reihe, bald in einem zufälligen Rhythmus aufleuchten: Gottes Lichtorgel oder, wie es in Nashville, Tennessee, heißen würde: *God's own light organ*. Der Baum kommt unter das Jesusbild im Wohnzimmer und blinkt von nun an sechs Tage ununterbrochen psychedelisch vor sich hin. Und das nicht nur bei Nonna Anna. Überall in dem kleinen Bergstädtchen zirpt und leuchtet und funzelt es bunt hinter den Fensterscheiben – und drinnen gibt es Schweinefüße und mit Oliven gefüllte Krapfen, während im Fernsehen Nikoläusinnen in gut gefüllten roten Bikinis Showtreppen hinuntergehen.

Nachmittags beginnen unsere Besuche bei den wichtigsten Onkeln, Tanten und entfernten Cousinen, also bei Marco, bei Pamela und Paolo sowie bei Matteo, der mich mit »*Ciao,* Kartoffel« begrüßt. Die Freude über unseren Besuch gipfelt allüberall auch in der Mobilmachung sämtlicher Nachbarn, die kurz vorbeikommen, um sich uns, vor allem natürlich Sara anzusehen, die hier jeder seit ihrer Kindheit kennt. Flüsternd souffliert mir im Hintergrund mein Schwiegervater leise über Verwandte und Bekannte: »Der da iste nichte gerade hellste Kügelchen in de

Rosekranz. Kanner nicht unterscheiden Wein und Hundepisse. Aber wenn du mal der Haus streichende willst, machte er billiger als alle andere. Kommte auch zu euch, musse nur fragen.«

Am frühen Abend fahren wir bei immer noch rieselndem Schnee zu Opa auf den Friedhof. Nonna Anna bringt ihm Blumen und schimpft mit ihm, als sei er nie gestorben. Dann weiter in die Kirche und schließlich nach Hause. Wir Deutschen glauben nun, jetzt komme das Wesentliche: sich nett anziehen, Gedichte aufsagen, danach Bescherung. Aber in Italien ist Weihnachten gar nicht so wichtig, da wird nicht viel geschenkt. Weihnachten ist eher ein Kinderfest, die Kleinen bekommen reichlich: Kleidchen, Kerzchen, Puppen in rosa Tüllkostümen, Süßigkeiten und Spielzeug.

Zur großen Freude aller Anwesenden packt Gianlucas und Barbaras Sohn Antonio (der jüngste aller Namensvetter) eine blinkende Pumpgun aus, die ein derart infernalisches Geknatter von sich gibt, dass es keiner scharfen Munition bedarf, um seine Mitmenschen damit umzubringen. Außerdem entsiegelt er mehrere Leuchtkugeln, Italienisch sprechende Tiere und ein Laserschwert.

Es ist übrigens den Italienern ein gewisser Hang zum Bonbonfarbenen nicht ernsthaft anzukreiden, denn nur wenn die Dinge schön bunt sind, erkämpfen sie sich die Aufmerksamkeit eines italienischen Kindes. Die Sachen müssen eigentlich nicht funktionieren – jedenfalls nicht lange – oder einem nachvollziehbaren Sinn dienen, sondern auffallen. Dies dürfte leitmotivisch für das Wesen der Italiener sein, in dem es ebenfalls hauptsächlich darum geht, andere auf sich aufmerksam zu machen. Wenn dies über die pure Leuchtkraft der eigenen Erscheinung nicht möglich ist, dann eben über Geräusche. Italienische Männer, auch wenn sie keine Operntenöre sind, wissen stets, wie man sich akustisch in Szene setzt. Übertragen auf Spielzeug zu Weihnachten heißt das: Ein Geschenk, das keine Geräusche macht, ist etwas für Taubstumme – oder Deutsche.

Folgerichtig erhalte ich ein sehr leises Geschenk: einen *panettone*. Es hatte sich wohl herumgesprochen, dass ich Bauschaumkuchen über alles liebe. Die Schadenfreude meiner Frau legt sich, als sie ihr geblümtes Duschhäubchen ausgepackt hat.

Nachdem sich die Wogen der Aufregung um die schönen Geschenke geglättet haben, spielen wir, das macht meine Familie immer so. Meistens wird *scopa* gespielt. Wenn aber mal alle beisammen sind, und das ist höchstens zwei Mal pro Woche der Fall, dann wird der große Karton geöffnet. Dann ist Tombola-Time.

Jeder erhält ein Kärtchen und Nonna Anna dreht ein kleines Rad. Wer die richtige Zahl hat, schreit: »Tombola!« Nun wird kontrolliert, weil eigentlich alle schummeln, und anschließend wird wieder gedreht. So geht das stundenlang und ohne nachlassende Begeisterung.

Im Jahr davor hatten wir zu Hause bei uns gefeiert und Toni kam zu Besuch. Leider hatten wir kein Tombola-Set und spielten ersatzweise ein anderes Spiel. Das geht so: Einer muss einen Begriff erklären und darf dabei eine Reihe von Wörtern nicht benutzen. Wenn die Mitspieler erraten, worum es geht, bekommt man einen Punkt. In einer begrenzten Zeit muss man versuchen, möglichst viele Begriffe zu erläutern. Das ist ein heiteres Spiel, besonders, wenn Toni mitspielt.

Er zog eine Karte vom Stapel und hob an: »Also, iste eine Dinge da, wenne Winter iste und iste lausekalt, musste du auf der Kopf tragen und über die Ohre, dann wird schöne warm und musste nicht frieren.«

»Mütze!«, rief meine Frau.

Das wäre im Prinzip gut gewesen, aber leider stand auf der Karte »Münze«. Kein Punkt für Toni, was diesen jedoch nicht lange verdross, weil er fand, dass er das Wort gut erklärt habe, auch wenn ein ganz anderes gefragt war.

In der nächsten Runde zog er wieder eine Karte und rief aufgeregt: »Iste eine Geschäft, große Geschäft. Fährste mit der Auto hin und kannste kaufe Benzin oder vielleichte Diesel und gibt auch Zigaretten, aber keiner darfe rauchen.«

»Tankstelle!«, riefen wir.

Er: »Ja, aber eine bestimmte.«

»Aral! Esso! BP!«

»Nein, alle nixe.«

»Shell!«

»Jawoll, iste Shell.«

Auf der Karte stand »schnell«.

Nun also Tombola. Toni ist ein Meister darin. Er bescheißt so hemmungslos, dass ihn die anderen irgendwann widerstandslos gewähren lassen. Am Ende gewinnt er und ruft: »Bin i eine gute Spieler? Nu sag mal: Bin i eine gute Spieler?«

»Du bist der Beste.«

»Iste nicht schöne Weihnachten, meine liebe Jung?«

»Es ist wunderschön.«

Hier in Campobasso ist Antonio spieltechnisch natürlich voll auf der Höhe und schlägt nun eine Partie Poker vor. Dieses Spiel verläuft bei meiner Familie nach den folgenden Regeln: Einer gibt die Karten und dann wird gejammert. Sämtliche Mitspieler beklagen die mangelnde Güte ihres Blattes, fluchen, bekreuzigen sich anschließend und fluchen weiter. Bevor der erste Einsatz bekannt gegeben wird, teilen mindestens drei Spieler mit, dass sie nun bald aussteigen, was natürlich nicht geschieht, weil nämlich alle gerade bluffen. Die Bluffqualität dieses Klagens und Beweinens ist gering, denn erstens folgen dem Eingeständnis, miese Karten zu haben, riesige Einsätze, und zweitens ist vollkommen klar, dass jeder, der nicht jammert, ein gigantisches Blatt haben muss, was den Spielverlauf drastisch verkürzt. Nach einer guten Stunde bin ich um dreißig Eurocent reicher, denn gespielt wird nur mit Centstücken, die Cousin Paolo eigens für die Pokerrunde aus seinem Supermarkt mitbringt.

Ich gelte bald als fabelhafter Spieler, denn ich habe schon vier Runden gewonnen. Das liegt aber nicht daran, dass ich so gut pokern kann, sondern lediglich daran, dass mein Sprachschatz zum Blattbejammern und Wehklagen nicht ausreicht und ich deshalb weitgehend schweigend spiele und nur mit den Fingern die Anzahl der zu tauschenden Karten anzeige. Antonio hingegen, dem ich ansehe, dass er sich gerade für Tex hält, verliert ständig, was er uns anschaulich als Supertrick verkauft, weil es uns in Sicherheit wiege. Ich erhalte schließlich für alle Zeiten den Spitznamen »Pokerface« und lege mich am Ende eines ereignisreichen Tages als reicher Mann neben mein Schlangenweib.

Egidio, so wird mir am nächsten Tag erläutert, ist eine gute Gabel. Ich liebe diese Ausdrücke. Wenn jemand eine gute Gabel ist, dann bedeutet das: Fresssack. Ich bin natürlich ebenfalls eine gute Gabel, wenn auch im Gegensatz zu Egidio mit einem gewissen Widerwillen, besonders heute, denn es gibt ein Highlight der regionalen Küche von Molise, nämlich *Pasta con la trippa,* was bestimmt genauso schmeckt, wie es klingt. Gerne greifen Köche in dieser Gegend zu Innereien, die selbst sorgsam gewaschen und zubereitet eine Prüfung für jeden und nicht nur für jeden empfindlichen Magen darstellen.

Wer das trotzdem gerne probieren möchte, bitte schön, Sie sind schließlich erwachsen und haben ein Recht auf Ihre eigenen Erfahrungen:

Zutaten

300 g Röhrchennudeln
250 g Kutteln vom Lamm
1 kleines Stück Sellerie
1 kleine Karotte
2 EL kaltgepresstes Olivenöl
Salz, Pfeffer

1 kleine Chilischote
100 g Pecorino-Käse (gerieben)
Nudeln

Zubereitung

Die Kutteln waschen, Fetthäutchen entfernen und in handtellergroße Stücke schneiden. Anschließend bei mittlerer Hitze in reichlich Salzwasser kochen, bis die Kutteln weich sind.

Den Sellerie und die Karotte waschen und in feine Würfel schneiden. Das Fleisch herausnehmen, in Streifen schneiden und zusammen mit dem Gemüse in dem Öl anbraten, salzen und pfeffern. Mit reichlich Flüssigkeit (z. B. dem durchgesiebten Kuttelwasser) ablöschen und zwei Stunden köcheln. Gegen Ende der Kochzeit Nudeln mit in den Topf geben und im Sud gar kochen.

Kurz vor dem Servieren die gehackte Chilischote zugeben und den Pecorino darüber streuen.

Beim Essen erzählen meine Cousins und Onkel gerne einen guten Witz. Die meisten davon sind ganz harmlos. Zoten sind bei meinen Leuten nicht gefragt. Anzüglichkeiten verstehen und mögen sie nicht. Nie habe ich erlebt, dass Gianluca, Marco oder Paolo oder irgendjemand aus meiner Altersklasse respektlos über Frauen gesprochen hätte.

Als ich einen jovialen Herrenscherz über eine Moderatorin des italienischen Fernsehens anbringe und Sara, diese Teufelin, diesen Unsinn auch noch übersetzt, komme ich mir vor wie der Schurke im Saloon.

Alle hören auf zu essen, lassen die Gabeln sinken, keiner lacht. Alle schauen mich an. Ich lächle blöd in die Runde und spüre, dass Nonna Anna mich schlagen will. Macht sie aber nicht. Sie bestraft mich schlimmer, indem sie zu Sara sagt: »Na, da hast du aber einen großen Fang gemacht.«

Witze nach ihrem Gusto gehen so: Ein Mann kommt in den Himmel. Petrus macht mit ihm einen Rundgang, um ihm zu zeigen, welche Wohnorte für ihn in Frage kommen. Zunächst besuchen sie den Limbus, wo Kinder und Erwachsene gemeinsam an langen Tischen sitzen, DVDs ansehen, dabei Süßigkeiten essen und es sich gut gehen lassen. Der Mann ist beeindruckt. Dann schauen sie in der Hölle vorbei. Quietschvergnügte Menschen laufen dort umher, es gibt wunderbare Sitzecken, in denen man bei Kerzenschein und erstklassigem Wein die hohe Kunst der Spitzenküche genießt, dazu spielt ein Streichquartett Werke von Mozart und Brahms. Manche der Bewohner stehen an einem Büfett und laden sich riesige Desserts auf tablettartige Teller. Wenn das hier die Hölle ist, wie soll es dann im Himmel zugehen? Der Mann entscheidet sich also für das Paradies.

Am ersten Tag serviert ihm Petrus einen grünen Salat mit Essig. Der Mann ist enttäuscht. Am zweiten Tag gibt es einen Teller kalte Nudeln mit Butter. Der Mann isst auf, nimmt sich jedoch vor, am kommenden Tag das Essen zu beanstanden. Anderntags bringt Petrus halbgaren Reis und eine Tomate. Dem Mann reißt der Geduldsfaden und er ruft: »Was soll denn das? In der Hölle wird geschlemmt und hier im

Paradies gibt es nur langweiligen Salat, Nudeln und Reis. So habe ich mir das aber nicht vorgestellt.«

Darauf Petrus: »Selber schuld. Meinst du vielleicht, für uns beide lohnt es sich, hier groß zu kochen?«

Es ist ein schönes Weihnachten. Trotz der Lautstärke. Trotz der Kälte. Aber wegen meiner Familie, die sich so eine große Mühe gibt. Sie haben es nicht immer leicht da unten in ihrer kaputten vergessenen Stadt. Nach einem schweren Erdbeben mussten viele Häuser geräumt werden, die nun langsam zusammenfallen werden. Nein, sie haben es wirklich nicht leicht. Aber das merkt man ihnen nicht an, wenn man mit ihnen Tombola spielt.

Bei unserer Abreise vergesse ich leider meinen *panettone*, doch das macht nichts. Drei Tage später hat Nonna Anna mir einen frischen hinterhergeschickt.

Zwölf

Ich löse eine Ehekrise aus, als ich kundtue, dass ich gerne mal in den Ferien nach Griechenland fahren würde.

»Was sollen wir denn in Griechenland?«, pikiert sich meine Gattin, als hätte ich ihr vorgeschlagen, einen Erlebnisurlaub in einem Termitenhügel zu machen.

»Och, ich dachte bloß. Da ist es doch auch schön. Und die Betten sollen gut sein.«

»Wo hast du denn das her?«, fragt sie mich misstrauisch.

»Das habe ich gelesen«, gebe ich trotzig zurück.

Also fahren wir nach Italien, mein Rücken spielt nun einmal in unserer Ehe eine untergeordnete Rolle. Außerdem hat mein Schwiegervater, der Gute, in Termoli dasselbe Haus wie vor zwei Jahren gebucht, es hat uns allen ja sehr dort gefallen. Um Mitfahrer einzusammeln und die Oma zu besuchen – es könnte ja das letzte Mal sein, wie Antonio in dramatischem Crescendo betont –, steuern wir zunächst mal wieder Campobasso an.

Nonna Anna ist zumindest so gut bei Gesundheit,

dass sie es beinahe schafft, mir die Wange zur Begrüßung abzureißen. Marco ist inzwischen von dem Schlangentrip etwas abgekommen und stellt uns seine neue Freundin vor, ein bildschönes Mädchen, das auf mich allerdings nicht volljährig wirkt. Wir laden unser Gepäck bei ihm ab und gehen wieder zu Nonna Anna, weil dort gegessen wird. Es ist ein heißer Abend und über dem Tisch fliegen arme Insekten mit verzweifeltem Knistern in ein Mückenkrematorium.

Der Fernseher läuft, denn gleich kommt *La Speranza* und Nonna darf keinesfalls versäumen, wie der brutale Gutsbesitzer den Landvermesser zur Rede stellt, weil dieser seiner Tochter in ungebührlicher Weise nachsteigt. Vor diesem Schocker kommen aber zunächst die Nachrichten, die hier niemanden vom Stuhl hauen. Interessanterweise lässt meine Familie die Weltpolitik total kalt. Egidios Kommentar zu den im Fernsehen ausgestrahlten Bemühungen von Jacques Chirac um eine erfolgreiche französische Außenpolitik besteht aus genau zwei Wörtern: »Schicke Krawatte.«

Man kann diesen Umgang mit den Nachrichten auch ignorant nennen, doch das trifft es nur zum Teil, denn die regionale Berichterstattung wird leidenschaftlich verfolgt, etwa wenn die Ergebnisse eines neapolitanischen Pizzateigkunstvolldurchdiegegendwirbelwettbewerbes bekannt gegeben werden. Aber auch Lokalpolitisches erregt die Marcipanes mitunter aufs heftigste. Die Gegend ist in letzter Zeit von Erdbeben und Überschwemmungen heimgesucht worden und wie so oft haben sich die Behörden beim

Katastrophenmanagement nicht mit Ruhm bekleckert. Als in einem Nachbarort von Campobasso zwei Dutzend Kinder unter dem Schutt ihrer Schule begraben wurden, konnten die eingesetzten Bagger und Räumgeräte nicht rechtzeitig am Unfallort sein, weil sie auf halber Strecke stehen blieben. Jemand hatte den Diesel aus den Tanks geklaut. Solche schlimmen Unzulänglichkeiten lassen die Italiener an ihrer eigenen Wesensart verzweifeln. Nun soll der Sachverhalt gerichtlich aufgearbeitet werden, und alle Marcipanes schauen gebannt auf den Bildschirm, wo ein Staatsanwalt im Foyer des campobassoschen Gerichtsgebäudes steht und Gewichtiges zu den Ermittlungen zu sagen hat. »Alles Lumpen«, brummt Raffaele, der ja ein leise gestörtes Verhältnis zu staatlichen Einrichtungen hegt.

Im Hintergrund hampelt ein Mann herum und hält ostentativ Akten in die Kamera. Er hat einen runden Kopf, der von einem dunklen Haarbüschel gekrönt wird und im Takt der Worte des Staatsanwaltes hin und her wackelt.

»Das gibt's doch gar nicht!«, schreit Antonio plötzlich. »Das ist Piselli!«

Antonio ist elektrisiert. Sein Freund Piselli, den er aus schlechtem Gewissen verriet, damals nach dem Einbruch bei Signor Banane. Antonio will ihn unbedingt treffen. Gleich am nächsten Tag will er zum Gericht gehen und dort Pisellis Spur aufnehmen. Ich muss mit, denn Antonio wittert hier ein historisches Ereignis, das er nur mit mir teilen will, nachdem er mir so ausführlich von der Erbse erzählt hat.

Wir brechen also auf und gehen zum Gericht. Dort beschreiben wir Piselli, dessen wirklichen Namen Antonio nicht weiß. Der Mann, der im Empfang hinter schusssicherem Glas sitzt und Schokolade isst, kann mit unseren Schilderungen zunächst nichts anfangen. Erst als Antonio pantomimisch den von schwarzen Locken bebüschelten Erbsenkopf und dessen Haltung auf den Schultern imitiert, nickt der Wachmann und greift zum Telefon. Er wählt eine Nummer und bedeutet uns dann unfreundlich, wir sollten uns auf die Bank setzen. Wir warten zehn Minuten, und eben will Antonio noch einmal einen Vorstoß wagen, da öffnet sich unvermittelt eine Sicherheitstür und heraus kommt – Piselli. Bandenführer, genialer Kopf derer von der Porta Mancina, in die Verbannung geschickt und seit über vierzig Jahren aus Antonios Leben verschwunden.

»Was wünschen Sie?«, fragt er Antonio unverwandt.

»Piselli! Erkennst du mich denn nicht, Antonio. Marcipane. Andò!«

Piselli mustert ihn lange und sagt schließlich: »Ich heiße nicht Piselli. Sie verwechseln mich.«

Selbst ich spüre, dass er lügt.

»Aber Piselli! Weißt du nicht mehr? Signor Banane! Der Plan!«

»Banane ist tot.«

Also erinnert er sich doch.

»Du bist Antonio Marcipane?«

»Na, endlich klingelt's.«

»Du hast mich verraten damals.«

»Nein, ich habe nur gebeichtet. Die Beichte ist heilig. Wer sollte denn wissen, dass Pater Alfredo die Klappe nicht halten kann?«

»Jeder wusste das, Andò. Versuch nicht, mich für dumm zu verkaufen. Und mach dir keine Sorgen, ich bin dir sogar dankbar dafür.«

Wir gehen in einen Schnellimbiss am Bahnhof, und es stellt sich heraus, dass Piselli im Gericht als Pauser arbeitet. Er kopiert Verträge und Urteile und bringt sie von Abteilung zu Abteilung. Diese Aufgabe, so sagt er mit vollem Mund sprechend, habe er nur Antonio zu verdanken.

Und das hat folgenden Grund: Nach seiner Zeit im Erziehungsheim ging es mit Piselli noch weiter bergab. Er wurde ein notorischer Kleinkrimineller, trieb sein Unwesen überall in der Region und arbeitete dann und wann an einem Gemüsestand auf dem Markt. Da er sich natürlich nie einen Anwalt leisten konnte, verbrachte er einen Großteil seiner Zeit in den Justizgebäuden von Campobasso und Termoli, wo er schon bald zum lebenden Inventar gehörte.

Nach einigen Jahren traute man ihm zu, kleinere Botengänge außerhalb des Gerichtes zu verrichten. Er besorgte Blumen für den Richter oder das Mittagessen für die Staatsanwälte, die ihn dafür mit milden Strafen belohnten. Irgendwann gelobte Piselli feierlich, dem Verbrechen abzuschwören, da sich seine Tätigkeiten im Gericht so weit verselbstständigt hatten, dass er sich als Teil des Justizapparates verstand und Kriminalität in jeder Ausprägung zu verabscheuen begann. Sein Unverständnis für Straftäter ging so weit, dass er Falschparker vor dem Gerichtsgebäude anzeigte und seine eigene Mutter ans Messer lieferte, als diese einmal einen Satz Bettlaken aus dem Krankenhaus mitgehen ließ, wo sie wegen einer Darmverschlingung lag.

Der geläuterte Piselli wurde als erfolgreich resozialisiert angesehen und arbeitete nun mit Pensionsanspruch bei Gericht. Der Höhepunkt seiner Karriere war erreicht, als er schließlich den Schlüssel zu Kopierraum und Aktenlager erhielt und von da an Einsicht in jeden Fall erhielt, ein Privileg, das er nie ausnutzte. Man kann mit Sicherheit sagen, dass Piselli, der mit seiner Vergangenheit so weit abgeschlossen hat, dass er sie vollkommen vergaß, von allen Justizangestellten der Region Molise am wenigsten korrupt ist.

Zum Abschied bittet Piselli meinen Schwiegervater, ihn nie mehr zu besuchen, denn das sei für ihn, den Geläuterten, doch sehr anstrengend. Dann umarmt er Antonio kurz, aber heftig, gibt mir seine lasche Kopiererhand und verschwindet wie ein Geist im sicherheitsrelevanten Bereich.

Antonio ist gerührt und fühlt sich als Wohltäter, was er abends ausführlich im Kreise der Familie schildert. Dann nimmt er Zimmerreservierungen für seine *Pensione Toni* entgegen. Schon am nächsten Morgen soll es nach Termoli gehen.

Diesmal sind wir nicht ganz so zahlreich. Marco und seine Freundin, die Pati heißt, kommen natürlich mit und Maria und Egidio ebenfalls. Also sind wir zu acht, als wir in Antonios »Refugium am Meere« eintreffen.

Ich habe vor der Reise lange mit meinem Rücken über Termoli gesprochen. Ich habe ihm erklärt, dass ich seinetwegen lieber nach Griechenland wollte, aber nun einmal eine Italienerin geheiratet hätte und keine Griechin, dass mir dies im Prinzip auch nicht Leid tue, ich ihn, meinen Rücken, jedoch wegen dieser Entscheidung aus Liebe bedauere.

Im Haus stelle ich fest, dass jemand die Bettgestelle gestohlen hat. Oder sie haben sich beim Verrosten buchstäblich verkrümelt. Jedenfalls sind sie nicht mehr da. Dies gibt uns die Möglichkeit, ein anderes Zimmer auszuprobieren. Dort lege ich einen großen Atlas, den ich zu diesem Zweck extra mitgebracht habe, unter die Matratze. Diese Idee erweist sich so ziemlich als die blödeste in meiner Laufbahn als Italien-Tourist, weil das Buch nur das Loch vergrößert, in dem ich liege und leide. Ich beschließe also, mir wieder ein aufblasbares Krokodil zu kaufen, denn das alte ist ebenfalls verschwunden, vielleicht brauchten die Bettendiebe ja ein Gästebett.

Da Sara ohnehin einkaufen muss, fahren wir gemeinsam in den Ort, wo es großartige Supermärkte mit eingeschweißten Innereien und vollkommen geschmackloses Weißbrot gibt. Wir müssen uns beeilen, die Geschäfte machen bald zu und dann weiß ich nicht, wo ich schlafen soll.

Auf dem Parkplatz kommt mir ein Kleinbus entgegen und fährt meinen Blinker kaputt, als ich links abbiegen will. Das Verhängnis nimmt seinen Lauf, denn wir entscheiden, dass Sara schnell das Nötigste einkauft und ich in der Zwischenzeit mit der Unfallgegnerin alles Nötige bespreche. Wir sind Europäer, Himmelherrgott!, und erwachsen sind wir auch. Wo ist also das Problem? Das Problem ist, dass ich meine Italienischkenntnisse wieder mal vollkommen überschätze. Sara hat mir noch eingeschärft, dass ich sagen soll, der Blinker blinke noch. Ich hätte also geblinkt und sie auch passieren lassen, wenn sie nur gefahren wäre. Als sie aber nicht gefahren sei, sei ich eben links abgebogen und da habe sie einen Satz nach vorne gemacht und mich gerammt. So war's ja auch. Sara nennt mir vorsorglich auch den italienischen Begriff für Blinker *(freccia),* den ich aber in der Aufregung sofort wieder vergesse. Außerdem steht die Dame aus dem Kleinbus ganz offenbar auf dem Standpunkt, mein Blinker habe einen Anschlag auf ihren Wagen verübt.

Da mir nicht mehr einfällt, was Blinker heißt, sage ich einfach, sie habe meine Verzierung *(fregio)* gerammt, die Verzierung leuchte ja noch, da könne doch jeder sehen, dass ich die Verzierung eingeschaltet hatte. Die Frau sieht mich an, als habe ich eine Pappnase im Gesicht, und hört auf zu schimpfen. Nun eilen einige Passanten herbei und schauen zu, wie ich erkläre und gestikuliere.

Komischerweise sind die alle extrem belustigt, und irgendwann kommt auch noch ein *carabiniere* hinzu, was in Italien nicht unbedingt von Vorteil ist. Dieser Kerl amüsiert sich wenigstens nicht über meine Versuche, den Sachverhalt zu schildern, ganz im Gegenteil: Er macht eher einen latent aggressiven Eindruck auf mich. Langsam wird mir bewusst, dass ich da offenbar etwas verwechsele, ich weiß nur nicht was.

Später klärt mich Sara darüber auf, dass es die Wörter *fregio* und *fregna* waren. Letzteres benutze ich ausführlich und es bedeutet Möse:

»Sie sehen doch, hier, bitte schön, meine Möse leuchtet. Möse an, Möse aus, Möse an, Möse aus. Ich habe die Möse ganz normal bedient und jeder konnte sie sehen. Oder haben Sie meine Möse etwa nicht gesehen? Ist doch groß genug, oder?«

Kurz bevor ich verhaftet werde, kommt Sara mit den Einkäufen angelaufen. Unter dem Arm hält sie ein aufgeblasenes Krokodil.

»Was ist denn hier los?«

»Ich habe ihnen lang und breit geschildert, was Sache ist, und die lachen alle. Außer der da. Mit dem da ist nicht zu spaßen.«

Sara entschuldigt sich für mich bei dem *carabiniere* und bringt auch die Angelegenheit mit der Frau ins Reine. Jeder zahlt seinen Schaden selbst, also ich meinen und sie den ihren bestimmt nicht. Wir fahren nach Hause. Ich fühle mich gedemütigt. Außerdem ist die Möse an meinem Auto kaputt.

Zum Trost erzählt mir Maria eine hübsche Geschichte.

Sie hat nämlich eine Kollegin und diese ist mit einem evangelischen Geistlichen aus Deutschland, also einem deutschen Pastor, liiert. Einmal wollte diese Kollegin Tante Maria besuchen und fragte, ob sie ihren deutschen Pastor mitbringen dürfe. Maria hatte nichts dagegen und schlug vor, man könne ihn ja während des Essens ins Badezimmer sperren. Die Kollegin war darüber so beleidigt, dass sie es sich anders überlegte und die Verabredung absagte. Viel später stellte sich heraus, dass Maria angenommen hatte, es handele sich bei dem deutschen Pastor um einen deutschen Schäferhund, den man in Italien auch *pastore* nennt.

Nachdem ich mein Krokodil eingeweiht habe, verläuft der Urlaub sehr ruhig. Man akzeptiert meine absurde deutsche Marotte, den halben Tag hindurch zu lesen. Manchmal kaufe ich auch italienische Zeitschriften, vor allem wegen der tollen Beigaben. Wir besitzen jetzt zum Beispiel zwei ausgezeichnete Tomatenmesser, die in einem halbpornografischen Magazin gemeinsam mit einem Schneidebrett aus Plastik eingeschweißt waren.

Abends spielen wir bei Wein mit Limo oder einem Gläschen Bier sehr harmlose Spiele, die keine Regeln haben und darauf hinauslaufen, dass einfach alle durcheinander schreien und dabei lachen. Oder wir gehen mit Marco und Pati aus. Auf dem *corso* begegnen wir den stets gleichen Jugendlichen, deren männliche Vertreter laufen, als hätten sie entzündete Hoden. Als ich versuche, das nachzumachen, bremst mich Marco, denn obwohl die Italiener viel Spaß verstehen, schätzen sie keinen Spott sexuellen Inhalts. Da können selbst kleine Männer zu einer großen Bedrohung werden.

Tagsüber, am Strand, pflege ich den Nimbus des Sonderlings nicht nur dadurch, dass ich mich gewissenhaft eincreme und lese, sondern ganz besonders auch durch meine strikte Weigerung, tiefer als bis zu den Hüften ins Wasser zu gehen. Ich kann nämlich nicht schwimmen. Das finden die anderen bemitleidenswert. Dabei ist daran nichts bedauerlich, im Gegenteil: Ich liebe es, ein Nichtschwimmer zu sein. Und ich bin ja nicht der einzige Nichtschwimmer der Welt. In Wahrheit kann nämlich kein Mensch wirklich schwimmen.

Goldfische schwimmen und Seepferdchen und Pottwale. Jedes Tier, das im Wasser lebt, sieht beim Schwimmen schöner und eleganter aus als der Mensch. Meeresbewohner müssen auch gar nicht erst lernen zu schwimmen, sie können es ganz einfach, während Menschen es mühsam einüben müssen. Das Schwimmenlernen ist eine Qual, die ich seit meiner Kindheit immer wieder aufs Neue erdulden muss.

In der vierten Klasse kam der Schuldirektor und fragte, ob irgendjemand nicht schwimmen könne. Ich meldete mich und er zeigte auf mich und sagte: »Waaas? *Du* kannst nicht schwimmen? Das musst du aber lernen, bis du aufs Gymnasium kommst. Da müssen alle schwimmen.«

Also steckten mich meine Eltern in Schwimmkurse. Ich habe sie nicht gezählt. Zwei Mal die Woche brachte mich meine Mutter in düstere Hallenbäder, wo ich mich ausziehen und alberne Übungen machen musste. Einer meiner ersten Schwimmlehrer war eine uralte Frau. Sie trug beim Schwimmen eine Badekappe, die wie ein Eisbergsalat aussah, und erinnerte mich in ihrem Badeanzug immer an das Michelin-Männchen. Ich sollte mich im Wasser auf ihre Hand legen und so tun, als sei ich ein Frosch. »Los, sei ein Frosch«, sagte sie zu mir. Schwimmen habe ich dabei nicht gelernt, nicht einmal quaken. Ich werde es auch nie lernen. Ich kapiere nämlich nicht, wie man beim Schwimmen atmet. Ich kann nur atmen, wie ich es gelernt habe, nämlich wann ich will. Wenn ich beim Schwimmen atmen will, ist mein Kopf leider immer unter Wasser und es wird nichts mit dem Atmen. Ich habe nun mal keine Kiemen und auch keine Schwimmblase.

Ich habe mich damit schnell abgefunden. Alle anderen nicht. Ich wurde in Swimmingpools geschubst, untergetaucht und drangsaliert von Schwimmern ohne Gehirn. Es gibt für mich nichts Widerlicheres als so genannte Wasserratten mit dem Seepferdchen-Abzeichen des DLRG. Das bekam man, wenn man ein bißchen hin und her kraulen konnte, und es war meine erste Erfahrung mit der Leistungsgesellschaft. Ich schaffte das Seepferdchen nicht und wurde Opfer des Sozialdarwinismus, der kleine Kinder in Monster verwandelt, die nichts Besseres zu tun haben, als Nichtschwimmer zu quälen und nass zu spritzen. Ich finde, Kinder haben ein Recht darauf, selbst zu entscheiden, ob sie lieber trocken oder pitschnass sind.

Auf dem Gymnasium wurde mir diese Entscheidung dann abgenommen. Jeden Freitagmorgen wurde ich gezwungen, in einen blauen Bus zu steigen, und anschließend fuhr die Klasse in ein Schwimmbad. Meistens ging ich als Letzter in den Umkleideraum. Der war gekachelt und stank modrig nach nassen Handtüchern und billiger Seife. Die Ausgelassenheit der anderen Jungs machte mir Angst. Zuerst unter die Dusche. Die Brausen hatten Knöpfe, und wenn man draufdrückte, kam für zwanzig Sekunden Wasser. Ich habe immer mitgezählt und zusammengerechnet, wie viel von der Schwimmstunde nach der Fahrt, dem Umziehen und zehn Mal Duschknopf drücken noch übrig bliebe.

Irgendwann musste ich dann doch ins Wasser. Es war eiskalt, furchtbar und tief. Kein Mensch hat mir jemals gesagt, dass man vor dem Baden kalt duschen sollte, damit sich das Wasser hinterher wärmer anfühlt. Ich duschte immer warm und erfror anschließend fast. Zudem schluckte ich jedes Mal mindestens drei Liter dieser ekelhaften Chlorbrühe, die mich von innen desinfizierte.

Dann wurden grässliche Spiele gemacht: Wettschwimmen, Fangen, Springen. Wenn der Lehrer die Anwesenheit kontrollierte, rief er alle mit dem Vornamen auf. Mich hat er damals nie mit dem Vornamen aufgerufen, nur mit dem Nachnamen. Ich war ein Nichtschwimmer oder, viel schlimmer, dasselbe Wort ohne »chwimmer«: ein Nichts. Ein Nichts kann nichts verweigern, also simulierte ich Schwimmen. Mit dem linken Arm täuschte ich Schwimmbewegungen vor, mit dem rechten zog ich mich heimlich an der Ablaufrinne des Beckens entlang. Ich bekam ein ziemliches Tempo drauf, bis mir der Lehrer mit seinen Sandalen auf die Finger trat und sagte: »Das ist kein Schwimmen. Du sollst schwimmen.

Schwimmen ist ein Urinstinkt des Menschen. Das kann jeder.« Ich schwamm aber nicht und schwor mir, es nie, nie, niemals zu lernen. Nicht für ihn und nicht für jemand anders. Und für mich selbst auch nicht. Mein Urinstinkt befahl mir eher, ihm eine zu scheuern, aber dafür war ich noch zu klein.

Jeden Freitagmorgen übermannte mich eine neue Krankheit. Ich arbeitete hart daran, meine Mutter zu täuschen. Ich schlief donnerstags bei weit geöffnetem Fenster und ohne Decke ein, um mich zu erkälten. Ich trank heiße Cola und klemmte mir Tabak unter die Achseln, weil mir jemand erzählt hatte, das sei ein todsicherer Trick, um Fieber zu bekommen. Ich hustete in Vollendung und legte mir den jämmerlichen Gesichtsausdruck eines Dahinscheidenden zu. Als Zugabe rieb ich mir so lange die Stirn, bis sie glühte. Wenn mir der Auftritt gut gelang, schloss ich einen unausgesprochenen Pakt mit meinen Eltern. Die riefen in der Schule an und teilten mit, dass ich absolut nicht in der Lage sei zu schwimmen, und ich genas dafür wie durch ein Wunder gegen halb zehn und ging zum Mathematikunterricht.

So quälte ich mich durch die fünfte Klasse, und als ich im Frühjahr 1978 zum letzten Mal mit dem blauen Bus von dem Schwimmbad zur Schule zurückfuhr, wusste ich, dass ich nie wieder ein Schwimmbad von innen sehen würde. Das habe ich geschworen und wahr gemacht.

Wer seine Ferien am Meer verbringt, ist jedoch vor selbst ernannten Schwimmlehrern niemals sicher. In so gut wie jedem Urlaub hat jemand versucht, mir das

Schwimmen beizubringen. Zu Hause bewahre ich mehrere Sätze Schwimmflügel auf, die ich von Spaßvögeln über die Jahre zum Geburtstag bekommen habe. Ich würde sie gerne weiterverschenken, habe dafür aber im Bekanntenkreis zu wenig Sechsjährige.

Auch Marco hat diesen Samaritertick und will mir unbedingt Brustschwimmen zeigen, was ich nach wie vor für eine, wenn nicht sogar die absolut lächerlichst albernste Art der Fortbewegung halte. Ich glaube, Frösche halten sich die Bäuche vor Lachen, wenn ein Brustschwimmer an ihrer Seerose vorbeikommt.

Marco betört mich zunächst mit einer Demonstration seiner Kraulkunst, um dann kurz Rückenschwimmen darzubieten, und kommt schließlich zum Brustschwimmen, welches ja soo einfach gehe. Er legt sich dazu neben mich auf sein Badetuch, stellt seinen nicht unbehaarten Hintern aus und vollführt Schwimmbewegungen, die ich ihm nachmachen soll. Ich tue so, als hätte ich verstanden, und hole meine Videokamera, um ihn zu filmen. Er wehrt ab: Nein, nein, ich solle schwimmen. Ich zeige auf mich und halte die Kamera begeistert in die Höhe. Nachdem ich ihn ungefähr zehn Minuten lang gefilmt habe, wie er auf seinem Handtuch geschwommen ist, entscheidet Marco, dass ich schwer von Kapee sei und geht wieder zurück ins Meer, wo er mehrere Gleichgesinnte findet. Manche von ihnen haben auch zwei Beine wie er.

Aber die Sache lässt ihm keine Ruhe. Ein paar Minuten später steht er wieder vor mir und tropft mein Buch mit Salzwasser voll. »Und was machst du, wenn du mal auf einem Schiff bist und das geht unter?«, fragt er mich.

»Ich ertrinke. Aber du ertrinkst auch, nur später.«

Damit gibt er sich endlich zufrieden und stapft wieder ins Wasser. Ich finde, Schwimmen ist öde und anstrengend. Seit meiner Schulzeit meide ich deshalb auch Freibäder. Einmal wurde ich vom Fußballverein in ein Freibad verschleppt, in dem es von Riesen, Wespen und Eispapierchen nur so wimmelte. Dabei war ich im Fußballverein, weil ich mir eingebildet hatte, dass dort Fußball gespielt würde. Ich tat, was ich bis heute tue, nämlich am Rand stehen und gucken. Die Menschen im Freibad stanken nach Piz Buin und pinkelten in das Wellenbad, was ich von außen gut an ihrem Gesichtsausdruck erkennen konnte. Auf den Sprungbrettern turnten kleine Angeber herum und fabrizierten Arschbomben, bis der Bademeister sie aus dem Wasser zog und nach Hause schickte. Die Menschen bezahlten Geld dafür, sich gegenseitig nass zu spritzen und warme Cola zu trinken. Während alle schwammen, sah ich Dinge, die keiner sah: wie der Bademeister sich im Schritt kratzte, wie einer seine Hose verlor, wie unser Fußballtrainer schöne Mädchen anstarrte und wie einer sein Handtuch stahl. Hätte ich alles nicht gesehen, wenn ich im Wasser herumgewühlt hätte. Nichtschwimmer haben mehr vom Leben, sie sehen die Welt, während die anderen bloß Wasser ins Auge bekommen.

Marco bleibt hartnäckig. Während wir auf unseren Handtüchern Melonen essen, die Antonio – neue Geschäftsidee – vollständig entkernt hat, wofür er zwei

Euro verlangt, fängt er wieder mit der Schwimmerei an. Ich bin darauf gut eingestellt, denn es gibt praktisch kein Argument, das ich nicht schon hundert Mal gehört habe.

»Du musst schwimmen lernen«, insistiert er.

»Warum?«

»Weil es Spaß macht.«

»Na und? Fensterscheiben einschmeißen macht auch Spaß und trotzdem tut das keiner in seiner Freizeit.«

»Dann eben nicht. Du weißt ja nicht, was dir entgeht.«

»Doch.«

Ich versuche gar nicht erst, einem Element zu trotzen, das ich ohnehin nie beherrschen könnte. Ich werde nicht abgetrieben, weil ich immer festen Boden unter den Füßen habe. Ich biedere mich nicht den Quallen und Seeigeln an, die im Gegensatz zu mir wie Meeresbewohner aussehen. Ich habe im Wasser ebenso wenig verloren wie auf dem Mars.

Marco erzählt mir aufgeregt von Begegnungen mit Muränen und Stachelrochen. Aber ich sage: »Vielen Dank«, denn mir reichen die Silberfischchen in meinem Badezimmer. Wenn ich mich umbringen lassen will, muss ich nicht tauchen gehen, es reicht, wenn ich eine Autobahn mit verbundenen Augen überquere oder neben einem niederbayerischen Oktoberfestbesucher tief einatme. Ich finde Badehosen grässlich und Baggerlöcher auch. Und ich bin damit in bester Gesellschaft.

Es hat nie einen afrikanischen Spitzenschwimmer

gegeben. Menschen mit dunkler Hautfarbe können nämlich nicht schnell schwimmen. Bei den Olympischen Spielen schwimmen immer nur Weiße. Es heißt, die Farbigen hätten schwerere Knochen als andere. Das glaube ich nicht. Ich glaube eher, die Afrikaner sind viel zu cool zum Schwimmen. Warum sollten sie auch schwimmen, wenn sie die schnellsten Läufer der Welt sind. Es ist doch blöde, wenn sich acht erwachsene Männer darin überbieten wollen, schnell zu schwimmen, während ihre Trainer gemütlich neben dem Becken entlangspazieren und sie anfeuern.

Dem Argument kann sich Marco nicht verschließen. Er nickt anerkennend. Und ich lege nach, denn Wassersportarten sind ohnehin seltsam. Synchronschwimmen zum Beispiel oder Wasserball. Die einzigen Wassersportarten, die etwas hermachen, sind Surfen und Wasserski. Und die betreibt man nicht *im* Wasser, sondern *auf* dem Wasser. Nicht mal fürs Turmspringen braucht man unbedingt Wasser. Denn hier kommt es darauf an, was in der Luft passiert. Von mir aus müssen die nicht ins Wasser springen, man könnte doch so einen Pool auch mal mit Apfelmus füllen oder mit Gänsefedern.

Ich glaube, Marco hält mich für einen Außenseiter. Er hat Mitleid mit mir, dabei bin ich in meinem Bekanntenkreis ein gern gesehener Begleiter. Und zwar gerade, weil ich nicht gern ins Wasser gehe. Ich eigne mich ausgezeichnet für die Bewachung von mp3-Playern und Sonnenbrillen, schaue anderen dabei zu, wie sie sich im Wasser zum Affen machen, und rufe nach Bademeistern oder Ärzten, wenn ich glaube, einen Badeunfall zu sehen. Das geschieht oft, weil ich nämlich nicht unterscheiden kann zwischen einem Kopfsprung und einem Selbstmordversuch.

Nach einer Woche gibt Marco endgültig auf, und ich füge mich in mein Schicksal, von ihm als sehr netter, aber leider in der Seele ganz kranker Schwager rücksichtsvoll behandelt zu werden.

Einmal wage ich mich bis zur Badehose ins Meer, um mich ein wenig abzukühlen. Ich schaue Sara und ihren Cousins zu, wie sie einen Frisbee über das Wasser werfen. Und dann erspähe ich in einiger Entfernung etwas, was wie eine Boje mit Haaren aussieht. Es ist Antonio, dessen fellbezogener Bauch aus dem Wasser ragt. Dort, wo er faul vor sich hin treibt, kann ich noch gut stehen, also wate ich langsam zu ihm hinüber. Er blinzelt mich an und sagt: »Komme erein, meine liebe Jung.«

»Ich kann nicht schwimmen.«

»Musste ni könne, kannste ja schweben.«

»Schweben?«

Antonio paddelt ins seichtere Wasser und stellt sich hin. Er funkelt mich mit seinen Scheinwerfern an, ganz ernst.

»Bringi dir bei, iste viel einfache, als du denkste.«

Dann befiehlt er mir, mich rückwärts in seine Arme fallen zu lassen. Ich tue ihm den Gefallen, denn ich bin kein Spielverderber. Er hält mich fest und greift unter meinen Rücken. Dann soll ich ruhig atmen und den Körper strecken. Ich spüre nicht, wie er mich loslässt, und erschrecke mich, als er plötzlich neben mir im Wasser liegt. Aber das Gefühl ist großartig. Wir schweben dahin, eine weiße und eine behaarte Boje, und sehen in den Himmel, wo sich kleine Wolken küssen.

Toni hat keine Heimat mehr, denke ich, während er neben mir treibt und leise summt. Er träumt meistens auf Deutsch, aber in Deutschland ist er immer Gast geblieben. Und Italien versteht er nicht mehr. Also ist er heimatlos.

Als hätte er meine Gedanken gelesen, sagt Antonio plötzlich: »Weißte du, wo völlig egal iste, ob man Italiener iste oder Deutscher?«

»Keine Ahnung«, antworte ich, ohne wirklich überlegt zu haben.

»Im Himmel da oben iste ganz egal.«

Wir schweben noch lange weiter im diamantenen Meer von Termoli. Am Abend habe ich einen Sonnenbrand auf dem Bauch. Ich bin glücklich.

Danke

Die meisten Geschichten in diesem Buch sind wahr, andere sind erfunden, wieder andere lassen sich beim besten Willen nicht nachprüfen. Es handelt sich also insgesamt um Fiktion, denn wenn nur eine Kleinigkeit in meinen Schilderungen nicht der Wahrheit entspricht, dann hat alles automatisch als ausgedacht zu gelten. Es greift also die Regel: Alle Namen und Personen sind frei erfunden. Ähnlichkeiten mit lebenden oder toten Personen sind rein zufällig und unbeabsichtigt. Ich habe alle Vor- und Zunamen von Verwandten und Freunden geändert. Nur den Vornamen von Antonio Marcipane nicht, denn er kann nicht anders heißen.

Mein Dank gilt Rudolf Spindler, Eva Fischer und Dominik Wichmann vom *Süddeutsche Zeitung Magazin* sowie Sylvia Neuner für die Illustrationen. Barbara Laugwitz gebührt Dank für ihre große Geduld und Hilfe. Danke außerdem an Nonna Emma, Mario, Anna, Nazario, Michele, Nunzio, Davide, Lia, Assunta, Luigi, Dorothea – und natürlich an Antonio, ohne den es dieses Buch nie gegeben hätte.

»Dieses Buch beweist Cindy Chupacks wundervolle Begabung, Liebeskummer in Gold zu verwandeln.«
Sarah Jessica Parker

Single sein ist nicht leicht, aber aufregend, besonders in New York! Voller Selbstironie und Humor beschreibt *Sex and the City*-Autorin Cindy Chupack die Zeit »zwischen den Jungs« nach einer gescheiterten und vor einer neuen Beziehung: vom Herzschmerz über »Sorbet-Sex«, Secondhand-Männer, Déjà-vu-Dates, saisonbedingte Panikattacken bis hin zum unseligen Valentinstag.

»Carrie Bradshaw weiß alles über guten Sex, Cindy Chupack liefert ihr die coolen Sprüche.«
Entertainment Weekly

Cindy Chupack
ZwischenJungs
Deutsche Erstausgabe

ULLSTEIN TASCHENBUCH

uno
aqua
aqua
tre
quattro